THREE SECONDS

2

옮긴이 이승재

한국외국어대학교 불어교육과, 동 대학 통번역대학원을 졸업하였으며 현재 유럽 여러 나라의 다양한 작가들을 국내에 소개하고 있다. 옮긴 책으로는 도나토 카리시의 《속삭이는 자》, 루슬룬드, 헬스트럼 콤비의 《비스트》, 야스미나 카드라의 《테러》, 기욤 뮈소의 《스키다마링크》, 로맹 사르두의 《13번째 마을》, 프랑수아 베고도의 《클래스》, 제롬 들라포스의 《피의 고리》 등이 있다.

Tre Sekunder(Three Seconds)
by Anders Roslund & Börge Hellström

쓰리 세컨즈

THREE SECONDS

안데슈 루슬룬드+버리에 헬스트럼 지음

이승재 옮김

차 례

에베트는 아스프소스에서 돌아오는 길에 주유소에 들러 오렌지 주스 하나와 치즈 샌드위치를 사들고 창가 앞에 놓인 스툴에 걸터앉았다.

고열. 격리수용. 사나흘 후에나.

에베트는 접견실 벽에 주먹질을 하려다 가까스로 참았다. 생전 처음 들어보는 감염성 질환에 대해 의사에게 따지고 들어봐야 소용없을 것 같았기 때문이다. 그는 싸구려 샌드위치 하나를 더 산 뒤 길을 나섰다. 스톡홀름까지 남은 마지막 직선 구간이었다. 그리고 더 이상 미뤄둘 수 없는 숙제도 남아 있었다. 그는 E4 고속도로를 빠져나와 하가공원묘지로 내려갔다. 지난번에 발걸음을 되돌렸던 바로 그곳이었다.

이번에는 혼자가 아니었다. 조문객과 묘지 관리인이 물뿌리개를 들고 잔디밭이나 묘석이 줄지어 선 곳으로 향하고 있었다. 에베트는 차창을 내렸다. 후덥지근한 날씨 때문에 옷이 등에 달라붙었다.

"여기서 일하십니까?"

파란 작업복 차림의 직원이 모터자전거 뒷자리에 삽 두 자루를 싣고 가는 중이었다. 직원은 운전석에 앉은 채로 질문을 던지는 남자를 보며 자전거를 멈춰 세웠다.

"여기서만 17년 일했습니다."

에베트는 안절부절못하는 모습으로 옆자리에 놓인 샌드위치 포장지만 만지작거리고 있었다. 그러면서 한 손엔 꽃을, 다른 한 손엔 빈 화분을 들고 세워진 지 얼마 안 돼 보이는 자그마한 회색 묘비 앞에 구부리고 앉는 노부인을 바라보고 있었다.

"그럼 여기를 잘 아시겠군요."

"그렇다고 할 수 있겠지요."

노부인은 땅을 파기 시작하더니 얼마 되지도 않는 잔디와 묘비 사이에 아주 정성스럽게 꽃을 심었다.

"가능할지 모르겠지만……."

"네?"

"이런 부탁을 드려도 가능할지 모르겠지만……. 혹시 무덤 하나만 찾아주실 수 없나 해서 말입니다. 특정인이 묻힌 그런 무덤 말입니다……. 부탁드려도 되겠습니까?"

*

렌나트 오스카손은 직장 생활 내내 그토록 자신의 것으로 만들고 싶었던 사무실 한쪽 구석 창가에 멍하니 서 있었다. 이곳은 아스프소스 교도소 소장의 사무실이었다. 교도관으로 21년을 일하고 교감을 거쳐 교정관을 역임한 뒤 드디어 네 달 전, 교도소장의 자리에 오르게 되었다. 이 자리를 얼마나 갈망해왔는지, 정작 꿈이 이루어져 사무실에 첫발을 내딛는 순간에는 이제 뭘 해야 할지 갈피를 잡을 수 없었다. 더 이상 갈망할 꿈이 없을 땐 어떻게 해야 할까? 도망가야 하나?

오스카손은 운동장에서 휴식을 즐기고 있는 재소자들을 바라보며 낮은 한숨을 내쉬었다. 살인, 강간폭행, 절도와 같은 범죄를 저지른 대단한 군상들은 투박한 자갈밭에 앉아 있었다. 그들은 갑갑한 수감 생활을 참아내기 위해 감정을 격하게 드러내거나 혹은 반대로 억누르며 살아가고 있었다.

오스카손은 교도소 담벼락 너머로 보이는 작은 마을로 시선을 돌렸다. 하얀색과 빨간색이 어우러진 주택들이 줄지어 늘어선 마을. 그러다 문득, 어느 집 창문에 시선을 고정했다. 그곳은 한동안 어느 부부의 침실로 사용되던 방이었다. 그러나 그는 지금 그 집에서 혼자 지내고 있었다. 잘못된 선택이었다. 그리고 살다보면, 잘못을 바로잡기엔 이미 늦은 일도 있는 법이다.

오스카숀은 다시 한숨을 내쉬었지만 정작 본인은 그런 줄도 모르고 있었다. 어젯밤 그는, 이제 1인용이 된 부엌 식탁에 앉아 여느 때와 마찬가지로 늦은 저녁을 먹고 있었다. 그리고 식사를 다 마칠 때쯤 전화벨이 울렸다. 교도행정국 본부장이었다. 그의 말투는 친절했지만 아주 단호했다. 그는 스톡홀름 시경의 경정 한 사람이 G2감호구역에 수감된 피에트 호프만이라는 재소자를 만나기 위해 다음 날 아침 일찍 아스프소스 교도소로 찾아갈 거라면서 그 두 사람을 절대 만나지 못하도록 하라는 지시를 내렸다. 무슨 일이 있어도 두 사람이 만나는 일은 없어야 한다는 것. 다음 날도. 그 다음 날도. 언제가 됐든. 오스카숀은 아무런 이유도 묻지 않았다. 그리고 접시 한 장, 잔 하나, 칼 하나, 포크 하나를 다 닦고 나서야 자신에게 떨어진 명령의 의미를 깨달을 수 있었다. 바로 그 순간부터 그는 밤새도록 분노에 휩싸였다.

거짓말.

그는 거짓말을 해야 했다.

명령대로 에베트 그렌스 경정에게 돌아갈 것을 요청하고 접견실을 나서려던 순간, 날카로운 경보음이 그 작은 공간에 울려 퍼졌다. 재소자 하나가 심각한 위협을 받고 있어 G2감호구역에서 자발적 독방으로 긴급하게 호송해야 하는 상황이 발생했던 것이다.

문제의 재소자는 바로 피에트 호프만.

거짓말의 주인공.

오스카숀은 피가 나도록 아랫입술을 꽉 깨물고 이로 잘근잘근 상처를 씹었다. 시큼한 맛이 났다. 마치 자신에게 내리는 벌과도 같았다. 아마 당장에라도 창문을 열고 아래로 뛰어내려 미친 듯이 달리고 싶게 만들던 분노를 잠시나마 달래기 위함이었을 것이다.

호프만이 받는 위협과, 면담조사를 허락해선 안 된다는 전화통화는 분명 연관이 있었다. 그게 다가 아니었다. 또 다른 명령은 전날 저녁 늦게, 어느 변호사의 방문을 허가하라는 내용이었다. 일반적으로 변호사들은 재판이 코앞에 닥쳤을 경우나 최근 형을 선고받은 재소자들이 변호사를 요구할 때에 한해 시도 때도 없이 교도소를 들락거린다. 하지만 입방시간 이후에 찾아오는 변호사는 아무도 없었다. 그런데 그날 밤 찾아온 변호사는 G2감호구역의 폴란드 재소자를 만나러 왔다. 그는 분명, 돈을 받고 정보를 전달하는 그런 부류였을 것이다. 오스카숀은 확신했다.

그리고 그 변호사가 다녀간 다음 날, G2감호구역에서 소동이 일어났던 것이다.

오스카숀은 다시 아랫입술을 깨물었다. 피에서 쇠붙이 맛이 났다. 너무 순진했던 걸까. 그저 자신이 차지하고 앉은 사무실만 바라보고, 자신이 걸친 제복만 생각하며 지냈기 때문일까. 하지만 어찌됐든, 이런 일이 벌어지리라고는 상상도 하지 못했다.

*

자율독방구역의 감방은 침대, 의자, 벽장만 덜렁 놓여 있을 뿐, 개인용도의 물건은 하나도 없었고 칙칙한 단색의 벽이 삭막하기만 했다. 그는 감방에 들어온 뒤로 단 한 발짝도 밖으로 나가지 않았다. 그렇다고 계속 그렇게 머물 수만도 없었다. 이쪽에서도 그가 이감되기 전부터 이미 사형선고가 내려진 상태였기 때문이다. 화장실에서 그를 급습한 남자. 그는 호프만에게 "스투카치"라고 속삭이며 그보다 더 심한 일이 있을 것을 예고했다. 살아남기 위해 일주일을 버텨야 한다면 철저하게 고립된, 그 어느 죄수들과도 접촉이 불가능한, 하루 24시간 내에 골방 같은 독방으로 옮겨가야 했다.

호프만은 까치발을 하고서 용변을 보았다. 벽에 달린 세면대 위치가 높았기 때문이다. 하지만 화장실을 가기 위해 밖으로 나갈 순 없었다.

그는 문 옆에 달린 벨을 꾹 눌렀다.

"원하는 게 뭐야?"

"전화 한 통 하고 싶습니다."

"저기 복도에 나가면 전화 있잖아."

"밖으로는 나가지 않겠습니다."

교도관은 문을 열고 안으로 들어와 세면대 쪽으로 몸을 숙였다.

"이건 또 무슨 냄새야!"

"재소자 권한에는 전화를 할 수 있다고 나와 있습니다."

"젠장, 여기다 오줌을 싼 거야?"

"재소자 권한에는 변호사와 비구금형 관공서, 경찰, 그리고 사전에 제출한 다섯 개의 전화번호로 전화를 할 수 있다고 나와 있습니다. 그리고 지금 그 권한을 행사하고 싶단 말입니다."

"이 감호구역에선 방금 당신이 말한 그 권한은 직접 두 발로 걸어 나가서 행사하면 그만이고, 복도에 있는 화장실도 마음대로 쓸 수 있다고. 그리고 난 당신이 제출한 그 빌어먹을 전화번호 모른다고."

"경찰에 전화하고 싶습니다. 스톡홀름 시경 교환실에 전화를 하고 싶단 말입니다. 이 권한은 거부할 수 없습니다."

"저기 나가면 전화가……."

"이 감방 안에서 전화를 하고 싶단 말입니다. 여기서 개인적으로 경찰에 전화를 할 권리는 저한테도 있지 않습니까."

전화벨이 열두 번 울렸다.

피에트 호프만은 무선전화기를 손에 쥐고 있었다. 에리크 빌손은 자리에 없었다. 서로 연락을 주고받을 일이 없어야 할 기간 동안 미국 동남부 어딘가에서 특별교육을 받고 있다는 건 그도 알고 있었다. 하지만 그가 전화를 건 곳은 빌손의 사무실이었다. 이번 임무의 시발점인 곳.

전화는 다시 다른 곳으로 넘어갔다.

—독방으로 이감을 요청하고 그 안에 들어가면 일단 우리

쪽에 연락하고 일주일 정도만 기다려. 필요한 서류를 꾸며서 자넬 거기서 빼줄 사람을 보내는 데 걸리는 시간이야.

이번에는 열네 번 울렸다.

호프만이 아무리 기다려도 빌손은 전화를 받지 않을 것이다.

"시경 교환실로 전화 부탁합니다."

나는 혼자다.

교환실로 연결되는 연결음은 낮고 희미하게 들렸다.

아직은 아무도 모른다.

"스톡홀름 시경입니다. 무엇을 도와드릴까요?"

"예란숀 씨 부탁합니다."

"어느 분을 찾으시는 거죠?"

"강력계 범죄수사팀 책임자 말입니다."

여자 교환수는 그의 전화를 돌려주었다. 낮고 희미한 연결음이 계속되었다. 계속. 그리고 또 계속.

나는 혼자다. 아직은 아무도 모른다.

그는 수화기를 귀에 꼭 누른 채 기다렸다. 일정한 간격으로 이어지던 연결음이 점점 커지는 것 같았다. 그러다가 어느새 머릿속으로 파고들어 굳게 잠긴 감방 문을 뚫고 들어오던 그 목소리, 화장실에서 들리던 그 목소리, "스투카치"라고 고함치던 그 목소리와 함께 뒤섞여버렸다. 한 번, 두 번, 그리고 세 번.

*

에베트는 소파에 축 늘어진 채 자신의 책장을 멍하니 쳐다보고 있었다. 에베트는 그날 아침 일찍, 책장에 남아 있던 흘러간 시간의 흔적을 완전히 정리해버렸다. 꿈속에서 블랙홀로 변해 그를 괴롭혔던 먼지 자국을 깨끗이 닦아내고, 그 자리에 각종 서류와 외로이 서 있는 선인장을 가져다놓아 지나간 세월의 빈자리를 꽉 채워버렸다. 마치 처음부터 티끌 하나 없었던 것처럼. 그는 주변을 둘러보다가 천장으로 시선을 돌렸다. 그러고는 여러 갈래로 나뉘었다가 하나로 모이더니 다시 사방으로 갈라지는 균열을 발견했다. 근래에 새로 생긴 것 같았다.

그는 차 안에 그대로 앉아 있었다. 공원묘지 관리인이 숲이라고 해도 과언이 아닐 것 같은 잔디밭과 나무 쪽을 가리키며 비교적 최근에 만든 무덤들은 하가 쪽으로 향하는 묘지 끝자락에 배치된다고 설명해주었다. 가본 적이 없다면 같이 가주겠다는 말에 에베트는 고맙지만 괜찮다는 듯 고개를 가로저었다. 나중에 다시 찾아갈 거라는 말과 함께.

"어디 간 겁니까?"

누군가 그의 사무실 문턱에 와 서 있었다.

"원하는 거라도 있소?"

"소음요."

"무슨 빌어먹을 소음?"

라슈 오게스탐은 문턱을 넘어 안으로 들어왔다.

"원래 이 사무실에 오면 꼭 들어야 하는 소음 말입니다. 시브 말름크비스트 노랫소리요. 아무 생각 없이 그 소리만 따라 왔는데 막상 번지수를 지나친 뒤에야 깨달았습니다. 복도 전체가…… 고요하다는 사실을요."

검사는 사무실 안으로 들어오다가 무언가 달라졌다는 느낌을 받았다. 마치 새롭게 단장한 사무실에 들어온 것 같았다. 전에는 정중앙을 차지하고 있던 무언가가 그 자리에 없었기 때문이다.

"가구배치를 바꾸신 겁니까?"

그는 책장 쪽으로 시선을 돌렸다. 서류, 초동수사 보고서, 말라 죽기 일보직전의 화분. 분명 다른 무언가가 있던 자리였다.

에베트는 아무런 대꾸도 하지 않았다. 오게스탐의 귀에는 그 노랫소리가 여전히 들리는 듯했다. 죽도록 싫은데도 강제로 들어야 했던 그 소리가.

"그렌스 경정님? 도대체 왜……."

"검사 양반이 신경 쓸 일은 아니잖아."

"하지만……."

"그 얘긴 하고 싶지 않소."

검사는 침을 집어삼켰다. 사건과는 전혀 무관한 대화였다. 종종 그랬다. 애써 말을 붙여보곤 금세 후회하는 것이다.

"베스트만나가탄 사건 말입니다."

"그게 뭐 어쨌다는 거요?"

"사흘 드리지 않았습니까."

"아직 다 안 끝났습니다."

"여전히 건진 게 없는 상황이라면…… 이번에는 정말로 미결로 넘겨버릴 겁니다, 그렌스 경정님."

그때까지 소파에 축 늘어져 있던 에베트는 펄쩍 뛸 듯 소파에서 일어났다. 육중한 몸에 눌렸던 소파에는 우묵하게 들어간 자국이 남아 있었다.

"절대 그렇게 놔둘 순 없지! 우린 정확히 당신이 하라는 대로 수사를 진행했다고. 사건과 관련된 주변 인물 여럿을 직접 만나봤지. 그래서 질문을 던지고 그 결과에 따라 용의선상에서 제외했소. 딱 하나가 남을 때까지. 범죄전과가 있고 현재 교도소에 수감 중인 피에트 호프만이라는 친구. 그런데 그 친구, 지금은 교도소 의무실에 누워 있는데 접근금지 명령이 떨어졌다지 뭐요."

"접근금지라니요?"

"격리수용 중이라더군. 사흘에서 나흘 정도."

"어떤 인물인데요?"

"들여다볼수록 아주 흥미로운 친구지. 뭔가가 있어……. 앞뒤가 들어맞지 않는 뭔가가."

젊은 검사는 과거의 흔적을 가리고 있는 서류들과 화분을 다시 한 번 쳐다보았다. 도저히 눈으로 보면서도 믿을 수가 없었다.

"나흘 드리겠습니다. 그 기간 동안 마지막 용의자를 꼭 만나보세요. 그래서 그자가 사건과 어떤 연관관계가 있는지 밝혀내세요. 아니면 무슨 일이 있어도 이 사건, 뒤로 미뤄버릴 겁니다."

담당 수사관은 고개를 끄덕였다. 오게스탐 검사는 단 한 번도 웃어본 적 없고, 미소조차 지어본 적 없는 삭막한 사무실에서 발걸음을 돌리려 했다. 이곳은 올 때마다 싸움에 휘말리기만 하는 곳이었고, 이곳의 주인은 방문객에게 어떻게든 상처를 주고 몰아낼 생각만 하는 사람이었기 때문이다. 오게스탐은 용무가 끝나기 무섭게 뒤도 돌아보지 않고 이 악의 소굴에서 빨리 벗어나려고 걸음을 재촉했다. 그래서였는지 상대의 헛기침 소리를 듣지 못했고, 상대가 안주머니에서 종이 한 장을 빼고 있다는 사실을 감지하지 못했다.

"오게스탐 검사님."

검사는 걸음을 멈췄다. 그리고 자신의 귀를 의심했다. 에베트 그렌스 경정의 목소리가 친근하게 들렸기 때문이다. 아니, 거의 사과 조에 가까웠다.

"여기가 어딘지 잘 아십니까?"

에베트는 종이 한 장을 펼치더니 소파 앞 테이블에 내려놓았다.

지도였다.

"북부공원묘지네요."

"가보신 적 있습니까?"

"무슨 말씀이십니까?"

"있어요? 여기 가본 적?"

뜻 모를 질문이었다. 지금껏 그를 만나 나눈 이야기 중에서 가장 대화다웠다.

"친척 두 분의 묘지가 거기 있습니다."

오게스탐 검사는 처음으로 그런 인상을 받았다. 이 오만한 노형사가 너무나 작아 보인다는 느낌. 에베트는 스웨덴에서 가장 큰 공원묘지 중 한 곳의 지도를 펼쳐놓고 무슨 말을 어떻게 꺼내야 할지 몰라 쩔쩔매고 있었던 것이다.

"그럼 잘 아시겠군……. 그게 궁금했소……. 그런데 괜찮은 곳이긴 합니까?"

*

자율독방감호구역 복도 맨 끝에 있던 감방 문이 열렸다. G2구역에서 진압부대원들에 둘러싸여 이감돼 온 재소자는 자신의 감방 안에서 경찰에 전화를 걸겠다고 끝끝내 고집을 부리며 소란을 피웠다. 그러고는 계속해서 호출 벨을 눌러대며 이번에는 감금전용 독방으로 보내달라고 고래고래 소리를 질렀다. 뿐만 아니라 주먹으로 벽을 치고 벽장을 뜯어내고 의자를 부수는가 하면, 복도로 오줌이 흘러나올 때까지 감방 바닥에 소변을 보았다. 그는 두려움에 떠는 한편, 무너지지 않으려고 버티는 것 같았다. 자신이 무슨 말을 하고 있는지, 그리고 왜 그런 말을 하는지 잘 알고 있었다. 피에트 호프만이라는 재소자는 누군가 자신의 이야기를 듣고 있다는 사실을 깨닫고서야 잠잠해졌다.

오스카숀 교도소장은 사무실 창가에 기대서서 교도소 운동장과 그 너머에 있는 작은 마을을 응시하고 있었다. 그러다가 C감호구역에 있는 자율독방으로 이감된 재소자가 소란을 피우고 있다는 연락을 받고 자신이 직접 만나보기로 결심했던 것이다. 잘 알지는 못하지만, 본부장의 전화를 받은 뒤로 계속해서 그의 심경을 복잡하게 만든 그 인물을.

"안에 있나?"

교도소장은 열린 감방 문을 향해 턱을 치켜 올리며 물었다. 문 앞에는 네 명의 교도관이 지키고 있었다.

"있습니다."

낯이 익은 인물이었다. 자신의 방을 청소하던 재소자였다. 첫인상은 허리를 꼿꼿이 세운 모습에 키도 더 커 보였고, 호기심과 경계심이 교차하는 눈빛을 가진 듯했다. 하지만 침대에 등을 기댄 채 두 팔로 무릎을 감싸 끌어당겨 그 안에 고개를 파묻고 있는 그는 전혀 다른 사람이었다.

죽음. 오직 죽음에 대한 예감만이 순식간에 사람을 그 지경으로 몰고 갈 수 있었다.

"문제가 있나, 호프만?"

누구에게도, 절대, 어떤 질문도 받아선 안 된다는 문제의 재소자는 자신의 실제 상태보다 더 나은 듯 보이려고 애쓰고 있었다.
“글쎄요. 어때 보이십니까? 아니면, 쓰레기통 비울 일이라도 있으신 겁니까?”
“내 생각에는 그래 보이는 것 같군. 자네가 문젯거리를 만들고 있잖아.”
변호사 하나를 자네가 있는 감호구역의 재소자와 만나게 해주라는 명령이었어.
“자율독방을 요구한 건 자네였어. 그런데 그 이유를 말하는 건 거부했지. 그래도 이렇게 와 있잖아? 자율독방에.”
자네가 경찰조사를 받지 못하도록 하라는 명령이었어.
“그런데도……. 도대체 문제가 뭐야?”
“쥐구멍에 들어가고 싶습니다.”
“어딜 가고 싶다고?”
“쥐구멍이오. 감금독방 말입니다.”
난 지금 자넬 보고 있어.
자넨 분명 우리가 지급한 죄수복을 입고 여기 앉아 있거든.
그런데 난 자네 정체를 도대체 모르겠어.
“감금독방이라고 했나? 자네 지금…… 정확히 무슨 말을 하고 있는 건가, 호프만?”
“교도소 내에서 그 어떤 죄수들과도 접촉하는 일이 없었으면 합니다.”
“위협을 받고 있는 건가?”

"감금독방에 가고 싶다는 것 외에는 더 드릴 말씀 없습니다."

호프만은 열린 감방 문으로 상대를 쳐다보고 있었다. 다른 일반 감호구역은 말할 것도 없고, 자율독방의 죄수들 자체가 그에겐 죽음을 의미했다. 이곳의 재소자들도 서로 간의 교류나 왕래는 있기 때문이다.

"그런 식으로 일을 처리할 순 없네, 호프만. 감금독방으로 이감하는 건 우리가 결정하는 일이지 재소자 개인이 선택할 사안이 아니라고. 자넨 지금 자네 요청에 따라 이곳으로 배치된 거야. 18번 조항에 따라서 말이야. 그게 우리 의무야. 자네가 그걸 요구하면 우린 그 요구에 따른다. 하지만 감금독방은 사정이 달라. 완전히 다른 규정과 조건이 적용돼. 50번 조항은 자네 요청에 따라 이루어지는 게 아니야. 자발적인 것도 아니고. 그건 구속력이 있는 결정에 따라야 하는 거라고. 자네 감호구역을 담당하는 교감의 결정. 아니면 내 결정."

그들이 주변을 어슬렁거리고 있었다. 그의 정체를 알고 있는 그들. 여기서는 일주일도 버티지 못할 터였다.

"구속력이라고요?"

"그래."

"그 빌어먹을 결정은 어떤 상황에 적용되는 겁니까?"

"자네가 다른 재소자들에게 위험인물로 판단될 경우. 아니면 자네가 위험에 처했을 경우."

사방이 담벼락으로 둘러싸인 곳에 갇히면 빠져나갈 구멍이 없다.

"위험인물이라고요?"

"그래."

"어떤 식으로 말입니까?"

"폭력행위지. 다른 재소자들에게, 우리 같은 교도관들에게 폭력을 행사하는 것."

*

그들은 호프만을 기다리고 있었다.

계속해서 "스투카치"라고 속삭이고 있었다.

그는 교도소장에게 한 걸음 가까이 다가갔다. 그리고 잠시 뒤 고통에 일그러진 얼굴을 바라보고 있었다. 교도소장에게 있는 힘껏 주먹을 날렸던 것이다.

그리고 이제 그는 딱딱한 콘크리트 바닥에 앉아 있었다. 감금독방이 쥐구멍이나 새장이라고 불린다는 건 익히 알고 있었다. 바깥세상에서 주먹깨나 쓴다고 알려진 사람들도 감금독방에 갇히면 불과 며칠 사이에 심리적으로 완전히 무너져 태아처럼 웅크린 자세로 기절한 채 병원에 실려 가거나, 심한 경우 목에 시트를 감고 조용히 생을 마감했다는 소문도 전해 들었다. 인간은 자연 그대로의 삶을 박탈당하면 생각보다 오래 버티지 못했다.

감금독방 안에는 의자가 없었다. 묵직한 철제 침대와 바닥에 단단히 붙어 있는 시멘트 변기가 전부였다.

그는 교도소장의 얼굴 한가운데에 주먹을 한 방 날려버렸다. 오스카숀 소장은 앉아 있던 의자에서 바닥으로 굴러 떨어지고 말았다. 피를 흘리긴 했지만 기절할 정도는 아니었다. 문 앞을 지키던 교도관들이 재빨리 달려들었고 소장은 손으로 얼굴을 가리며 또 날아올지 모를 주먹을 막으려 애썼다. 한편, 피에트 호프만은 자신을 끌고 가라는 듯 교도관들을 향해 자발적으로 두 손을 내밀었다. 네 명의 교도관들은 일제히 호프만에게 달려들어 각각 팔, 다리 한쪽씩을 붙잡았다. 그동안 다른 재소자들은 복도에 줄을 서서 그 장면을 지켜보고 있었다.

호프만은 불시의 기습에서 살아남았다. 그리고 자율독방에서도 살아남았다. 그리고 우여곡절 끝에 감금독방까지 올 수 있었던 것이다. 하지만 그는 이전과 마찬가지로 두려움에 떨고 있었다.

나는 혼자다. 아직은 아무도 모른다.

그는 딱딱한 바닥에 웅크리고 앉아 오들오들 떨다가 식은땀을 흘리고, 또다시 오들오들 떨기를 반복했다. 그는 교도관 하나가 찾아와 네모난 감시창을 열고 규정에 따른 외출시간을 쓸 거냐고 물을 때까지 그 상태로 앉아 있었다. 외출은 하루에 한 시간, 조각 케이크 모양으로 생긴 철망 안에서 푸른 하늘을 바라보는 게 전부였다. 그는 고개를 가로저었다. 감금독방을 벗어날 생각이 없었고 누구에게도 자신을 노출하고 싶지 않았다.

*

오스카숀은 자율독방감호구역의 문을 닫고 느린 걸음으로 계단을 한 칸씩 밟고 내려가 맨 아래층인 C감호구역에 도착했다. 한 손으로 뺨을 어루만지며 손가락 끝으로 부어오른 부위를 문질렀다. 광대뼈를 타고 내려오는 부위가 특히 쓰리고 크게 부어올랐다. 혀와 목구멍으로 피 맛이 느껴졌다. 그 상태로 한 시간 정도가 지나면 눈 주변으로 시퍼런 멍이 생길 게 뻔했다. 다 나으려면 오래 걸릴 것 같았다. 하지만 그런 건 얼마든지 견딜 수 있었다. 그를 힘들게 하는 것은 또 다른 고통, 마음속에서 느껴지는 고통이었다. 교도관으로 시작해 교도소장의 자리에 오를 때까지 그는 이 사회에서 설 자리가 전혀 없는 사람들을 보며 지내왔다. 그래서 그런 사람들의 어려움을 그 누구보다 잘 안다는 자부심을 갖고 살아왔다. 그들의 속마음을 읽어내는 자신의 능력이 이 세상 그 무엇보다 가치 있는 일이라고 자부해왔다.

호프만의 주먹. 오스카숀은 자신에게 날아든 그 주먹을 보지 못했다.

오스카숀은 호프만의 절망을 이해하지 못했다. 그리고 호프만의 두려움이 뿜어내는 위력을 미리 내다보지 못했다.

진압부대원들은 호프만을 재소자 중에서도 최악질 죄수들을 감금하는 독방으로 끌고 갔다. 그리고 그는 그 끔찍한 감금독방에 한동안 갇혀 있어야 할 터였다. 오스카숀은 그날 오후 보고서 한 장을 작성했다. 장기수의 형량이 더 길어져야 하는 이유를 설명하는 보고서를. 별 도움이 되진 않았다. 오스카숀은 손가락으로 쓰라린 뺨을 더듬어보았다. 달라질 것은 아무것도 없었다. 무엇을 한다 해도, 재소자 상태를 미리 파악하지 못했다는 자책감은 지워지지 않았다.

*

철제 침대와 시멘트 변기. 세월이 아무리 흘러도 감금독방은 그 이상으로 나아질 수는 없었다. 처음에는 흰색이었겠지만 이미 더러울 대로 더러워진 벽. 제대로 페인트칠 한 번 된 적 없는 천장. 싸늘한 바닥. 그는 또다시 벨을 눌렀다. 듣는 사람들이 성가실 정도로 버튼을 누른 손가락을 한참 동안 떼지 않았다. 결국 교도관 하나가 부리나케 뛰어와 당장 그 손을 치우지 않으면 구속복을 입혀놓겠다고 으름장을 늘어놓았다.

다시 온몸이 오들오들 떨렸다.

그들은 알고 있었다. 그가 경찰의 끄나풀이라는 사실을. 그들은 무슨 수를 써서라도 감금독방까지 찾아올 것이다. 단지 시간문제일 뿐, 제아무리 굳게 닫힌 감방 문도 그를 영원히 보호해줄 수는 없었다. 보이테크 조직은 막대한 자금을 보유하고 있었다. 그리고 사람을 죽이는 일이라면 그 누구든 돈을 주고 살 수 있었다.

갑자기 네모난 감시창이 덜컥 열렸다.

들여다보는 눈.

"필요한 게 있나?"

당신은 누구지?

"전화 한 통 하고 싶습니다."

교도관인가?

"우리가 왜 자네한테 전화를 걸게 해줘야 하는 거지?"

아니면 그들이 보낸 건가?

"경찰에 전화를 하고 싶습니다."

두 눈이 점점 가까이 다가오는 것 같았다. 웃음소리와 함께.

"경찰에 전화를 걸고 싶다고? 무슨 말을 하려고? 방금 교도소장을 주먹으로 한 대 내리쳤다고 자수라도 할 생각인가? 여기서 일하는 교도관들은 바빠서 그런 부탁은 들어줄 수 없을 것 같군."

"내가 왜 전화를 걸려 하는지 당신들이 상관할 바 아니잖습니까? 그리고 재소자 권리 때문에라도 거부할 수 없다는 걸 잘 아실 겁니다."

두 눈은 아무런 대꾸를 하지 않았다. 감시창이 닫히고 발걸음이 멀어졌다.

호프만은 싸늘한 바닥에서 일어나 다시 벽에 붙은 버튼으로 다가가 있는 힘껏 벨을 눌렀다. 아마 5분간 그렇게 버튼을 누르고 있었던 것 같았다.

갑자기 문이 열렸다. 제복을 입은 교도관 세 명이 나타났다. 안을 들여다보던 두 눈의 주인공은 이들 중 하나라는 확신이 들었다.

말을 한 건 교감 정도로 보이는 60대 교도관이었다.

"내 이름은 마틴 야콥손이다. 이 감호구역을 책임지는 교감이야. 그러니까 여기 최고 책임자지. 자네 문제가 도대체 뭔가?"

"전화통화를 하고 싶다고 말했습니다. 경찰에 연락을 해야 한다고요. 그건 빌어먹을 제 권리이기도 하니까요."

교감은 호프만을 뜯어보았다. 헐렁한 죄수복을 입은 재소자는 땀을 흘리고 있었고, 제대로 서 있기도 힘들어 보였다. 교감은 감시창으로 안을 들여다보았던 교도관에게 말했다.

"연결해줘."

"하지만, 규정상……."

"저 친구가 왜 여기 끌려왔는지는 몰라도 일단 통화하게 해주라고."

*

그는 철제 침대 모서리에 쪼그려 앉은 채 수화기를 집어 들었다.

그는 전화가 연결이 될 때마다 스톡홀름 시경을 대달라고 부탁했다. 이번에는 더 많은 횟수의 연결음을 들어야 했다. 에리크 빌손과 프레드리크 예란숀의 사무실로 연결된 전화는 각각 스무 번씩 울렸다.

아무도 전화를 받지 않았다.

그는 바깥세상의 그 누구와도, 교도소 내 그 어느 재소자와도 연락할 방법이 없었다. 그의 감방 문 밖을 지키고 있던 교도관 중에서, 호프만이 스웨덴 경찰의 특수 작전 때문에 그곳에 감금되어 있다는 사실을 아는 사람은 아무도 없었다.

그는 옴짝달싹할 수 없는 신세가 되었다. 도망칠 수도 없었다.

그는 스스로 옷을 벗고 벌벌 떨며 서 있었다. 두 팔을 이리저리 힘차게 흔들자 땀이 나기 시작했다. 그리고 고통보다 더한 압박이 가슴에 느껴질 때까지 숨을 꾹 참았다.

그는 얼굴을 바닥에 대고 엎드려 무언가가 느껴지기를 바랐다. 두려운 감정만 아니라면 뭐든 좋았다.

호프만은 복도로 들어오는 문이 열렸다 닫히는 소리를 듣자마자 깨달았다.

굳이 두 눈으로 볼 필요도 없었다. 듣는 것만으로도 알 수 있었다. 그들이 찾아왔다는 것을.

묵직한 발소리가 어슬렁거리고 있었다. 호프만은 부리나케 감방 문으로 다가가 철문에 찰싹 달라붙어 귀를 기울였다. 교도관 여러 명에 둘러싸인 재소자 하나가 감금독방으로 이감되고 있었다.

바로 그때, 그의 귀를 스치고 지나가는 한 마디. 익숙한 목소리였다.

"스투카치."

스테판의 목소리였다. 그는 복도 아래쪽 감방으로 향하고 있었다.

"뭐라고 한 거야?"

그의 감방 감시창을 들여다보았던 그 교도관이었다. 호프만은 한 마디도 놓치지 않으려 더욱 바짝 귀를 댔다.

"스투카치. 러시아 말입니다."

"여기선 러시아 말 안 써."

"알아듣는 친구가 있어서요."

"닥치고 감방 안으로 들어가!"

그들이 찾아왔다. 이제 감금독방의 모든 죄수들이 알게 될 것이다. 이 안에 경찰의 끄나풀이 들어와 있다는 사실을. 그 배신자는 자신의 감방에 숨은 채 마음을 졸이고 있을 거라는 걸.

스테판의 목소리는 불타는 증오심으로 가득 차 있었다.

*

그는 빨간 버튼을 눌렀다. 교도관이 나타날 때까지 계속 해서.

그들은 자신들이 이곳까지 찾아왔다는 사실을 일부러 알려주었다. 죽는 건 시간문제였다. 몇 시간 내로, 아니면 며칠, 혹은 몇 주 안에. 추격자와 도망자는 더 이상 기다릴 필요가 없는 순간이 찾아오리라는 것을 잘 알고 있었다.

감시창이 열렸지만 다른 눈이 그를 노려보고 있었다. 나이 든 교감이었다.

"저, 전……."

"자네, 손을 심하게 떨고 있잖아?"

"이, 이런 씨, 씨……."

"땀까지 흘리고 있잖아?"

"전화…… 전화 좀……."

"눈에 경련증상까지 있어."

그는 여전히 버튼을 누르고 있었다. 날카로운 벨소리가 온 복도에 울려 퍼지고 있었다.

"일단 그 손가락부터 치우게, 호프만. 진정 좀 하라고. 아니면 나도……. 자네 사정이 뭐야? 그걸 좀 말해보라고."

호프만은 손을 내려놓았다. 무시무시할 정도로 사위가 고요해졌다.

"전화를, 전화를 해야 합니다."

"방금 전에 했잖아."

"똑같은 번호로요. 통화가 될 때까지."

전화기와 전화번호부가 담긴 카트가 감방 안으로 굴러들어왔다. 머리가 희끗희끗한 교감은 이미 여러 차례 누르다 아예 외워버린 번호로 전화를 걸고 수화기를 넘겨주었다. 그는 재소자에게서 눈을 떼지 못했다. 눈 주변이 파르르 떨렸고, 이마와 머리가 땀에 젖어 번들거렸다. 그는 두려움과 사투를 벌이는 사람처럼 전화가 연결되기만을 기다리고 있었다.

"자네, 상태가 영 아니군그래."

"한 군데 더 전화할 곳이 있습니다."

"전화는 나중에 해."

"해야 합……."

"아무도 안 받잖아. 전화는 나중에 하라고."

호프만은 수화기를 내려놓을 수 없었다. 그는 부들부들 떨리는 손으로 수화기를 붙들고 교감의 눈을 바라보았다.

"책이 필요합니다."

"무슨 책?"

"전에 있던 감방이오. G2. 감방에도 책 다섯 권은 가지고 들어올 권리가 있습니다. 그게 지금 필요합니다. 그중 두 권이오. 그 책들은 탁자에 있을 겁니다. 《스웨덴의 심장, 그 깊은 곳》하고 《마리오네테나》요. 여기서 그냥 벽만 바라보고 있을 순 없습니다."

재소자는 책 이야기를 하는 동안 다소 진정이 됐는지 떠는 증상이 훨씬 줄어들었다.
"시집 말인가?"
"그게 뭐 문제라도 된다는 겁니까?"
"여기서 그런 걸 읽는 재소자는 거의 없거든."
"그게 필요합니다. 그 책이 있어야 미래에 대한 희망도 가질 수 있습니다."
재소자의 얼굴에서 흥분기가 조금씩 사라지고 있었다.
"그러곤 갑자기 천장이 나를 쳤다. 내 천장은 누군가의 바닥이었다."
"네?"
"로렌스 펄링게티 시야.《맨발로 걷는 아이》. 자네가 시를 좋아한다면 내가……."
"그냥 제 책이나 갖다 주십쇼."
나이 든 교감은 아무런 대꾸도 하지 않았다. 단지 전화기가 놓인 카트를 끌고 감방 밖으로 나가 육중한 문을 닫을 뿐이었다. 또다시 적막감이 감돌았다. 호프만은 싸늘한 바닥에 앉은 채 이마의 땀을 닦아냈다. 눈 주변이 저절로 씰룩거렸다. 한눈에 확연히 보인다는 걸 그는 모르고 있었다. 그의 공포가.

그는 바닥에서 침대로 올라와 이름만 매트리스 같은 쿠션 위에 드러누웠다. 이불 따위는 처음부터 없었다. 그는 헐렁한 죄수복 차림으로 뻣뻣해진 몸을 가까스로 웅크린 채 오한이 든 사람처럼 벌벌 떨다가 결국 잠이 들었다. 꿈속에서 소피아가 그의 앞에 나타났다. 하지만 아무리 애를 써도 아내의 곁으로 다가갈 수가 없었다. 가까스로 손을 잡자마자 순식간에 그녀의 손이 유리 파편처럼 산산조각 나버렸다. 소피아는 비명을 질렀고 그 역시 뭐라고 소리쳤지만 소피아는 그의 목소리를 들을 수 없었다. 그의 목소리가 점점 줄어들다 완전히 사라져버리는 동안 그녀 역시 점점 멀어지더니 완전히 사라져버렸다.

그는 복도에서 들리는 소리에 놀라 잠에서 깨어났다.

누군가 교도관에게 이끌려 샤워실을 가거나 외출하러 나가는 것 같았다. 호프만은 문으로 다가가 감시창에 귀를 밀착했다. 그런데 이번에는 다른 사람의 목소리였다. 스웨덴 억양. 한 번도 들어본 적 없는 목소리.

"파울라, 어디 있니?"

분명히 그렇게 들렸다.

"파울라, 설마 술래잡기 하자는 건 아니겠지?"

교도관이 목소리의 주인에게 닥치라고 말했다.

특정한 방향을 노리고 던진 말은 아니었다. 그저 그의 감방 밖에서, 무슨 뜻인지 아는 누군가더러 들으라고 한 말이었다.

호프만은 문 뒤에서 부들부들 떨고 있었다. 그러고는 또

다시 두 팔로 무릎을 끌어안고 얼굴을 파묻어버렸다. 두 다리까지 말을 듣지 않았다.

간밤에 그가 밀고자라는 정보를 누군가 흘린 게 분명했다. 그에게 사형선고가 내려지도록. 하지만 파울라라는 암호명……. 이해할 수가 없었다, 그 이름을 듣기 전까지는. 정체 모를 누군가가 그의 암호명을 알고 있었던 것이다. 빌어먹을……. 파울라라는 암호명을 알고 있는 사람은 단 네 사람이었다. 에리크 빌손이 그 이름을 만들었고, 예란숀 총경이 승인해주었다. 그 암호명은 몇 년 동안 오직 그 두 사람만 알고 있었다. 루센바드 미팅 이후에 두 사람이 더 알게 되었다. 경찰총감. 그리고 법무장관. 그 외에는 아무도 모르는 이름이었다.

파울라.

그 넷 중 하나였다.

그의 보호막이자 탈출구가 돼야 할 사람이 그의 정체를 노출하고 연결고리를 끊어버린 것이다.

"파울라, 우리가 널 얼마나 보고 싶어 하는데."

목소리는 샤워실 쪽으로 점점 멀어져갔다. 무슨 뜻인지 몰라 짜증을 내며 닥치라고 명령하는 교도관의 소리도 따라서 멀어졌다.

호프만은 있는 힘껏 팔에 힘을 주고 두 다리를 몸 가까이 바짝 끌어당겼다.

이제 그는 모두의 사냥감이 되어버렸다. 밀고자를 성범죄자만큼이나 혐오하는 재소자 사이에서 그는 경찰의 끄나풀로 낙인이 찍혀버렸다.

여러 재소자들이 동시에 자신들의 감방 문을 두드렸다.

어딘가에서 또다시 "스투카치"라는 고함이 흘러나왔다.

언제나 그렇듯, 조만간 특정 감방 한곳이 모두의 혐오대상으로 전락할 터였다. 시간이 흘러갈수록 손으로 전달되는 혐오감은 점점 더 세졌고 그만큼 문 두드리는 소리도 점점 더 커졌다. 호프만은 두 손으로 귀를 틀어막았다. 하지만 문을 두드리는 소리는 가슴속까지 파고들었다. 도저히 견딜 수가 없었다. 그는 다시 벨을 눌렀다. 날카로운 벨소리가 성난 소리들을 잠재울 때까지 버튼에서 손가락을 떼지 않았다.

감시창이 올라갔다. 교감의 눈이었다.

"왜 그래?"

"전화하고 싶습니다. 그리고 책도 빨리 갖다 주십쇼. 전화를 걸어야 하고 책도 있어야 한다고요."

감방 문이 열렸다. 교감이 안으로 들어왔다. 그는 한 손으로 숱 많은 백발을 쓸어 올린 뒤 복도를 가리키며 물었다.

"저 소리 말이야……. 자네하고 무슨 관계가 있는 거지, 그렇지?"

"없습니다."

"난 여기서 오래 근무한 사람이야. 자넨 지금 눈을 씰룩거리면서 바들바들 떨고 있어. 식은땀까지 흘리면서. 자넨 지금 미치도록 두려워하고 있다고. 그래서 전화를 걸겠다는 거고."

교감은 감방 문을 아예 닫아버렸다. 재소자가 자기에게만 주목할 수 있도록.

"내 말이 맞지?"

호프만은 자신의 앞에 서 있는 파란 제복의 노인을 바라보았다. 친근해 보이는 인상이었고, 목소리도 그렇게 들렸다.

아무도 믿어선 안 된다.

"아닙니다. 저하곤 아무 상관없습니다. 전 지금 당장 전화를 걸고 싶을 뿐입니다."

교감은 한숨을 내쉬었다. 전화기가 놓인 카트는 복도 맨 끝에 있었다. 그래서 이번에는 직접 자신의 휴대전화를 꺼내 시경의 전화번호를 누른 뒤, 호프만에게 전화를 건넸다.

첫 번째 번호. 신호음은 가지만 아무도 받지 않았다.

씰룩거림, 떨림, 식은땀은 더더욱 심해졌다.

"이봐, 호프만."

"한 통화만 더요. 다른 번호로요."

"자네 지금 상태가 영 아니라니까. 아무래도 의무관을 불러야겠어. 자넨 지금 의무실로……."

"그 빌어먹을 번호나 눌러주세요. 전 아무 데도 안 갑니다."

또다시 신호음. 신호음이 세 번 울렸을 때, 한 남자의 목소리가 들렸다.

"예란숀 총경입니다."

그가 전화를 받았다.

두 다리에 감각이 살아 돌아왔다.

그가 전화를 받았다.

호프만은 그간의 일을 전하려 했다. 이제 조금만 기다리면 행정절차가 시작되리라. 그러면 일주일 안에 자유의 몸이 될 수 있을 것이다.

"세상에, 이제 전화를 받으십니까! 통화하려고 얼마나……. 도움이 필요합니다. 지금 당장요."

"전화 거신 분은 누구십니까?"

"파울라입니다."

"누구시라고요?"

"피에트 호프만입니다."

잠시 동안 침묵이 이어졌다. 하지만 마치 전화가 끊기기라도 한 것처럼 아무런 말도 들리지 않고, 희미한 전기잡음만 들릴 뿐이었다.

"여보세요? 이거 뭐야, 여보세요? 여보……."

"듣고 있습니다. 그런데 성함이 어떻게 되신다고요?"

"호프만입니다. 피에트 호프만. 왜……."

"대단히 죄송하지만 아무래도 전화 잘못 거신 것 같습니다."

"이런 씨발……. 당신은 알잖아! 당신은 내가 누군지 너무나 잘 알잖아! 한두 번 본 것도 아니고, 마지막으로 본 건 법무장관 사무실에서……."

"전 선생을 만나 적 없습니다. 실례가 되지 않는다면 이만 끊어야겠군요. 할 일이 많아서."

온몸의 근육이 불끈불끈 솟아오르고 뱃속에 불이 난 것처럼 타들어갔다. 가슴과 목구멍이 콱 막히는 것 같았다.

"지금 당장 의무실 직원을 불러와야겠어."

호프만은 교감의 휴대전화를 손에 꽉 쥐고 돌려주려 하지 않았다.

"난 아무 데도 안 갑니다. 제 책을 받을 때까진 아무 데도 안 간다고요."

"전화기를 줘."

"책부터 주세요. 감금독방이라고 해도 책은 가지고 들어갈 수 있단 말입니다!"

휴대전화를 쥐고 있던 손의 힘이 빠지자 호프만은 휴대전화를 떨어뜨리고 말았다.

퍽 하는 소리와 함께 휴대전화가 깨지며 사방으로 플라스틱 조각이 날아갔다. 호프만은 그 옆에 그대로 주저앉았다. 손으로 배를, 가슴을, 목구멍을 움켜쥐었다. 계속해서 타들어가는 듯했다. 모든 게 타버리고 있을 땐 도망치거나 숨어야 한다.

"절망적으로 들렸나?"

"그렇습니다."

"극도의 스트레스 상태였고?"

"맞습니다."

"겁에 질린 목소리였다고?"

"상당히 겁에 질린 상태였습니다."

두 사람은 서로를 쳐다보고 있었다.

'만약에 말이야, 호프만의 정체가 노출된다면…….'

두 사람은 계속해서 커피를 마셨다.

'그 정보를 가지고 조직이 자체적으로 일을 벌인다면 그건 우리 문제가 아니야.'

두 사람은 테이블 위에 쌓인 서류 뭉치들을 다른 쪽으로 옮겨놓았다.

'범죄자들끼리 벌인 일을 경찰이 책임질 일도, 또 책임질 수도 없지 않겠나.'

이미 끝났어야 할 문제였다.

두 사람은 어느 변호사에게 연락해 그날 저녁, 교도소에 수감되어 있는 어느 고객을 만날 수 있게 자리를 마련해주었다. 그런 식으로 호프만의 존재를 덮어버렸다.

그런데 없어졌어야 할 그가 교도소에서, 그것도 자신의 감방에서 전화를 걸어온 것이다.

"확실한 거야?"

"확실합니다."

"그럴 리가……."

"분명히 그 친구였습니다."

경찰총감은 책상서랍에 넣어두었던 담뱃갑을 꺼내 총경

에게 내밀었다. 성냥은 테이블 위에 있었다. 사무실은 순식간에 하얀 연기로 가득 찼다.

"나도 하나 주게."

예란손은 고개를 가로저었다.

"끊은 지 2년 되셨다면서요? 별로 권해드리고 싶지 않습니다."

"피우진 않을 걸세. 그냥 들고만 있을 거야."

경찰총감은 손가락 사이에 담배를 끼웠다. 지금 담배는 그에게 진정제 같은 효과를 발휘하고 있었다.

"시간은 많다고."

"사흘입니다. 하루는 벌써 지나갔고요. 만약 그렌스와 호프만이 만나기라도 한다면……. 호프만이 입을 여는 날에는……."

예란손은 입을 다물었다. 더 이상 말할 필요도 없었다. 두 사람 모두, 다리를 절뚝거리는 집요한 노수사관의 반응이 눈에 선했기 때문이다. 경찰 관계자들이 이 사건에 연루됐다는 사실을 알게 된다면 진실을 밝히는 정도에서 그치지 않을 사람이라는 것을. 포기를 모르는 그는 분명 끝까지 갈 것이다. 누가 호프만을 보호하고 있었는지, 그리고 왜 덮어버렸는지 알아내기 전까지는 절대로 멈추지 않을 것이다.

"그냥 시간문제일 뿐이야, 프레드리크. 범죄조직은 나름의 해결책을 가지고 있다고. 단지 시간이 좀 더 걸릴 뿐이지. 재소자들끼리도 접촉이 불가능한 곳이라고 하지 않았

나. 하지만 결정적인 순간은 올 거야."

경찰총감은 손가락으로 담배를 만지작거릴 뿐, 불을 붙이지 않았다.

너무나 친숙한 느낌이었다. 손가락 끝을 코로 가져가 그 냄새를 맡으며 금지된 쾌락을 조금 더 맛보리라.

"하지만 자네도 원한다면 말이지, 우리가…… 그러니까, 뭐랄까? 감금독방에 갇혀 있는 건 너무 끔찍한 일이지 않겠나? 어느 누구와도 접촉할 수 없으니 말이야. 그러니 원래 있던 감호구역으로 옮겨가는 것도 좋겠지. 알고 지냈던 친구들이 있는 곳으로 말이야. 어두운 지하보다는……. 뭐랄까…… 인도주의적인 차원에서 말이야."

그는 늘 그렇듯 사무실 창가에 우두커니 선 자세로 자신의 세계를 내려다보고 있었다. 거대한 교도소. 그리고 작은 마을. 다른 도시가 어떤 분위기일지 딱히 관심을 가져본 적도 없는 그였다. 사무실 창밖으로 보이는 전경이 평생 그가 바라온 전부였기 때문이다. 태양이 만들어낸 반사광 때문에 유리에 얼굴이 비쳤다. 오스카숀은 뺨과 코, 이마를 쓱 하고 쓰다듬어보았다. 쑤시고 아팠지만 그늘이 진 유리거울로는 맞은 부위가 제대로 보이지 않았다. 그래도 눈 주변으로 시퍼렇게 든 멍은 확연히 구분이 갔다.

그는 호프만의 심리를 미처 파악하지 못했다. 그가 절망의 늪에 빠져 있는 것을.

"여보세요?"

전화 벨소리가 팽팽하게 당겨진 살갗을 어루만지던 그의 손길을 멈추게 했다.

"렌나트?"

교도행정 본부장의 목소리였다.

"접니다."

수화기 너머로 무언가가 펄럭이는 소리가 희미하게 들렸다. 강풍이 부는 바깥에서 휴대전화를 사용하는 것 같았다.

"호프만에 관한 문제 때문일세."

"말씀하세요."

"그 친구, 다시 돌려보내게. 처음에 수감됐던 감호구역으로."

펄럭이는 소리는 이제 거의 들리지 않았다.

"렌나트?"

"지금 무슨 말씀 하시는 겁니까?"

"그 친구 돌려보내라고. 아무리 늦어도 내일 아침까지는 그렇게 조치해."

"그쪽으로 돌아가면 재소자가 심각한 위협을 받을 수도 있습니다."

"인도주의적 차원에 따른 결정이야."

"원래 감호구역으론 못 돌려보냅니다. 게다가 이 교도소에 수감할 수도 없습니다. 그 친구를 어딘가로 보내야 한다면 긴급호송명령을 내려서 쿰라나 할로 보내야 한다고요."

"그렇게 할 순 없어. 그 친구, 원래 자리로 돌아가야 해."

"살해위협을 받는 재소자는 무슨 일이 있어도 원래 감호구역으로 돌려보내지 않습니다."

"명령이야."

책상 위에 있던 꽃다발들이 마치 밝은 램프처럼 노란 꽃잎을 자랑스럽게 그의 앞에 펼쳐 보이기 시작했다.

"면회가 금지된 야간에 어느 변호사가 어느 재소자를 만나게 해주라는 명령을 받았고 전 명령을 이행했습니다. 또 어느 수사관이 어느 재소자를 만나지 못하게 하라는 명령에도 따랐습니다. 하지만 이번에는 그렇게 하지 않을 겁니다. 만약 수인번호 0913번, 피에트 호프만을 심각한 위협을 받고 있는 감호구역으로 돌려보내라는 명령이시라면 전 따를 수……."

"명령이라고 명령. 교섭불가의 명령."

오스카손은 노란 꽃잎 가까이 몸을 숙였다. 진짜 향기를 느끼고 싶었다. 꽃잎이 뺨을 스치자 욱신거렸다. 정말 대단한 생명의 힘이었다.

"개인적으로 지옥이든 어디든, 그 친구 아무 데나 보내도 상관없습니다. 명분도 있고 말입니다. 하지만 제가 이곳 교도소 소장으로 있는 한 그럴 일은 없을 겁니다. 그건 죽으라는 얘기나 마찬가지입니다. 안 그래도 스웨덴 교도소 내 살인사건 발생건수는 지금도 차고 넘치는 상황입니다. 조사를 해봐도 뭔가를 봤다거나 뭔가를 들었다는 목격자도 없습니다. 그리고 얼마 지나면 기억에서조차 완전히 지워집니다. 왜냐고요? 관심 있는 사람이 아무도 없기 때문입니다."

다시 펄럭이는 소리가 들렸다. 바람 소리 때문이었는지, 거센 숨소리가 고감도 마이크에 마찰음을 일으키는 건지는 알 수 없었다.

"렌나트?"

숨소리였다.

"시키는 대로 해. 아니면 옷 벗을 생각을 하든가. 두 시간 주겠어."

*

그는 철제 침대에 누워 두 눈을 감고 있었다.

'대단히 죄송하지만 아무래도 전화 잘못 거신 것 같습니다.'

그는 공식적으로 10년 형을 받고 수감된 재소자였다.

그 사실을 다 알고 있는 사람들이 부인한다면, 법원 판결문을 비롯해 전과기록까지 조작해놓은 사람들이 그런 모든 사실을 부인한다면, 그걸 대신 해명해줄 수 있는 사람은 아무도 없었다.

그는 바깥세상으로 나올 수 없는 처지가 되고 말았다. 아무리 멀리 도망치더라도, 아무리 오래 숨어 있더라도 회색 담벼락 너머 세상에서 그를 구원해줄 사람은 이제 아무도 없었다.

*

교도소 운동장으로 바람이 불고 있었다. 따뜻하고 건조한 공기가 콘크리트 담벼락을 치고 돌아 나왔다. 교도소장은 힘차게 걸음을 옮기며 셔츠 소매로 이마에 흐르는 땀을 닦았다. 감금독방으로 연결되는 보안문은 잠겨 있었다. 그는 자신이 가진 열쇠로 문을 열었다. 그가 흉악범들과도 잘 어울리지 못하는 인간들의 임시거처가 늘어서 있는 을씨년스런 복도를 직접 찾아오는 일은 거의 없었다.

"마틴."

교도관 사무실은 문 바로 안쪽에 있었다. 그는 사무실을 지키고 있던 세 명의 교도관에게 고갯짓으로 인사를 건넸다. 마틴 야콥손과 임시직이라 아직 이름을 외우지 못한 젊은 교도관 두 명이었다.

"마틴, 나하고 잠시 얘기 좀 하지."

임시직 교도관들은 고개를 끄덕인 뒤 눈치 빠르게 복도로 나가 사무실 문을 닫았다.

"호프만 말이야."

"9번 감방이야. 그 친구, 상태가 영 안 좋아 보여. 아무래도……."

"다시 돌려보내. G2감호구역으로. 적어도 내일 오전 중으로 이감해."

교감은 텅 빈 복도를 멍하니 바라보고 있었다. 벽에 걸린 흉물스런 괘종시계가 째깍거렸다. 초침 돌아가는 소리가 사무실 안을 가득 채울 만큼 정적이 흘렀다.

"렌나트……."

"자네가 들은 그대로야."

야콥손은 좁다란 책상 의자에서 일어나 한때 동료였지만 지금은 상사가 된 오스카숀을 쳐다보았다.

"우리가 여기서 같이 일한 게 얼마지……. 20년은 족히 됐을 거야. 또 그만큼 많은 세월을 이웃으로 살아왔고. 여기서 자넨 나한테 유일한 친구야. 또 밖에서도 일요일에 술 한 잔 걸치고 싶은 유일한 친구이고."

마틴 야콥손 교감은 애써 그 자리에 없는 것처럼 행동하는 친구의 눈을 마주보려 했다.

"날 봐봐, 렌나트."

"아무것도 묻지 마."

"날 좀 보라고!"

"부탁이야, 마틴. 이번 일에, 빌어먹을 질문 따위는 하지 말라고."

백발의 교감은 침을 집어삼켰다. 놀랍기도 했고 화가 치밀기도 했다.

"도대체 무슨 일이야?"

"캐묻지 말라고."

"그러면 그 친구, 죽는다고."

"마틴, 난……."

"그 결정은 우리가 아는 것, 우리가 말하는 것, 우리가 하는 일과 정반대되는 결정이라고."

"이만 가볼게. 자넨 명령을 받은 거야. 명령에 따르라고."

렌나트 오스카숀은 사무실 문을 열고 밖으로 나섰다.

"그 친구는 자네한테 주먹을 휘둘렀어, 렌나트……. 그럼 개인적인 이유에선가?"

부은 부위가 조여왔다. 걸을 때마다 욱신욱신 쑤시는 통증이 광대뼈를 타고 아래로 흘러내렸다.

"그런 거냐고? 개인적인 거였어?"

"그냥 부탁한 대로 해달라고."

"그렇겐 못해."

"마틴, 자넨 지금 명령을 받은 거야. 반드시 따라야 하는 명령!"

"그렇게 할 수 없어. 그건 옳지 않은 행동이야. 정 그 친구를 왔던 곳으로 돌려보내야 한다면…… 자네가 직접 하라고."

*

렌나트 오스카숀은 마치 등 뒤에 커다란 구멍 두 개가 뚫린 느낌으로 9번 감방으로 향했다. 절친한 친구가 쏘아보는 눈빛이 느껴졌기 때문이다. 그는 뒤돌아서서 자신 역시 얼마 전에 명령을 받았을 뿐이라고 해명하고 싶었다. 마틴은 지혜로운 친구였고 경험이 풍부한 직장동료이기도 했다. 옳고 그름을 분명히 가리고 누구에게든 직언을 할 수 있는 그런 사람이었다.

그는 굳게 잠긴 감방 문으로 가까이 다가가면서 등 뒤에서 무의식의 손이 뻗어 나와 그 구멍을, 쏘아보는 그 눈을 지워줬으면 했다. 그의 뒤를 바짝 따르고 있던 임시직 교도관 두 명은 문 앞에 멈춰선 뒤 열쇠 꾸러미를 뒤적이며 9번 열쇠를 찾았다.

재소자는 맨몸에 하얀 팬티만 입은 채 철제 침대에 누워 있었다. 쉬고 있는 것처럼 보였지만 분명 떨고 있었다. 얼굴은 말할 것도 없고 상체까지 하얗게 질린 상태였다.

“자네, 원 감호구역으로 이감된다.”

창백하게 질린 남자. 겨우 몇 시간 전만 해도 그의 얼굴에 정면으로 주먹을 날린 남자와는 전혀 다른 사람처럼 보였다.

“내일 아침 8시다.”

그는 미동도 하지 않았다.

“똑같은 감호구역, 똑같은 감방이야.”

듣는 것 같지도, 쳐다보는 것 같지도 않았다.

“내 말 잘 알아들었나?”

교도소장은 대답을 기다리다가 젊은 교도관들을 향해 고갯짓을 한 뒤 문을 가리키며 다시 한 번 고개를 끄덕였다.

"책은 어떻게 됐습니까?"

"뭐라고?"

"책이 필요합니다. 재소자 권리에 따라 보장되는 책이요."

"무슨 책?"

"제가 감방 내에서 보유할 수 있는 다섯 권 중에서 두 권을 가져다달라고 부탁드렸습니다. 《스웨덴의 심장, 그 깊은 곳》과 《마리오네테나》라는 책입니다. 제 감방에 있습니다."

"그 책을 읽겠다고?"

"여긴 밤이 길거든요."

오스카숀은 다시 교도관들에게 고갯짓을 했다. 감방 문을 닫고 떠나자는 신호였다.

*

그는 몸을 일으켜 앉았다. 복귀. 이제 그는 죽은 목숨이다. 공공의 적이 되어버린 사냥감에겐 죽음만 있을 뿐이니까.

그는 시멘트 변기 앞에 무릎을 꿇고 앉아 손가락 두 개를 목구멍 속에 쑤셔 넣고는 위에 든 음식물이 쏟아져 나올 때까지 그러고 있었다.

공포심이 그의 모든 것을 빨아들이고 있었다. 그걸 뱉어내야 했다. 그 두려움을 털어내야만 했다. 그는 무릎을 꿇은 상태로 자신을 비워냈다. 속에 든 모든 것들을 게워냈다. 자신의 안에 든 모든 것을. 이제 그는 철저히 혼자다. 그의 존재를 덮어버린 사람들이 아예 흔적까지 지우기로 결정했기 때문이다.

그는 벨을 눌렀다.

그렇게 죽을 순 없다. 아직은 아니다.

*

그 상태로 14분간 계속해서 버튼을 누르고 있었다. 그제야 감시창이 올라가더니 교도관의 눈이 나타나 빌어먹을 버튼에서 손가락을 떼라고 고래고래 소리를 질렀다.

그는 명령에 따르지 않았다. 오히려 더 힘주어 눌렀다.

"책이 필요합니다."

"갖다 준다잖아."

"책이 필요하다니까요!"

"내가 가지고 있어. 소장님 명령이라 내가 가지고 있다고. 그 책 받고 싶으면 당장 그 버튼에서 손 떼."

피에트 호프만은 문이 열리자마자 교도관의 손에 들린 두 권의 책을 알아보았다. 그의 책. 가슴을 꽉 조이던 압박감, 두려움에 떨게 만들었던 그 압박감이 누그러지기 시작했다. 긴장이 풀리자 그대로 주저앉아 펑펑 울고 싶었다.

"썩은 내가 진동을 하는군."

교도관은 시멘트 변기 쪽을 보더니 구역질을 하며 뒤로 물러났다.

"당신 선택이야. 여긴 아무도 청소하지 않는다는 거 잘 알 거야. 이 악취, 나갈 때까지 참고 견디라고."

교도관은 책을 들고 흔들다가 그중 한 권을 빼들고 대충 훑어보고는 다시 흔들어보았다. 호프만은 그 앞에 서 있었지만, 행여 들통이 날까 두렵진 않았다. 그는 알고 있었다. 책 속의 '진리'는 무너지지 않는다는 것을.

호프만은 아스프소스 구립도서관에서 대출받은 두 권의 책을 꼭 쥐고 한참 동안 철제 침대에 앉아 있었다. 처음의 상태 그대로였다. 그는 방금 전, 속에 남아 있던 모든 걸 비웠다. 이제 그는 차분해졌다. 몸이 한결 가벼워졌다. 좀 더 쉬기만 한다면, 좀 더 잠을 잔다면, 온몸의 힘을 그러모을 수 있을 것 같았다. 그는 죽지 않는다. 아직은 아니다.

금요일

잠이 들었는지 흠뻑 땀에 젖은 상태로 깨어났다. 상체가 빛을 받아 번들거릴 정도였다. 퍼즐 조각처럼 사방으로 흩어진 무채색의 꿈. 그 꿈은 선잠이 든 상태에서 본, 아득히 멀게만 느껴지는 그런 꿈이었다. 그는 일어나 침대 위에 자리를 잡고 앉아 옆에 놓인 두 권의 책을 바라보았다. 다시 드러누울 순 없었다. 비록 그의 몸은 쉬어야 한다고 비명을 지르고 있었지만, 잠들기 위해 애쓰는 게 오히려 더 많은 에너지를 소모한다고 판단한 그는 새벽이 아침으로 변할 때까지 깨어 있는 길을 택했다.

고요하고 어두운 밤이었다.

감금독방의 복도가 깨어나기까지는 아직 몇 시간 정도의 여유가 있었다.

그는 전날, 자신의 몸과 마음속에 숨어 있던 공포를, 방해만 되는 두려움을, 마땅히 없애버려야 했던 무서움을 모두 비워냈다. 시멘트 변기 안에는 절박했던 그 악취의 잔재가 여전히 떠다니고 있었다. 모든 걸 비운 지금, 그에게 남아 있는 유일한 것은 생존에 대한 의지였다.

호프만은 바닥에 있던 책 두 권을 집어 자신의 앞에 놓았다. 《스웨덴의 심장, 그 깊은 곳》과 《마리오네테나》. 양장제본, 단색의 도서관 일람표, 파란 잉크로 찍힌 '창고 보관'이라는 문구, 빨간 잉크로 찍힌 '아스프소스 구립도서관'이라는 문구. 그는 두툼한 표지를 손에 쥐고 힘껏 잡아당겨 느슨하게 만들었다. 다시 한 번 힘을 주자 책등이 뜯어지고 표지가 분리되었다. 그는 굳게 잠긴 감방 문을 쳐다보았다. 여전히 적막감만 감돌고 있었다. 주변을 어슬렁거리는 사람도, 감시창을 올리고 참견하는 눈도 나타날 기미가 보이지 않았다. 그는 위치를 바꿔 문을 등지고 돌아앉았다. 만약 누군가 감시창을 들여다본다면 그저 장기수 하나가 안절부절못하고 부스럭거리며 잠 못 이루고 있는 장면만 보게 될 터였다.

그는 정교한 손동작으로 책을 북 찢었다. 그의 손가락은 페이지 왼쪽 여백을 도려낸 부분을 훑어 내려갔다. 직사각형의 홈.

그 안에 들어 있었다. 11개의 부품이.

그는 책을 뒤집어서 단 몇 분이면 5센티미터 길이의 초소형 리볼버로 탈바꿈할 쇠붙이들을 꺼냈다. 가장 긴 부품인 총열 달린 프레임을 시작으로 약실 고정 피벗, 방아쇠를 꺼내 밀리미터 크기의 재봉틀 전용 드라이버를 한 번 돌려 총열 보호막을 장착하고, 두 번 돌려 손잡이를 만들고, 세 번째로 손잡이 안전판을 조립했다.

호프만은 갑자기 문 쪽으로 몸을 돌렸다. 하지만 발소리는 머릿속에서만 들리는 소리였다.

그는 작은 크기의 약실을 한 번 돌려보고 안에 든 탄환을 모두 빼낸 뒤 엄지손톱 크기의 탄환 여섯 발을 철제 침대 위에 일렬로 늘어놓았다. 탄환 여섯 발을 모두 합쳐도 그 무게가 몇 그램이 채 되지 않았다.

호프만은 총을 쥐어보고, 들어 올려보고, 꼬질꼬질한 벽을 향해 조준도 해보았다. 방아쇠 보호대를 잘라 충분히 공간을 확보한 방아쇠에 왼쪽 검지를 올리고 뒤로 잡아당기자 공이치기가 손가락의 움직임에 따라 뒤로 가는 모습이 눈에 들어왔다. 마지막으로 힘을 주어 당기자 공이치기가 맹렬히 앞으로 나가면서 동시에 찰칵 하고 선명한 소리를 냈다. 제대로 작동하고 있다는 소리였다.

그는 두 번째 책 역시 똑같은 식으로 뜯어낸 뒤 왼쪽 여백에서 손톱 크기의 기폭장치와 동전 크기의 수신기를 꺼냈다. 그러고는 재봉틀용 드라이버로 두툼한 앞, 뒤표지의 아랫부분에 선을 긋듯 쭉 긁어낸 뒤 껍질을 떼어내고 그 안에서 9미터 길이 펜틸 도화선 두 개와 4센티리터의 나이트로글리세린을 나눠 담은 얇은 특수용기 24개도 꺼냈다.

*

오전 7시에서 몇 분이 지나갔다.

굳게 잠긴 감방 문 뒤 복도에서 근무교대를 하는 교도관들의 목소리가 들려왔다. 야간 근무조에서 주간 근무조로 바뀌는 시간이었다. 아직 한 시간의 여유가 있었다. 그 뒤에는 교도관들에게 끌려왔던 곳으로 되돌아가야 할 처지였다.

G2감호구역 왼쪽 감방. 복귀. 그는 거기서 죽을 운명이었다.

그는 벽에 붙은 벨을 눌렀다.

"무슨 일입니까?"

"큰 볼일 좀 봐야겠습니다."

"침대 옆에 구멍 있잖아요."

"어제 토를 심하게 해서 막혔습니다."

고물 스피커에서 지직거리는 소리가 함께 들렸다.

"얼마나 급한 겁니까?"

"최대한 빨리 갔으면 좋겠습니다."

"5분만 기다려요."

호프만은 문 앞에 서 있었다. 여러 사람의 발소리가 들렸다. 교도관 두 명이 누군가를 데리러 어느 감방으로 가더니 잠금장치를 풀고 문을 열어주고 있었다. 화장실 방문이었다. 이곳에서는 절대로 여러 재소자가 동시에 복도를 오가며 마주쳐선 안 되었다. 그래서 빌어먹을 감방에 처박혀 기다려야 했다. 리볼버는 그의 손바닥 안에 딱 들어왔다. 그는 약실을 열어 탄환 여섯 발을 확인한 뒤 비교적 길이가 깊은 바지 앞주머니에 쿡 찔러 넣었다. 죄수복의 결이 거칠어 무언가가 들어 있어도 윤곽이 드러나지 않았다. 그 덕에 다른 쪽 주머니에는 기폭장치와 수신기를 숨길 수 있었다. 펜틸도화선과 나이트로글리세린 비닐용기는 팬티 속에 집어넣었다.

"9번 감방 개방."

소리를 지른 교도관은 감방 문 바깥에 서 있었다. 호프만은 침대 뒤로 물러나 바닥에 앉은 상태로 감시창을 쳐다보았다. 교도관이 한참동안 감방 내부를 살피며 그가 감방 문이 개방될 때 따라야 하는 수칙을 제대로 지키고 있는지 확인했다.

열쇠 돌아가는 소리.

"화장실에 가고 싶다고요? 일어나서 갑시다."

교도관 하나가 감방 문 앞에 서 있었고, 다른 하나는 복도 아래쪽에 서 있었다. 그리고 나머지 교도관 두 명은 운동장 밖으로 나간 상태였다.

호프만은 교도관 사무실 쪽으로 슬쩍 눈길을 돌렸다. 다섯 번째 교도관이 그 안에 앉아 있었다. 야콥손 교감. 희끗희끗한 머리는 판유리를 등지고 있었다.

그는 서서히 화장실이 있는 샤워실로 향했다. 내부에 남아 있는 교도관은 총 세 명. 서로를 돕기엔 적당히 떨어진 거리에 있었다.

그는 더러운 플라스틱 변기에 잠시 앉아 있다가 물을 내린 뒤 수도꼭지를 틀고 깊게 숨을 들이마셨다. 숨을 쉴 때마다 가슴속 깊은 곳에서 무언가가 따라 올라오는 것 같았다. 그 속에는 침착한 기운이 자리 잡고 있었다. 그에게 필요한 기운. 그는 죽지 않을 것이다. 아직은.

"다 됐습니다. 문 열어도 됩니다."

교도관이 화장실 문을 열었다. 그 순간 호프만은 그를 밀치며 앞으로 튀어나가 초소형 리볼버를 상대에게 보여준 뒤, 감시창을 들여다보던 바로 그 눈에 대고 힘주어 눌렀다.

"다른 교도관 불러."

그는 낮은 소리로 속삭였다.

"다른 교도관에게 이쪽으로 오라고 말하라고."

교도관은 꿈쩍도 하지 않았다. 그의 말을 못 알아들은 건지, 완전히 얼어붙어버린 건지 알 수 없었다.

"당장! 다른 교도관 이쪽으로 부르라고, 당장!"

호프만은 교도관의 벨트에 달린 개인 경보기를 눈으로 지켜보면서 눈꺼풀에 밀착한 총구를 더 세게 눌렀다.

"에리크?"

그는 호프만의 말뜻을 알아들었다. 떨리는 목소리였지만 손짓만큼은 침착했다.

"에리크, 이리 좀 와봐."

호프만은 두 번째 교도관이 다가오는 모습을 보고 있었다. 그 교도관은 갑자기 걸음을 멈춘 뒤 쇠불이 같이 생긴 무언가를 얼굴에 달고 있는 자신의 동료를 발견했다.

"이리 와."

에리크라는 교도관은 잠시 머뭇거리다 명령에 따랐다. 그러면서도 중앙통제센터에서 누군가 확인해주기를 바라는 마음으로 감시카메라를 슬쩍 올려다보았다.

"한 번만 더 그러면 이 친구 죽일 거야. 죽인다고. 죽여버린다고."

호프만은 눈꺼풀을 누르고 있는 리볼버에 더더욱 힘을 주면서 다른 손으로는 유일하게 위험을 알릴 수 있는 플라스틱 단말기 두 개를 빼앗았다.

그들은 묵묵히 기다렸다. 그리고 정확히 호프만이 시키는 대로 따랐다. 이미 그가 더 이상 잃을 게 없다는 사실을 잘 알고 있었기 때문이다.

나머지 하나.

복도를 자유롭게 돌아다닐 수 있는 교도관은 이제 하나밖에 남지 않은 상황이었다. 호프만은 교도관 사무실 내부를 들여다보았다. 판유리를 등지고 서 있던 교감은 마치 무언가를 읽고 있는 듯 목을 아래로 숙이고 있었다.

"거기, 일어나."

머리가 희끗희끗한 노교도관은 뒤를 돌아보았다. 20여 미터 정도 떨어진 거리였지만, 그는 지금 무슨 일이 벌어지고 있는지 정확히 알 수 있었다. 재소자 하나가 교도관의 머리에 무언가를 들이밀고 있었다. 그리고 그 옆에는 다른 교도관이 가만히 서 있었다.

"경보를 울리거나, 문 잠그지 마!"

마틴 야콥손은 침을 꿀꺽 삼켰다.

교도관으로 일해오면서 이런 상황이 닥치면 기분이 어떨까 항상 궁금해했던 그였다.

침착해야 한다.

그것이 첫 느낌이었다.

"경보를 울리거나 문을 잠가버리면 바로 쏴버릴 거야!"

야콥손 교감은 아스프소스 교도소의 경비지침을 달달 외우고 있었다. 난동사태가 발생할 경우 교도관 전용 사무실 안으로 들어가 문을 걸어 잠근다. 그리고 즉시 경보를 울린다. 그는 수년 전까지만 해도 비무장 교도관들을 대상으로 경비지침 등을 외우게 한 장본인이기도 했다. 그런 그가, 지금 처음으로 그 경비지침을 행동으로 옮겨야 할 상황에 처한 것이다.

야콥손은 가장 먼저 교도관 사무실 문을 즉시 안에서 걸어 잠가야 했다. 그리고 경보를 울려 중앙통제센터에 알려야 했다.

하지만 그는 상대가 외치는 소리를 듣고 있었고, 상대가 다가오는 장면을 두 눈으로 지켜보고 있었다. 야콥손은 그가 왜 교도관을 인질로 잡고 협박하고 있는지 알 수 있었다. 또한 사이코패스로 분류된 이 문제의 재소자에 관한 전과기록을 살펴보았기 때문에, 손에 총을 쥔 채 고함을 지르고 있는 상대가 언제든 폭력적으로 변할 수 있다는 사실을 잘 알고 있었다. 그래서 그는 사무실 문을 걸어 잠그지도, 개인용 경보기나 벽에 설치된 비상벨을 울리지도 않았던 것이다. 야콥손은 호프만의 명령에 따라 그들에게 천천히 다가갔다. 첫 번째 감방 문을 지나던 순간, 감금된 재소자가 문을 두드리기 시작하자 육중한 단음이 온 복도로 울려 퍼졌다. 재소자들은 감방 밖에서 일어나는 일에 늘 그런 식으로 반응했다. 화가 날 때도, 기분이 좋을 때도, 관심을 끌고 싶을 때도, 평상시와 다른 무슨 일이 생겨도, 언제나 그런 행동을 했다. 어느 재소자가 문을 두드리기 시작하자, 이유를 모르는 다른 재소자들도 일제히 감방 문을 두드리기 시작했다.

"이봐, 호프만. 난……."

"닥쳐!"

"우리 이렇게……."

"닥치라고 했잖아! 쏴버릴 거야!"

교도관 셋을 모두 충분히 가까운 위치로 모아놓았다. 운동장으로 나갔던 다른 두 명이 돌아올 때까지 최소한 몇 분의 여유는 있었다.

호프만은 텅 빈 복도를 향해 고래고래 고함을 질렀다.

"스테판!"

다시 한 번.

"스테판! 어디야?"

3번 감방이었다.

"빌어먹을 끄나풀 새끼!"

단어 하나하나마다 악의에 가득 찬 목소리가 벽을 타고 흘러나왔다.

몇 미터 앞에 굳게 잠긴 감방 문. 그와 스테판 사이에 놓인 유일한 장애물이었다.

"너 같은 놈은 죽어야 해, 이 개 같은 앞잡이 새끼야!"

그가 젊은 교도관의 눈꺼풀을 누르고 있던 리볼버에 힘을 더 주자 총구가 뭔가에 미끄러졌다.

축축한 것. 눈물이었다. 교도관은 울고 있었다.

"당신! 당신은 저기로 들어가. 3번 감방으로."

그 말을 들은 교도관은 꿈쩍도 하지 않았다. 마치 그의 말을 듣지 못한 사람처럼.

"감방 문 열고 안으로 들어가라고! 그게 당신이 할 일이야. 씨발, 그 빌어먹을 문 열어!"

교도관은 기계적으로 움직이기 시작했다. 열쇠를 꺼내다 떨어뜨렸지만, 다시 집어 들어 아주 조심스럽게 열쇠를 밀어 넣고 돌렸다. 그러자 문이 덜컹 하는 소리와 함께 서서히 열렸다.

"이 끄나풀 새끼, 그새 새 친구 사귄 거야?"

"저 새끼 내보내고 당신이 안으로 들어가. 당장!"

"버러지 같은 놈! 뭐, 뭐야! 손에 든 거?"

스테판은 호프만에 비해 키나 덩치가 월등히 컸다.

감방 문턱에 선 그는 경멸로 가득 찬 어두운 분위기를 풍겼다.

"나와."

그는 망설이지 않았다. 냉소적인 표정을 한 채 필요 이상으로 빠르게, 그리고 가깝게 다가오기 시작했다.

"멈춰!"

"내가 왜 그래야 하는데? 버러지 같은 밀고자 놈이 교도관 머리통에 장난감 총 겨누고 있어서?"

"거기 서라고!"

스테판은 바싹 마른 입술 사이로 뜨거운 숨을 내쉬며 계속해서 그를 향해 다가왔다. 그의 얼굴이 너무나 가까워졌다. 그 행위는 도발이자 공격에 가까웠다.

"해보라고, 쏴봐! 그래봤자 세상에 넘쳐나는 교도관 새끼 하나 없어질 뿐이니까!"

험상궂은 거구가 점점 더 가까이 다가올수록 호프만의 머리는 백짓장처럼 하얗게 변하는 것 같았다. 원래의 계획은 교도관이 아니라 스테판을 인질로 삼고 보이테크와 협상할 생각이었다. 하지만 밀고자에 대한 혐오감의 정도를 과소평가했던 것이다. 스테판이 몇 걸음 남겨두고 갑자기 뛰자 호프만의 뇌는 마치 기능을 멈추기라도 한 듯 아무런 생각도 들지 않았다. 그의 생존본능을 일깨워준 건 바로 두려움이었다. 호프만은 순간적으로 교도관을 밀쳐내고 리볼버의 방향을 바꿔 증오로 가득 찬 눈을 향해 방아쇠를 당겼다. 단 한 발의 탄환은 동공과 수정체, 그리고 유리체를 차례로 관통하고 말랑말랑한 뇌의 어느 부분에 꽂힌 뒤 회전운동을 멈췄다.

스테판은 여전히 냉소적인 표정으로 한 발짝 더 가까이 다가왔다. 겉보기에는 아무렇지 않게 보였지만 바로 다음 순간, 거대한 몸은 그대로 바닥에 쓰러지고 말았다. 호프만은 그 밑에 깔리지 않으려고 몸을 피한 뒤 상대의 위에 올라타 다른 눈에 총구를 들이대고 다시 한 번 방아쇠를 당겼다.

바닥에 쓰러진 남자는 그대로 즉사했다.

거대한 격발음은 꼬리라도 달린 듯 복도에 계속해서 울려 퍼지고 있었다. 그리고 갑자기 사위가 고요해졌다.

숨소리까지 잠재우는 묘한 적막감이 감돌았다.

"이제 안으로 들어가."

그는 젊은 교도관 하나를 가리키며 말했다. 하지만 대답을 한 쪽은 나이 든 야콥손 교감이었다.

"호프만, 이제 그만……."

"난 아직 죽을 수 없습니다."

그는 자신에게 필요한, 그리고 자신의 말을 따르고 있는 세 명의 교도관을 바라보았다. 젊은 교도관 둘은 당장 실신이라도 할 것처럼 부들부들 떨고 있었다. 반면, 나이 든 교감은 비교적 차분하게 상황에 대응하고 있었다. 그는 직접 중재에 나서면 나섰지, 겁먹고 쓰러질 사람 같아 보이진 않았다.

"감방 안으로 들어가라고."

눈물이 흐르는 눈 주변을 꾹 눌렀던 쇠붙이는 손가락 하나만 움직여도 암흑을 만들어낼 수 있었다.

"들어가!"

젊은 교도관은 빈 감방 안으로 들어가 철제 침대 모서리에 앉았다.

"문 닫고, 잠가요!"

호프만은 야콥손에게 감방 열쇠를 넘겼다. 이번에는 아무런 대꾸도 없었다. 그는 말을 걸어 상대를 혼란스럽게 하고 감정의 변화를 유도할 시도조차 하지 않았다.

"시체."

그는 시체를 발로 툭 차며 말했다. 누가 우세한지를 과시하려는 행동이었다. 동시에 거리를 유지하겠다는 뜻도 담고 있었다.

"이 시체, 6번 감방 앞으로 가져가요. 문에서 살짝 거리를 두고."

"이 친구는 너무 무거워."

"당장요! 6번 감방 앞에요. 알았어요?"

그는 관자놀이를 조준했던 리볼버를 눈으로 옮겼다가 다시 관자놀이를 겨누었다.

"내가 방아쇠를 당긴다면, 과연 어디를 쏠까요?"

야콥손은 더 이상 근육반응을 보이지 않는 축 늘어진 팔을 붙잡았다. 건장한 노교도관은 딱딱한 리놀륨 바닥에 누워 있던 127킬로그램짜리 거구의 시체를 끌고 갔다. 호프만은 시체가 자신이 원하는 대로 감방 문 조금 앞쪽에 이르자 고개를 끄덕였다.

"문 열어요."

그는 감방의 주인이 누군지는 몰랐다. 단 한 번도 만난 적이 없기 때문이다. 하지만 전날, 자신의 감방 앞을 지나가면서 자신의 암호명, 파울라를 여러 차례 부르던 그 목소리는 구분할 수 있었다. 보이테크 조직이 보낸 심부름꾼.

"이 망할 스투카치!"

역시 그 목소리였다. 새된 목소리. 목소리의 주인은 밖으로 뛰쳐나오려다 멈춰 섰다.

"이런……."

그는 자신의 발치에 누운 남자를 쳐다보았다. 뻣뻣한 자세로 누워 허파의 기능을 완전히 상실해버린 남자를.

"이런 개새끼……."

"무릎 꿇어!"

호프만은 초소형 리볼버를 그에게 겨눴다.

"꿇으라고!"

호프만은 상대가 위협을 해올 거라고 예상했다. 경멸에 가득 찬 얼굴로.

하지만 남자는 아무런 대꾸도, 반응도 하지 않고 시체 옆에 그대로 꿇어앉았다. 호프만 역시 순간적으로 아무런 반응을 할 수 없었다. 그는 두 번째 살인을 준비하고 있었다. 그런데 정작 당사자는 그의 명령을 고분고분 따르고 있었다.

"당신은 이름이 뭐야?"

이미 초소형 리볼버의 총구 맛을 본 젊은 교도관은 눈을 꾹 감고 큰 소리로 대답했다.

"얀, 얀네입니다."

"얀네. 안으로 들어가."

젊은 교도관은 야콥손 교감이 6번 감방 문을 닫는 순간, 철제 침대 모서리에 주저앉았다.

호프만은 재빨리 시간을 계산해보았다. 아득히 먼 이야기처럼 느껴졌지만 그의 행동은 이제 막 시작되었을 뿐이다. 그가 화장실을 가겠다고 벨을 누른 뒤 지금까지 8분 아니면 9분 정도가 흐른 것 같았다. 그 이상은 아니었다. 교도관 둘은 각기 다른 감방에 가둔 상태였고, 나머지 하나가 그의 앞에 서 있었다. 운동장 순찰을 나갔던 다른 두 명이 돌아오기까지는 아직도 약간의 여유가 있었다. 하지만 중앙통제센터에서 언제라도 이 감호구역에 설치된 CCTV를 살펴볼 수도 있었고, 다른 구역의 교도관들이 예고 없이 지나갈 수도 있는 상황이었다. 서둘러야 했다. 그는 어디로 가야 할지 알고 있었다. 자신이 아무런 보호를 받을 수 없다는 사실, 살해위협을 당하고 있다는 사실, 그의 임무와 암호명을 알고 있는 극소수 중 누군가가 자신의 존재를 덮어버렸다는 사실을 깨달은 순간부터 이미 마음은 그곳으로 가 있었다. 사전에 물색해 둔 장소, 살아남기 위해 무슨 수를 써서라도 찾아가야 할 그곳으로.

그들은 가까이 있었다. 호프만에게는 상황을 통제하고 역공을 피할 수 있을 만큼의 거리였다. 이름을 알 수 없는 보이테크의 청부업자는 죽여야 하는 상황이 발생한다면 죽일 생각이었다.

"저기 저 스탠드 가지고 오세요."

야콥손이 교도관 사무실 한쪽 구석에 놓인 불 켜진 스탠드를 가지고 와 호프만의 앞에 내려놓았다.

"전기코드로 저 친구 묶으세요."

야콥손은 재소자의 팔을 등 뒤로 돌린 뒤 전기코드가 하얀 피부를 꽉 누를 때까지 조였다. 호프만은 결박된 상태를 확인한 뒤 남은 전기코드를 교감의 팔에 감았다. 그러고는 함께 위층 계단으로 올라갔다. 닫혀 있는 감호구역의 문 뒤로 화가 난 재소자들이 서로 고래고래 지르는 소리, 각종 접시들이 테이블 위에서 덜거덕거리는 소리, 카드 게임이 잘 풀리지 않아 성을 내는 소리, 최대 볼륨으로 혼자 떠들고 있는 텔레비전 소리 등이 들렸다. 하지만 비명을 지르거나 문이라도 걷어찬다면 모두의 주목을 받을 수 있는 위험한 상황이었다. 호프만은 리볼버로 결박당한 재소자와 교감의 눈을 번갈아 겨누며 걸음을 옮겼다. 허튼 행동을 하면 그들도 죽을 수 있다는 사실을 일깨워줘야 했다.

세 사람은 건물 마지막 층까지 올라왔다. 그곳에는 작업실로 이어지는 좁은 복도가 있었다.

문은 열려 있었다. 널찍한 작업실 내부의 불은 모두 꺼진 상태였다. 작업실에서 일할 재소자들은 여전히 아침식사 중이었다. 주간노동을 시작하기까지는 한 시간여가 남아 있었다.

"아니, 더 걸어가."

그는 작업실 정중앙까지 두 인질을 끌고 간 뒤 재소자를 무릎 꿇게 했다.

"더 아래로. 그리고 앞으로 숙여."

"왜?"

"앞으로 숙이라고!"

"날 죽일 수야 있겠지. 저 교도관 새끼도 죽일 수 있을 거고. 그런데 파울라였지? 재수 없는 짭새들이 불러주던 네 이름말이야. 그렇지? 아무튼 넌 뭘 해도 죽은 목숨이야. 여기서든, 나중에든. 상관없어. 우린 널 아니까. 절대로 널 가만두지 않을 거라고. 우리 일하는 방식은 너도 잘 알 거야."

호프만은 주먹으로 재소자의 목 아랫부분을 강하게 내리쳤다. 달리 대꾸할 말이 없는 게 사실이었다. 보이테크의 청부업자가 한 말이 맞았다.

"저 위에서 포장용 테이프 꺼내서 저 자식 손목 좀 묶어요! 전기코드는 빼고요!"

야콥손은 까치발을 하고 프레스 머신 위쪽 선반에서 상자를 포장할 때 사용하는 두툼한 회색 테이프를 꺼냈다. 그는 테이프를 1미터 길이로 잘라 재소자의 팔에 감고 살을 파고들어 피가 날 때까지 있는 힘껏 조였다. 그리고 호프만의 명령에 따라 무릎을 꿇고 있는 재소자의 옷을 찢어버리고 자신도 벗은 뒤 옷더미를 두 개로 나누어 바닥에 내려놓았다. 그런 다음 벌거벗은 등을 호프만 쪽으로 향하도록 뒤로 돌아섰다. 그의 손목 역시 테이프로 단단히 묶인 상태였다.

호프만은 윤활유와 디젤 연료, 먼지 냄새가 진동하던 작업실 내부를 세세히 떠올렸다. 사전에 확인해둔 감시카메라 위치는 드릴머신과 소형 지게차 뒤쪽이었다. 네모난 작업대와 천장과 이어지는 세 개의 기둥 간의 거리도 이미 재어놓았다. 뿐만 아니라 디젤유가 든 드럼통이 정확히 어디에 있는지, 선반에는 어떤 도구들이 구비되어 있는지도 확인해 두었다.

이름 없는 재소자와 반백의 교감은 알몸으로 손이 뒤로 묶인 채 무릎을 꿇고 있었다. 호프만은 결박 상태를 다시 한 번 확인하고 바닥에 놓인 옷가지들을 집어 교회가 바라보이는 커다란 벽면 유리창에서 가장 가까운 작업대 위에 올려놓았다. 그는 바지 앞주머니에 들어 있던 수신기를 귀에 꽂고 창문 너머 종탑 쪽을 바라보면서 미소를 지었다. 웅웅거리며 송신기 주변을 맴도는 바람소리가 들렸다. 제대로 작동하고 있었던 것이다.

바로 그 순간, 바람 소리가 온데간데없이 사라져버렸다.

대신 크고 반복적인 굉음이 울려댔다.

경보음.

그는 재빨리 옷을 내려놓은 작업대로 뛰어가 교도관의 경보장치를 확인했다. 빨간 불빛이 반짝거리며 액정화면에 글자 하나가 떠 있었다.

B1.

감금독방. 그들이 방금 전까지 머물던 곳이었다. 예상보다 빠른 반응이었다.

그는 창문 밖을 살펴보았다.

교회 그리고 종탑.

최초로 신고를 받은 경찰차가 교도소 담장 밖에 도착하기 전까지 15분 정도가 남아 있었다. 거기다가 진압부대원이 적절히 무장하고 적절한 위치를 잡기까지 또 몇 분의 시간이 더 주어질 터였다.

*

경보를 울린 장본인은 다른 감호구역을 관리하는 교감이었다. 그는 교도관들을 이끌고 운동장으로 나가는 길에 아침인사 겸 안부를 물어볼 생각으로 불쑥 감금독방구역을 찾았던 것이다. 복도의 불빛이 희미하다는 사실을 발견한 교도관이 맨 먼저 아래로 뛰어 내려갔고 모두가 동시에 동작을 멈췄다. 그들은 모두 똑같은 장면을 바라보고 있었다.

바닥에 누운 한 남자의 시신.

재소자들은 영문도 모른 채 잔뜩 흥분한 상태로 감방 안에서 일제히 문을 두드리고 있었다.

창백한 얼굴로 식은땀을 흘리며 6번 감방에 갇혀 있던 교도관이 풀려났다.

풀려난 교도관은 흥분한 상태로 3번 감방을 가리켰다.

가장 먼저 인질이 되었다가 울음을 터뜨렸던 젊은 교도관은 바닥만 내려다본 채 말했다.

그 자가 총을 쐈습니다.

그러고는 마치 재소자들이 두들겨대는 문소리를 잠재우고 싶은 듯 더 큰 소리로 같은 말을 반복했다. 아니면, 단지 그 말을 다시 하고 싶었을지도 모른다.

그 자가 눈에 총을 쐈습니다.

*

그는 경찰병력이 계단으로 올라오는 소리를 들었다. 교도소 운동장에는 더 많은 병력들이 집결하기 시작했다. 벌거벗은 두 남자는 무릎을 꿇은 채 초조한 마음에 몸을 들썩이고 있었다. 호프만은 그 둘에게 스위스 미니건을 번갈아 겨눴다. 그리고 방금 전 일을 상기해주기 위해 특히 눈 주변을 조준했다. 정확한 위치가 노출되기 전까지 약간의 시간이 더 필요했다.

"도대체 무슨 이유로 이런 일까지 벌이는 건가?"

무릎을 꿇고 있던 나이 든 교감은 관절이 욱신거렸지만 별다른 불평을 하진 않았다. 대신 체중을 분산하기 위해 몸을 앞뒤로 흔들고 있었다.

호프만은 아무런 대꾸도 하지 않았다.

"호프만, 나를 좀 봐봐. 도대체 무슨 일 때문에 그러는 거야?"

"그 답은 이미 드린 걸로 압니다."

"그게 무슨 말인지 알아들을 수가 없다고."

"아직은 죽을 수 없기 때문입니다."

그는 등을 뒤로 젖히며 고개를 들고 한쪽 눈으로 총구를, 다른 쪽 눈으로 호프만을 쳐다보며 말을 이었다.

"이런 식으로는 자네, 여기서 살아 나갈 수 없어."

교감은 대답을 기다리는 표정으로 호프만을 바라보았다.

"자넨 가족이 있잖아."

만약 그가 다른 누군가가 되어 인간 대 인간으로 대화를 나누게 된다면…….

"아내와 아이들을 생각해봐."

"무슨 생각하시는지 다 압니다."

호프만은 자리를 바꿔 인질 뒤로 향했다. 손목을 묶고 있는 테이프 상태를 다시 한 번 확인하려는 거였다. 간절한 그 눈빛을 마주하고 싶지 않기 때문일 수도 있다.

"자네처럼 나도 가족이 있어. 아내와 세 아이들. 다들 장성했지만……."

"야콥손이라고 했었죠, 이름이? 이제 그만 닥쳐요! 나쁜 사람 같지 않아서 막말하고 싶진 않지만, 당신이 수작 부리는 거나도 알아요. 나한테 가족 따윈 없습니다. 적어도 지금 이 순간 만큼은요."

그가 꽉 조인 테이프를 다시 힘주어 잡아당기자 이미 베인 상처에서 더 많은 피가 흘러나왔다.

"그리고 난 아직 죽을 수 없습니다. 나대신 당신이 죽어야 한다면, 빌어먹을, 내가 알 게 뭡니까. 당신은 단지 내 방패일 뿐, 그 이상은 아닙니다. 야콥손 교감, 당신한테 가족이 있든 없든 내가 상관할 바 아니란 말입니다."

*

B2구역의 교감은 몇 분 전까지 3번 감방에 감금되어 있던 교도관과 대화를 해보려고 애를 썼다. 자신의 아들에 비해 겨우 몇 살 많아 보이는 젊은 교도관이었다. 여름 한철만 일하는 임시직 직원이라 근무를 선 지 아직 한 달도 채 안 된 신참이었다. 한 치 앞도 예측할 수 없는 게 인생이라고 했던가? 누구는 거의 반평생 교도관 생활을 하다가 은퇴를 앞둔 시점에 처음으로 이런 사건을 겪은 반면, 누구는 한 달을 채우기도 전에 이런 엄청난 경험을 하게 된 것이다.

젊은 교도관의 말은 단 한 문장이었다.

무슨 질문을 던져도 그는 그 한 문장만 반복할 뿐이었다.

'그 자가 눈에 총을 쐈어요.'

젊은 교도관은 극심한 충격에 시달리고 있었다. 한 남자가 바로 눈앞에서 총을 맞고 죽었다. 아직까지 말랑말랑한 피부에 구멍이 뻥 뚫린 상태로. 그는 충격에 휩싸인 채 감금 독방에 갇혀 막연히 구원의 손길을 기다리고 있었다. 이 상태로는 더 이상 말을 걸어봐야 소용없는 일이었다. 교감은 근처에 있던 다른 교도관에게 그를 잘 지켜보라고 한 뒤 6번 감방에 갇혀 있던 다른 교도관에게 갔다. 그는 백짓장 같은 낯빛으로 식은땀을 흘리고 있었다. 낮은 소리로 중얼거리긴 했지만 무슨 말을 하는지는 정확히 알아들을 수 있었다.

"야콥손 교감님은 어디 가셨습니까?"

B2구역 교감은 한 손을 그의 어깨에 올리며 되물었다. 앙상한 어깨는 부들부들 떨고 있었다.

"그게 무슨 소리야?"

"여기 저희 셋이 있었습니다. 야콥손 교감님도 여기 계셨습니다."

*

대화는 이미 종료된 상황이었다.

할 이야기가 없자 신경이 날카로워지고 오히려 더 떠들고 싶어졌다. 모든 게 정상이라고 안심시켜줄 그런 말들을 하고, 또 듣고 싶었다. 하지만 B2감호구역 교감은 모든 보고를 끝낸 후였다.

교도관 두 명이 감방에 갇혀 있었다.

재소자 하나가 사망했다.

교도소 어딘가에서 인질극이 벌어지고 있다.

교도소장은 들고 있던 수화기를 책상에 내리쳤다. 그 통에 꽃병이 쓰러지며 노란 튤립이 쏟아져 나왔다.

세 번째 교도관인 마틴 야콥손이 수인번호 0913번, 장기수 피에트 호프만에게 인질로 잡혀 있다.

그는 그대로 바닥에 주저앉았다. 엎질러진 물과 함께 떨어진 노란 꽃잎들이 손가락 사이에 잡혔다.

물론, 그 역시 처음에는 강하게 저항했다. 마틴이 자신의 명령을 거부했던 것처럼.

어느 수사관이 어느 재소자를 만나지 못하게 하라는 명령에도 따랐습니다. 하지만 이번에는 그렇게 하지 않을 겁니다.

그는 작고 여린 꽃잎을 하나씩 뜯어내 바닥에 쏟아진 물 위에 떨어뜨렸다. 그러고는 줄에 걸려 대롱거리는 수화기에 손을 뻗어 번호를 누른 뒤 교도행정 본부장이 단어 하나하나 완전히 알아들을 때까지 말을 멈추지 않았다.

"해명해주십쇼."

헛기침 소리. 그게 전부였다.

"본부장님, 해명해달란 말입니다!"

또다시 이어지는 헛기침 소리. 역시 그 소리가 전부였다.

"밤늦게 저한테 피에트 호프만을 원래 구역으로 돌려보내라고 하셨죠. 그러고는 아무것도 묻지 말라고 하셨습니다.

그런데 지금, 그가 제 부하직원의 얼굴에 총을 겨누고 있습니다. 본부장님 명령과 지금 벌어지고 있는 상황이 도대체 무슨 관계가 있는지 해명해달란 말입니다! 정 이러신다면 어쩔 수 없이 다른 사람을 찾아가 똑같은 질문을 할 수밖에 없습니다."

*

중앙통제센터 안은 더웠다. 스웨덴의 어느 교도소를 가도 마찬가지였다. 주름이 간 파란 제복을 입은 베리라는 교도관은 바로 등 뒤로 선풍기 바람을 맞으면서도 땀을 흘리고 있었다. 종이가 펄럭거리고 턱수염이 나부낄 정도로 강한 바람인데도. 그래서 그는 사무실 안을 둘러보다가 보안장비 제어판의 빨간색 버튼과 초록색 버튼, 그리고 열여섯 대의 CCTV모니터 사이에 걸린 수건 쪽으로 시선을 돌렸다.

벌거벗은 남자 둘.

조악한 해상도의 모니터는 흑백화면인 데다 깜빡거리기까지 했지만, 자신이 무엇을 보고 있는지는 확신할 수 있었다. 화면에는 벌거벗은 남자 두 명이 바닥에 무릎을 꿇고 있었고, 죄수복을 입은 남자 하나가 손에 무언가를 쥔 채 그들을 감시하고 있었다.

*

그는 화창한 파란 하늘을 올려다보았다. 간혹 실구름 몇 점만 보일 뿐 따사로운 햇살에 훈훈한 바람도 불고 있었다. 그 어느 때보다 쾌청한 여름 날씨였다. 교도소로 들어오는 경찰차의 사이렌만 없었다면……. 앞좌석에 타고 있는 두 명의 경관만 없었다면……. 아스프소스 관할서에서 나온 경관들이었다.

"오스카숀 소장……."

아스프소스 교도소 소장은 이미 교도소 정문 밖의 아스팔트 주차장에 서 있었다. 그의 뒤로는 페인트칠도 하지 않은 잿빛 그대로의 콘크리트 담벼락이 솟아 있었다.

"이게 도대체 무슨……."

"벌써 재소자 하나를 살해했소."

"오스카숀 소장?"

"그리고 또다시 살인을 하겠다고 협박하고 있고."

창문을 내린 경찰차 앞좌석에는 한 번도 본 적 없는 젊은 여자 경관, 그리고 오스카숀과 동년배인 뤼덴 경사가 앉아 있었다.

두 사람은 서로 아는 사이는 아니었지만, 서로의 존재는 익히 알고 있었다. 뤼덴 경사는 오스카숀이 아스프소스 교도소에서 근무한 세월만큼 아스프소스 관할서에서 일해 온 몇 안 되는 사람이었다.

경관들은 경광등을 끄고 차에서 내렸다.

"누굽니까?"

'지금 의무실에서 오는 길입니다. 그 친구, 만나실 순 없을 것 같습니다.'

"피에트 호프만. 서른여섯 살. 마약사범으로 10년 형을 받고 들어온 재소자입니다. 우리 쪽 기록에 따르면 폭력적이며 사이코패스 유형으로 분류된 극히 위험한 인물입니다."

뤼덴 경사는 대형 교도소가 관할서 인근에 위치한 이유로 수도 없이 들락거린 터라 교도소 내부사정을 잘 알고 있었다.

"이해가 가지 않는 게, B감호구역의 감금독방에 있었다는 죄수가 어떻게 무장을 할 수 있었던 겁니까?"

'다시 돌려보내. G2감호구역으로. 적어도 내일 오전 중으로 이감해.'

"우리도 이해할 수 없는 부분입니다."

"게다가 총이라고요? 세상에, 오스카숀 소장……. 도대체 이게 가능한 일입니까? 도대체 어디서……."

"몰라요, 나도 모른단 말입니다."

뤼덴 경사는 교도소 담벼락을 올려다보았다. 그리고 B감호구역이 있는 3층을 눈으로 찾았다.

"정보가 필요합니다. 총기 종류는 뭡니까?"

"잠시 인질로 붙잡혀 있던 교도관의 설명에 따르면……. 근데 그 친구, 충격 때문에 상태가 좋지 않습니다. 아무튼, 그 친구가 설명한 대로라면…… 장난감 총 같았다고 합니다."

"피스톨이었습니까, 아니면 리볼버였습니까?"

"차이가 뭡니까?"

"교환식 탄창입니까, 아니면 회전식 약실이었습니까?"

"모르겠습니다."

뤼덴은 한참 동안 B감호구역이 있는 층을 바라보았다.

"인질대치상황에 납치범은 위험인물이라."

그는 고개를 가로저었다.

"아무래도 이번엔 다른 차원의 대응이 필요할 것 같습니다. 이런 상황에 걸맞은 특수 훈련을 받은 경찰대원들의 지원이 필요합니다."

그는 다시 차로 돌아가 열린 창문 안으로 한 손을 넣고 무전기를 집어 들었다.

"중앙경찰청에 연락해야겠습니다. 그쪽에다 경찰기동대 지원을 요청하겠습니다."

*

정강이 부위의 맨살이 닿은 바닥은 더럽고 싸늘하고 딱딱했다.

야콥손은 조심스럽게 몸을 앞뒤로 움직였다. 정강이 쪽에서 올라오는 통증이 점점 심해지고 있었기 때문이다. 작업실로 들어온 이후 그는 재소자 인질과 함께 두 손은 뒤로 묶인 채 몸을 앞으로 숙이고 양옆으로 나란히 무릎을 꿇고 있었다. 그는 숨소리가 느껴질 정도로 가까이 있는 재소자를 한 번 쳐다보았다. 이름은 기억나지 않았다. 감금독방에 들어오는 죄수들이 인격체로 보이는 경우는 거의 없기 때문이다. 동유럽계라는 것만큼은 확실했다. 넓적한 얼굴에는 노골적인 혐오의 빛이 떠올라 있었다. 호프만과 오랜 원한관계에 있는 것 같았다. 둘이 눈이 마주치기 무섭게 그는 호프만에게 침을 뱉으며 독설을 퍼부었고, 호프만은 짜증이 났는지 야콥손이 알아들을 수 없는 언어로 고함을 지르며 발로 얼굴을 걷어차고는 그의 두 다리에도 테이프를 칭칭 감아버렸다.

상황은 심각했다. 호프만은 심한 압박을 받고 있었고 큰 일을 벌일 분위기였다. 게다가 이미 아래층에 시체까지 만들어놓은 뒤였다.

빨려들 것 같은 끔찍한 두려움이 스멀스멀 피어오르고 있었다.

야콥손은 모든 게 최악으로 흘러가는 상황에서 이전에는 한 번도 가져보지 못했던 힘이 점점 자라나는 것을 느꼈다. 그는 인질범과 대화를 나눠야 한다고 생각했다.

야콥손은 다시 몸을 앞뒤로 흔들며 호흡을 가다듬었다. 두려움 이상의 기분이었다. 단 한 번도 느껴보지 못한 절대 공포.

"흔들대지 말아요."

호프만은 그의 어깨를 걷어찼다. 힘을 실어 때린 건 아니었지만, 맨살이 벌겋게 달아올랐다. 그러고는 작업실 안을 오가기 시작했다. 작업대를 따라 맨 끝으로 가서 벽에 걸린 감시카메라를 벽 쪽으로 돌려버렸다. 그렇게 두 번째, 세 번째 감시카메라도 벽 쪽으로 돌리더니 네 번째 카메라는 아예 두 손으로 거머쥔 채 렌즈 앞에 얼굴을 들이대고 고래고래 고함을 질렀다. 그런 다음 카메라를 벽 쪽으로 돌려버렸다.

*

베리는 여전히 땀을 뻘뻘 흘리고 있었다. 하지만 자신이 땀을 흘리고 있다는 사실조차 전혀 인지하지 못하고 있었다. 중앙통제센터에 있던 그는 의자를 치워버리고 아예 CCTV화면 앞에 붙어 서서 B감호구역 작업실 상황을 전달하는 네 대의 화면을 보고 있었다. 몇 분 전부터는 교도소장 역시 그의 뒤에서 똑같은 흑백화면을 지켜보고 있었다. 화면에 몰입한 듯 침묵을 지키며. 그런데 갑자기 변화가 생겼다. 창가 쪽에서 가장 가까운 위치에 있던 감시카메라 화면이 검게 변해버렸던 것이다. 전원이 나간 게 아니라 무언가 혹은 누군가에 의해 감시카메라가 가로막힌 것이었다. 그다음 화면에서도 똑같은 상황이 발생했다. 카메라 각도가 순식간에 돌아갔다. 불과 몇 센티미터 옆에 있는 잿빛 콘크리트 벽을 비추고 있는 듯 화면이 어두웠다. 세 번째 카메라는 돌아가기 직전 화면에 손이 잡혔다.

남은 카메라는 단 하나였다. 두 사람은 초조한 마음으로 화면을 뚫어지게 보고 있다가 화들짝 놀라고 말았다.

화면에 잡힌 것은 얼굴이었다. 아주 가까운 거리라 코와 입이 전부였다. 그 입은 화면에서 사라지기 전에 뭐라고 고함을 지르고 있었다.

호프만이었다.

그는 화면에 대고 무언가를 말했던 것이다.

*

한기가 느껴졌다.

싸늘한 바닥 때문이 아니었다. 두려움이었다. 죽을지도 모른다는 생각과, 끝까지 버티려는 의지가 점점 사라지면서 밀려드는 두려움.

그의 옆에 있던 재소자는 또다시 상대를 위협했다. 증오와 경멸이 더욱 강해지고 있었다. 결국 호프만은 작업대에서 누더기 하나를 가지고 와서 아예 재소자의 입을 틀어막아버렸다. 그는 아랑곳 않고 발악을 했지만 웅얼거리는 소리만 날 뿐이었다.

인질들은 호프만이 이따금씩 방치해두어도 꼼짝도 하지 않았다. 호프만은 멀리 떨어진 사무실 안쪽의 유리벽으로 발걸음을 돌렸다. 서성대는 게 아닌, 단호한 의지가 담긴 발걸음이었다. 마틴 야콥손은 고개를 돌려 그가 작은 사무실 안으로 들어가 책상 앞에 고개를 숙이고 수화기 같은 걸 집어 드는 모습을 보았다.

*

입은 느린 속도로 움직이고 있었다. 가늘고 팽팽한 입술에는 튼 자국이 보였다.

'저 새끼.'

화면을 들여다보던 두 사람은 서로를 쳐다보며 고개를 끄덕였다.

"그다음."

오스카숀은 비좁은 중앙통제센터 사무실에서 베리와 나란히 앉아 화면을 한 프레임씩 돌려보고 있었다. 화면 전체를 차지한 입이 다음 단어를 내뱉으면서 입술이 넓게 벌어졌다.

"저거 봤나?"

"네."

"다시 한 번 돌려봐."

너무나 자명했다.

입술이 전하는 메시지, 그건 인질들의 목숨이 위험하다는 것을 의미했다.

'저 새끼, 죽여버릴 거야.'

*

손이 부들부들 떨렸다. 저도 모르게 수화기를 떨어뜨리고 말았다.

만약 대답을 듣게 된다면?

만약 대답을 듣지 못한다면?

그는 사무실 안쪽 유리를 통해 작업실과 인질을 슬쩍 쳐다보았다. 두 사람은 여전히 묶인 채 꼼짝도 않고 있었다. 책상에 놓인 머그컵에는 하루 지난 커피가 절반 정도 남아 있었다. 그는 커피를 단숨에 마셔버렸다. 차갑고 썼지만 카페인 성분이 잠시나마 도움이 될 것 같았다.

그는 다시 한 번 수화기를 들고 번호를 눌렀다. 신호음이 들렸다. 한 번, 두 번, 그는 그 상태로 계속 기다리며 그녀가 번호를 바꾸지 않았기를 바랐다. 알 수 없었다. 그렇게 바랄 뿐, 그녀가 번호를…….

그녀의 목소리였다.

"당신이야?"

너무나 오랜만이었다.

"마지막에 내가 부탁했던 거 있잖아. 당신이 그대로 해줬으면 좋겠어."

"피에트, 난……."

"부탁했던 그대로 말이야. 지금 당장."

그는 전화를 끊었다. 그녀가 그리웠다. 미치도록 보고 싶었다.

그리고 지금은 과연 그녀가 자신을 기다려줄지, 그게 궁금했다.

*

파란 경광등 불빛이 점점 더 강렬해지고 선명해지더니 이윽고 국도에서 아스프소스 교도소로 이어지는 숲길을 뚫고 나타났다. 렌나트 오스카숀 소장은 두 대의 검은 승합차가 다가오는 동안 뤼덴 경사와 함께 교도소 정문 바로 옆에 있는 주차장에 서 있었다. 경찰기동대 대원들은 24분 전, 쇠렌토르프와 솔나의 본부를 출발해 교도소 주차장에 도착했다. 차가 주차하기도 전에 뛰어내린 아홉 명의 대원들은 검정색 워커와 감청색 오버롤, 그리고 복면으로 머리와 얼굴을 감싸고 눈만 드러낸 차림이었다. 거기에 안면보호용 가리개가 달린 헬멧, 방검장갑, 방탄조끼로 무장하고 있었다. 뤼덴 경사는 황급히 그들을 향해 달려가 첫 번째 승합차 앞좌석에서 내리는 장신의 마른 사람에게 인사를 건넸다. 기동대 대장, 욘 에드바숀이었다.

"저기, 검은 지붕 건물 맨 위층입니다."

교도소 외벽에서 가장 가까운 건물에는 유리창이 네 개 달려 있었다. 에드바숀 대장은 고개를 끄덕이고 바로 목표지점으로 향했다. 오스카숀 소장과 뤼덴 경사는 거의 뛰다시피 그를 뒤따라갔다. 나머지 기동대 대원들은 한 손에 경기관총을 들고 있었고 그중 둘은 장거리 저격용 라이플을 들고 있었다.

그들은 중앙통제센터와 행정구역을 지나 L자형으로 된 3층 건물에 들어갔다.

"G감호구역과 H감호구역입니다."

오스카숀은 밖이 보이면서도 안전한 벽 안쪽으로 가까이 붙어서 걸었다.

"저쪽이 E감호구역과 F감호구역입니다."

그는 장기수들을 수용하고 있는 건물을 하나씩 가리키며 말했다.

"그리고 저기가 C감호구역과 D감호구역입니다."

각각의 구역에는 64개의 감방에 재소자가 수감돼 있었다.

"일반 재소자들이 수용된 건물입니다. 성범죄자들은 별도의 감호구역에서 따로 관리하고 있습니다. 다양한 죄질의 재소자들이 한자리에 모이던 시절에는 크고 작은 문제들이 끊임없이 발생했습니다."

그들은 뛰는 걸음으로 두툼한 콘크리트 바닥을 밟고 목표 지점인 마지막 L자형 건물을 향해 다가갔다. 오스카숀은 숨이 차올랐지만 계속 따라 뛰었다.

"A와 B감호구역입니다. 각각 한쪽씩을 차지하고 있습니다. B감호구역은 다른 쪽을 향해 있습니다. 인질범은 얼마 전까지 커다란 유리창 앞에 있었습니다. 운동장 건너 저 멀리 맞은편 아스프소스 교회까지 바라보이는 지점입니다. 각각 두 명의 교도관들에게 보고를 받았고 현재 상황은 확실한 것 같습니다."

육중한 레고 블록 같은 문제의 건물은 고요했다.

"아래층 B1구역에는 감금독방이 있습니다. 바로 거기서 인질사태가 시작된 것 같습니다."

일행은 기동대가 주차장에서 내린 뒤 처음으로 발걸음을 멈췄다.

"한층 위인 B2에는 오른쪽, 왼쪽으로 각각 16개의 감방이 있고, 총 32명의 일반 재소자들이 수감되어 있습니다."

오스카숀은 몇 초 정도 기다렸다가 짧은 숨을 몰아쉬며 계속해서 설명을 이어갔다. 숨이 찼기 때문이다.

그는 목소리를 조금 낮췄다.

"저 맨 위층이 B3입니다. 재소자들이 교도작업을 하는 작업실입니다. 저기, 유리창이 보이십니까? 운동장이 내려다보이는 유리창 말입니다."

그는 말을 멈췄다. 커다란 유리창을 보자 이상한 기분이 들었다. 유리창 바깥 세계에는 눈부시게 화창한 날씨와 빛나는 햇살, 녹음, 그리고 파란 하늘이 있었다. 그런데 그 유리창 안의 세계에는 죽음이 기다리고 있었다.

"무장한 상태입니까?"

에드바숀은 뤼덴의 대답을 기다리는 동안 기동대 대원 여섯에게 B감호구역으로 들어가는 출입구 세 곳에 자리를 잡으라고 명령했고, 저격수 둘에게는 근처 건물 옥상으로 올라가 저격위치를 확보하라고 지시했다.

"무기를 직접 봤다는 교도관 두 명과 얘기를 해봤습니다. 아직 충격에서 벗어나지 못한 상태라 정확한 확인은 불가능하지만, 그들의 설명을 종합해봤을 때 탄환 여섯 발 장전이 가능한 초소형 리볼버라는 점은 확실해 보입니다. 실물을 딱 한 번 본 적이 있는데, 스위스 미니건이라고 스위스에서 제조된 세계에서 가장 작은 권총입니다."

"여섯 발이 장전된다고요?"

"교도관에 따르면 이미 두 발은 사용한 상황입니다."

에드바숀은 교도소장을 쳐다보았다.

"오스카숀 소장님……. 어떻게 감금된 상태의 재소자가 스웨덴에서 가장 경비가 삼엄한 교도소에 몰래 무기를 들여올 수 있었던 겁니까?"

오스카숀은 아무런 대답도 할 수 없었다. 현 상황에서는 할 말이 없었다. 그는 그저 절망 섞인 표정으로 고개만 가로저었다. 기동대 대장은 다시 뤼덴 경사에게 질문을 던졌다.

"초소형 미니건이라……. 도대체 감이 안 잡히네요. 그런데 정말 살상이 가능할 정도로 위력적인 물건입니까?"

"이미 그 총으로 재소자 하나를 살해했습니다."

에드바숀은 아름다운 교회 건물을 마주보고 있는 대형 유리창 쪽으로 시선을 돌렸다. 인질범의 마지막 위치가 확인된 지점이었다. 그 재소자는 경비가 삼엄한 교도소에 장전된 총을 밀반입해줄 수 있는 외부인사와 연락이 가능한 상태임이 분명해 보였다.

"사이코패스로 분류된 자라고요?"

"그렇습니다."

방탄용 강화유리.

바닥에 엎드린 알몸의 인질 두 명.

"폭력전과가 있고요?"

"그렇습니다."

유리창 안에 있는 남자는 자신이 무슨 짓을 벌이고 있는지 아주 잘 알고 있었다. 인질이 될 뻔했던 두 교도관은 그의 행동이 침착하고 대단히 단호했다고 전했다. 즉, 그가 작업실을 최종 목적지로 선택한 것은 절대 우연이 아니었던 것이다.

"그렇다면 문제가 좀 되겠군요."

에드바숀은 자신들이 진입해야 하는 정면의 건물을 바라보며 말했다. 그들에겐 시간적 여유가 별로 없었다. 인질범은 당장에라도 인질을 죽이겠다고 협박하고 있었기 때문이다.

"유리창을 통해 인질범이 보이긴 했다지만, 교도소 내에선 저격수들이 위치를 확보하기 힘든 상황입니다. 그리고 호프만이라는 재소자가 말씀하신 대로 위험인물이라면 우리식으로 강제진입을 시도하기도 어려운 상황입니다. 문을 부수고 들어가거나 천장에서 채광창을 깨고 진입하면 해결은 간단합니다. 하지만 정신 상태가 그 정도로 온전치 못한 인물이라면……. 무리하게 강제진압이나 급습을 시도할 경우 우리 쪽에 반격하는 대신 인질들에게 총을 들이댈 겁니다. 그리고 자기 목숨이 왔다 갔다 하는 상황에서도 기필코 맹세했던 일을 벌일 겁니다. 바로 살인 말입니다."

에드바숀은 다시 정문으로 되돌아가 교도소 담장 쪽으로 향했다.

"우린 인질범을 무력화할 겁니다. 하지만 교도소 내에서는 어려우니 저격수는 교도소 외부에 배치하겠습니다."

*

그는 창문에서 떨어졌다.

인질들은 무릎을 꿇은 상태로 움직이지도, 대화를 시도하려고도 하지 않았다.

그는 인질들의 팔과 다리 상태를 확인한 뒤 테이프를 좀 더 조였다. 이미 피가 나는 상태였지만 주도권이 그에게 있음을 한 번 더 깨닫게 해주기 위해서였다. 자신의 심경이 복잡하기 때문에 더욱 그렇게 보여야 했다.

두 번째로 사이렌이 울려 퍼졌다. 첫 번째는 대략 반 시간 전에 찾아온 지역 관할서 경관들이었을 것이다. 최대한 신속하게 움직일 수 있는 경찰들. 하지만 두 번째는 분위기가 사뭇 달랐다. 지속적으로 이어졌고 소리도 훨씬 컸다. 경찰

기동대 본부가 있는 쇠렌토르프에서 아스프소스 교도소까지 시종일관 울려대고 온 소리였다.

그는 작업실을 가로질러 사무실 안으로 들어가며 발걸음 수를 계산하고 문 상태를 살펴본 뒤, 두 번째 창문을 면밀히 조사하고 천장을 올려다보았다. 흡수성이 강하고 방음이 뛰어난 유리섬유 재질의 천장재로 마감되어 있었지만 헐거워진 상태였다. 그는 작업대에서 길고 좁다란 쇠파이프 하나를 집어 들고 헐거워진 천장재를 힘주어 눌러 바닥으로 하나씩 떨어뜨렸다. 그러자 천장의 속살이 드러났다.

*

검은 승합차는 교도소 정문을 벗어나 1분여 뒤에 1킬로미터 정도 떨어진 훨씬 작은 크기의 정문 앞에 멈춰 섰다. 위풍당당한 교회 건물로 이어지는 자갈길이었다. 에드바손은 새로 단장한 자갈길을 앞장서 나갔다. 뤼덴이 옆에서 따라갔고 뒤로 두 명의 저격수가 따라붙었다. 화창한 날씨에 잘 손질된 자갈길로 산책하러 나왔던 사람들은 무장을 하고 검은 복면을 뒤집어 쓴 무리를 멍하니 바라보았다. 평화의 세계에 폭력이 침범한 듯, 상이한 두 세계가 부조화를 이루었기 때문이다.

대원들은 넓고 웅장한 교회 내부로 들어갔다. 옥상으로 올라가는 중간에 있는 문은 최근에 누군가 강제로 연 흔적이 남아 있었다. 그들은 옥상에 도착해 몸을 숙여 거대한 종 아래를 지나 비좁은 발코니로 나온 뒤에야 똑바로 설 수 있었다. 바람이 강하게 불고 있었다. 발코니에서는 잿빛 콘크리트 블록 같은 교도소 건물이 한눈에 들어왔다. 그들은 아래쪽 난간을 단단히 붙잡고 인질범이 숨었을 것으로 추정되는 건물 3층의 벽과 유리창을 살펴보았다.

*

호프만은 화풀이하듯 천장의 마감재를 미친 듯이 떼어내고 있었다. 그러다 갑자기 동작을 멈추었다. 어떤 소리가 그의 귓전을 스치고 지나갔기 때문이다. 분명히 들렸다. 수신기를 통해 들리던 바람 소리가 어느 순간 쿵 하는 소리를 비롯해 발소리와 삐걱거리는 소리를 동반하고 있었다. 적어도 한 사람 이상이 송신기 주변으로 모여들고 있었던 것이다. 호프만은 창문으로 뛰어갔다. 그리고 그들의 존재를 확인했다. 종탑 위로 올라온 네 사람을.

*

창문 끄트머리에 사람의 그림자가 나타나는 것 같더니 순식간에 사라져버렸다.

인질범이 자신들의 존재를 확인한 게 분명했다.

“여기가 최적의 장소 같습니다. 여기서 작전을 진행하겠습니다.”

에드바손은 발코니의 철제 난간을 있는 힘껏 붙잡고 말했다. 생각보다 바람이 거세고 높이 또한 만만치 않았기 때문이다.

“뤼덴 경사님의 협조가 필요합니다. 전 이제부터 여기서 작전을 지시할 예정입니다. 하지만 경사님처럼 이곳 주변 환경을 잘 아시는 분이 교도소에서 근접한 지점에서 지원을 해주셔야 합니다.”

뤼덴 경사는 자갈길을 걷고 있는 사람들을 내려다보았다. 그들은 불안한 표정으로 종탑을 올려다보다 하나 둘 발걸음을 돌리고 있었다. 화창한 날씨를 음미하며 느긋이 평화를 맛볼 만한 날이 아니라고 판단했으리라.

뤼덴은 천천히 고개를 끄덕였다. 하지만 또 다른 대안이 있었다.

“기꺼이 그렇게 해드리고 싶습니다만, 그 일에 적격인 인물이 하나 있습니다. 이런 사태를 지휘할 역량도 있고 이곳 교도소를 누구보다 잘 아는 경찰입니다. 교도소가 지어지던 당시, 이곳에서 근무를 했고 지금도 재소자 면담조사차 정기적으로 이 교도소를 찾아오는 인물입니다.”

“그게 누굽니까?”

“스톡홀름 시경의 에베트 그렌스 수사관입니다.”

*

한 마디, 한 마디가 은색 수신기를 통해 고스란히 전달되고 있었다. 송수신기는 예상대로 제대로 작동하고 있었다.

"그게 누굽니까?"

그는 이어폰형 수신기를 귓속으로 살짝 더 밀어 넣었다.

"스톡홀름 시경의 에베트 그렌스 수사관입니다."

대화를 나누는 두 사람의 목소리는 마치 송신기를 입에 대고 직접 말하는 것처럼 생생히 들렸다.

호프만은 창가에 서서 기다렸다.

그들은 철제 난간을 붙잡고 서 있는 게 분명했다. 앞으로 살짝 기댄 상태 같기도 했다.

그러던 순간 어떤 변화가 느껴졌다.

무언가를 긁는 소리. 쇠붙이로 된 총이 나무 바닥에 부딪치는 소리였다. 그리고 그 위로 육중한 몸뚱이가 바닥에 엎드리는 소리가 이어졌다.

"1,503미터."

"1,503미터라고? 정확한가?"

"네, 정확합니다."

"너무 멉니다. 저희도 사거리가 거기까지 미치는 장비는 보유하고 있지 않습니다. 인질범을 식별할 순 있지만 조준 사살은 불가능합니다."

*

차는 도무지 앞으로 나아갈 기미가 보이지 않았다.

이른 아침 클라라스트란스 로의 양쪽 차선에는 피곤하고 화가 난 운전자들이 모는 자동차들이 꼬리에 꼬리를 물고 굼벵이 걸음을 하고 있었다.

참다못한 어느 승객은 버스에서 내려 혼잡한 대로 옆 갓길로 걸어 나갔다. 그는 정체현상에 발목이 잡힌 버스 승객들과 엔진만 돌고 있는 자동차들을 따돌리고 유유히 E4 고속도로 진입로로 사라져갔다. 에베트 그렌스는 갓길을 맘대로 걷는 행인에게 휘파람을 불어줄까 생각하다가, 그럼 경광등을 꺼내 달아야 하나, 또 잠시 망설이다가 모두 그만두기로 했다. 그 사람의 심정이 충분히 이해가 갔기 때문이다. 한자리에 엉겨 붙은 자동차들 때문에 매연으로 가득 찬 도로를 활보하는 한 사람의 행위가, 수많은 운전자들이 계기반을 두드려가며 서로 위협하고 시비 거는 일을 막을 수 있다면 나쁠 것도 없겠다는 생각이 들었다.

그는 조수석에 펼쳐놓은 구깃구깃한 지도를 손가락으로 더듬었다.

이번에야말로 결심을 굳히고 아내에게 가는 길이었다.

몇 킬로미터만 더 간 뒤 북부공원묘지 앞에 차를 세우고 아내의 묘지를 찾아가 작별인사 비슷한 한 마디를 할 생각이었다.

그 순간 지도 밑에 깔려 있던 휴대전화가 울렸다.

벨이 처음 세 번 울릴 때까지는 무시하다가, 그다음 세 번이 울리는 동안은 휴대전화를 쳐다만 보았다. 그러다가 도저히 멈출 것 같지 않아 결국 전화를 집어 들었다.

근무 중인 경관이었다.

"에베트 형사님?"

"왜요?"

"지금 위치가 어디십니까?"

익숙한 목소리였다. 에베트는 이미 꿈쩍도 하지 않는 자동차 대열 사이로 빠져나갈 준비를 하고 있었다. 상대방 목소리가 절박했기 때문이다.

"클라라스트란스 로 상행선이오."

"명령이 떨어졌습니다."

"무슨 명령입니까?"

"지금 당장입니다."

에베트는 한번 결심한 걸 뒤엎어야 하는 상황을 그리 달가워하지 않았다. 그렇게 한숨이 절로 나오고, 거부반응도 어느 정도는 보이는 게 정상인 마당에 오히려 그는 안도했다.

굳이 갈 필요가 없으니까. 아직은.

"기다려봐요."

에베트는 방향지시등을 켜고 슬슬 차 앞머리를 반대편 차선으로 돌려 흰색 실선을 침범하며 유턴을 시도했다. 갑작스럽게 튀어나오는 차 때문에 양쪽에서 경적이 신경질적으로 울려댔다. 에베트가 차창을 열고 파란 불빛이 휘날리는 경광등을 달고 나서야 경적이 멈췄다.

모든 차들이 일순간에 고요해졌고 운전자들은 저마다 고개를 푹 숙였다.

"에베트 형사님?"

"안 끊었소."

"아스프소스 교도소에서 난동사건이 발생했습니다. 이 나라에서 형사님만큼 그 교도소를 속속들이 아는 사람은 없을 겁니다. 도움이 필요합니다, 지금 당장요. 작전을 책임지고 맡아주셔야겠습니다."

"뭐라고요?"

"심각한 사태가 발생했습니다."

*

에드바숀 대장은 아스프소스의 멋들어진 교회 앞마당 한가운데 서 있었다. 종탑에서 내려온 건 20분 전이었다. 위에 남은 저격수는 호프만과 인질 두 명을 여러 차례 목격했다. 기동대는 그들의 방식대로 문을 부수거나 채광창을 깨고 작업실 안으로 진입을 시도할 수도 있었다. 그랬다면 인질범을 제압하고 상황을 종료하는 데 단 몇 초밖에 걸리지 않았을 것이다. 하지만 인질들이 살아 있고 그들이 아무런 피해를 입지 않은 상황에서 무리수를 두면서까지 위험을 자처할 필요는 없었다.

그는 주변을 둘러보았다.

교회 앞마당은 웁살라 경찰서에서 나온 경찰들이 비상저지선을 치고 엄중히 출입을 제한하고 있었다. 관광객이나 방문객들은 파란색과 흰색 테이프가 둘러쳐진 안쪽으로 출입이 불가능했고 목사나 관리인들 역시 출입이 제한되었다. 알란다와 스톡홀름 시경에서 지원 나온 경찰차가 각각 두 대였다. 에드바숀은 그들을 각각 교도소를 둘러싸고 있는 외부 담장 모퉁이에 배치했다. 지원된 경찰병력은 아스프소스와 웁살라 서에서 나온 네 명의 경관을 비롯해 알란다와 스톡홀름에서 네 명, 그리고 조만간 도착할 기동대 대원까지 총 37명이 될 터였다.

에드바숀은 바짝 긴장한 상태였다. 그는 교회 앞마당에서서 잿빛 담벼락을 바라보며 불안감을 느끼고 있었다. 이곳에 도착한 후 계속해서 그를 괴롭히고 성가시게 하는 게 무언지 알 수 없었기 때문이다. 무언가…… 무언가 이상하다는 위화감이 들 뿐이었다.

호프만이라는 인질범.

인질을 죽이겠다고 협박했다는 그 인질범은 상황과 전혀 어울리지 않는 행동을 하고 있었다.

에드바숀의 기억에 따르면 지난 10여 년간, 스웨덴 교도소에서 벌어진 인질대치극은 1년에 두세 차례였다. 그리고 사건을 해결하기 위해 매번 기동대가 출동했다. 상황은 언제나 예측 가능한 시나리오대로였다. 재소자 하나가 교도소 내에서 몰래 밀주를 만들어오다가 취하도록 마신 어느 날, 자신이 여성 교도관들에게 부당한 대우와 학대를 받아왔다며 난동을 부리기 시작하다가—대부분의 경우 난동을 부리는 자들은 술 외에 약에도 취한 상태이다.—충동적으로 여성 교도관의 목에 녹이 슨 드라이버를 들이밀고 순식간에 인질범으로 돌변하곤 하는 식이었다. 경보가 울리고 신고가 들어오면 특수 훈련과정을 거친 기동대가 저격수들과 함께 현장에 급파되는데, 그 뒤로는 상황이 단순히 시간문제로 전락하곤 했다. 인질범은 술에서 깨어나면 점차 상황이 어떤 식으로 흘러가고 있는지, 주도권이 누구에게 있는지 파악하게 되고 결국은 두 손을 머리 위에 얹고 투항하게 된다. 그렇게 인질범은 6년 형을 추가로 선고받고 엄중한 감시를 비롯해 외출제한이라는 처벌을 받게 되었다.

하지만 호프만은 그런 일반적인 성향을 전혀 보이지 않았다.

감방에 감금되었던 교도관들의 설명에 따르면, 그는 술이나 약에 취해 있지도 않았고 모든 행동이 사전에 계획된 듯 치밀했을 뿐만 아니라, 각각의 단계별로 모든 경우의 수까지 미리 계산하고 분석한 것 같다고 했다. 즉, 충동적인 행동이 아니라 뚜렷한 목적이 있다는 소리다.

에드바숀 대장은 무전기의 볼륨을 최대한으로 올리고 막 현장에 도착한 기동대원들에게 지침을 내렸다. 네 명은 B

감호구역 작업실로 이르는 중앙현관으로 가서 도청 마이크를 설치하고, 다섯 명은 건물 옥상으로 올라가 추가 도청장비를 설치하라고 지시했다. 그리고 나머지는 이미 계단에서 대기하고 있는 대원들에게 합류할 것을 명령했다.

그는 교회 앞마당을 봉쇄한 뒤 교도소 작업실로 향했다.

현재로서는 할 수 있고, 해야 할 모든 준비를 마친 상황이었다.

그다음 단계는 인질범의 반응에 달려 있었다.

*

경찰본부 4층으로 이어지는 육중한 강철문은 열려 있었다. 에베트 그렌스는 카드판독기에 자신의 카드를 읽힌 뒤 키패드에 네 자리 비밀번호를 치고 철제 슬라이딩 도어가 열리길 기다렸다. 그는 좁은 공간으로 들어가 번호가 적힌 상자를 꺼낸 뒤 열쇠로 상자를 열고 거의 사용하는 일 없는 자신의 권총을 집어 들었다. 탄창이 꽉 차 있는 걸 확인한 에베트는 탄창을 제 위치로 밀어 넣었다. 탄피에 얕게 홈을 낸 탄환은 유리 같은 걸로 덮여 있었지만, 표적을 산산이 찢어발길 정도로 위력적이었다. 그는 부랴부랴 강력계 사무실로 내려와 스벤의 사무실 앞에 멈췄다.

"스벤, 할 일이 생겼어. 자네하고 헬만손하고 15분 뒤에 주차장에서 만나자고. 아, 하나 더. 신분증 번호 721018-

0010이 어떤 사람인지 우리 쪽 데이터베이스에서 한번 검색 해봐."

그러고는 다시 쏜살같이 가버렸다. 스벤은 뭐라고 대답을 하긴 했지만, 상대는 이미 그 말을 들을 수 없을 만큼 멀어진 뒤였다.

*

옥상에서 무슨 일이 벌어지고 있었다.

바닥을 긁는 소리, 무언가를 끄는 소리였다.

호프만은 유리섬유 천장재더미 옆에 서 있었다. 그의 판단이 옳았다. 만약 천장재가 여전히 위에 덮여 있었다면 경찰병력이 이동하는 발소리를 모두 흡수해버려 현재 그의 머리 위에서 어떤 상황이 벌어지는지 짐작도 못했을 것이다.

또다시 발소리가 들려왔다.

이번에는 문 밖에서 들려왔다.

경찰은 종탑 위와 옥상, 그리고 문 밖까지 진을 치고 점점 그의 행동반경을 줄여나가고 있었던 것이다. 교도소 구석구석 병력을 충분히 배치함으로써 언제든지 사방에서 기습할 준비를 마친 상태였다.

호프만은 뜯어낸 천장재를 하나씩 집어 들어 문을 향해 던졌다. 문 밖에 포진한 기동대원들은 그 소리를 들었을 것이다. 안으로 들어가는 길목에 장애물이 쌓여 있을 경우 진입하는 데 추가로 시간이 들게 되고, 결과적으로 총을 쥔 인질범이 인질들을 살해할 시간을 벌어줄 위험이 높았다. 결국 그들은 문으로 진입하는 게 어렵다고 판단할 터였다.

*

마리안나 헬만손은 심할 정도로 빠르게 차를 몰았다. 거기에 요란한 사이렌, 현란한 경광등까지 동원되었다. 스톡홀름에서 북쪽으로 떨어진 지역으로 이동 중이던 그들은 평소와 달리 침묵을 지키고 있었다. 이전에 발생했던 인질사건들을 떠올리는 중이었거나, 통상적인 교도소 방문치고는 너무 이른 시간이었기 때문이리라. 조수석에 앉은 스벤은 글러브 박스를 뒤적이다 자신이 찾던 물건을 발견했다. 에베트 그렌스와 함께 차를 타면 언제나 그가 담당하는 일이기도 했다. 시브 말름크비스트의 60년대 히트곡 모음 카세트 두 개. 그는 하나를 카세트 플레이어에 넣고 재생 버튼을 눌렀다. 음악에 귀 기울이는 덕분에 쓸데없는 대화를 피할 수 있었고, 서로 간에 별로 대화거리가 없다는 사실을 굳이 인식할 필요도 없었기 때문이다.

"그거 당장 꺼버려!"

에베트가 버럭 고함을 질렀다. 스벤은 자신의 귀를 의심할 수밖에 없었다.

"저는……."

"당장 끄라고, 스벤! 내 상처도 좀 헤아려줘야 할 거 아니냐고."

"이건……."

"헤아려줘. 내 상처도."

스벤은 뒷자리에 앉은 상관이 잘 보이도록 탁 소리 나게 테이프를 꺼내 글러브 박스 안에 조심스레 집어넣고 문을 닫았다. 도무지 종잡을 수 없는 상관의 변덕에 대처하는 방법은 더 이상 질문을 하지 않는 것이었다. 별난 사람들은 별나게 행동하도록 내버려두는 게 나았다. 스벤은 입씨름을 즐기는 편이 아니었고, 공공연하게 서열을 강조하고자 이것저것 따져 묻고 대답을 강요하지도 않았다. 그는 자기 자신에 대한 믿음이 부족하고 불안한 사람들이나 그런다고 오래전부터 생각해왔다.

"인질을 잡고 있다고?"

뒷좌석에 타고 있던 에베트가 물었다.

"네? 맞습니다."

"인질범 배경조사는 해봤고?"

"잠깐만요."

스벤은 봉투에서 서류를 꺼낸 뒤 안경을 꼈다. 범죄정보 데이터베이스에서 받은 첫 페이지에는 극소수의 범죄자들에게만 따라붙는 특별 수식어가 찍혀 있었다. 그는 그 종이를 자신의 상관에게 넘겨주었다.

무장의 위험이 매우 높음.

"그중 한 놈이군."

에베트는 한숨을 내쉬었다. 체포 작전에 언제나 추가병력이나 특수 훈련을 거친 기동대의 지원을 필요로 하는 그런 부류의 범죄자들이었다. 한계를 모르고 난동을 피우는 범죄자들.

"더 없어?"

"전과기록도 있습니다. 암페타민 소지로 10년 받았네요. 그런데 과거 기록이 훨씬 흥미롭습니다."

"뭔데?"

"5년 받았어요. 살인미수로요. 경관에 대한 가중폭행죄네요."

스벤은 서류 다음 장을 넘겨보았다.

"판결 이유도 상세히 나와 있어요. 이 친구 쇠데르함에서 체포될 당시 권총 손잡이로 여러 차례 경관의 얼굴을 가격한 뒤 넓적다리에 한 발, 왼쪽 팔뚝에 한 발, 이렇게 두 발을 발포했다고 합니다."

에베트는 한 손을 허공으로 들어올렸다.

얼굴색이 돌연 벌게졌다. 그는 뒤로 기대면서 다른 한 손으로 얼마 남지 않은 머리를 뒤로 밀어 넘겼다.

"피에트 호프만이야."

스벤은 깜짝 놀랐다.

"네? 그걸 어떻게 아세요?"

"그게 그 친구 이름이야."

"저도 아직 이름은 확인 못 했는데……. 맞네요. 네, 인질범 이름이 피에트 호프만이에요. 선배…… 그걸 어떻게 아시는 거예요?"

붉으락푸르락 거리던 낯빛은 점점 더 붉게 변하고 있었다. 숨소리도 점점 거 거칠어졌다.

"나도 그 판결문 읽어봤어. 똑같은 그 판결문을 읽은 게 24시간도 되지 않았다고. 베스트만나가탄 79번가 살인사건 용의자 면담조사를 위해 아스프소스 교도소에 갔을 때 내가 만나려 했던 용의자가 바로 그 친구였다고."

"저는 이해가 안 가는데요?"

에베트는 천천히 고개를 가로저었다.

"그 친구는 베스트만나가탄 사건 용의선상에 마지막까지 들어 있던 셋 중 하나였어. 피에트 호프만이라는 친구가 무슨 이유로, 어떻게 그 사건과 연관이 있는지는 모르겠지만 아무튼 그 셋 중 하나였다고, 스벤."

*

교회 앞마당은 평화롭고 우아해 보여야 정상이었다. 하늘 높이 걸린 태양은 따사로운 햇살을 비추고 있었고, 푸른 잔디밭과 최근에 가지런히 다져놓은 자갈길을 비롯해 조문객을 기다리는 묘비 앞에는 꽃을 놓는 네모난 공간이 깔끔하게 조성되어 있었다. 하지만 그런 아름다운 분위기는 허울뿐이었다. 지금 교회는 사뭇 위험하고 불안해 보였으며 팽팽한 긴장감이 감돌고 있었다. 무덤에 바칠 꽃과 물뿌리개를 든 방문객들은 모두 반자동 소총과 검정색 복면을 쓴 경찰기동대로 바뀌어 있었다. 욘 에드바손은 교회 정문 출입구로 나와 그들을 맞이했다. 그들은 서둘러 차에서 내려 현장으로 걸음을 재촉했다. 에드바숀은 에베트 그렌스에게 쌍안경을 건네고 그가 문제의 창문을 살펴보는 동안 묵묵히 기다렸다.

"작업실 안이로군."

에베트는 쌍안경을 마리안나에게 넘겨주었다.

"저 작업실은 들고나는 출구가 하나입니다. 만약 인질극을 벌일 계획이었다면…… 장소를 잘못 골라도 한참 잘못 고른 셈이지."

"인질들이 말하는 소리를 들었습니다."

"둘 다 말입니까?"

"그렇습니다. 인질들 모두 살아 있습니다. 그래서 강제진압이 불가능합니다."

교회 출입문 바로 오른쪽에 있는 대기실은 특별히 넓진 않았지만 작전실로 삼기엔 충분했다. 원래 장례식 때 고인의 직계가족이 대기하거나, 결혼식 때 신랑신부 대기실로 사용하는 공간이었다. 스벤과 마리안나는 의자를 벽 쪽으로 밀었고, 에드바숀은 나무로 만들어진 소형 제단 위에 교도소 전체지도와 작업실 세부지도를 펼쳐놓았다.

"시야 확보는…… 언제든 가능한 겁니까?"

"언제라도 저격수에게 사격명령을 내릴 수는 있습니다. 하지만 사거리가 너무 멉니다. 1,503미터입니다. 저희가 보유한 무기로는 최대 사거리가 6백 미터 이상은 불가능합니다."

에베트는 손가락으로 창문이 있는 지점을 가리켰다. 그곳은 현재로선 인질범과 마주대할 수 있는 유일한 창구였다.

"그럼 이 친구는 우리가 이곳에서 저격을 할 수 없다는 사실을 잘 알고 있겠군그래. 거기다가 강화유리에 창살까지 둘러쳐진 상황이니…… 자신은 안전하다고 느끼고 있을 거고."

"안전하다고 생각은 할 수 있을 겁니다."

에베트는 에드바숀을 쳐다보며 되물었다.

"그렇게 생각할 수 있다니요?"

"현재로선 저격이 불가능합니다. 저희가 보유한 장비로는요. 하지만 가능하긴 합니다."

*

정부청사의 어느 사무실 구석에 위치한 널찍한 회의 테이블 위에는 지도 한 장이 펼쳐져 있었다. 실내는 천장에 달린 조명과 거대한 창문으로 쏟아져 들어오는 자연광이 절묘한 조화를 이루고 있어 상당히 밝은 분위기였다. 예란숀은 마분지로 된 지도의 구겨진 부분을 손으로 편 뒤 경찰총감과 법무장관이 보기 편하도록 위치를 옮겼다.

"여깁니다. 외벽에서 가장 가까운 건물. 이곳이 B감호구역입니다. 그리고 여기, 3층이 작업실입니다."

세 사람은 회의 테이블에서 지도 한 장을 가운데 두고 자신들이 한 번도 가본 적 없는 장소에 대해 연구하고 있었다.

"그러니까 호프만은 이 지점에 있습니다. 그리고 근처 바닥에 두 명의 인질이 있습니다. 재소자와 교도관입니다. 완전히 알몸으로요."

직선으로만 이루어진 건축도면만으로는 이곳에서 인질극이 벌어지고 있다는 사실이 실감나지 않았다.

"에드바숀 대장에 따르면 기동대가 도착한 후에 창문 앞에 모습을 드러냈다고 합니다."

예란숀은 공간을 확보하기 위해 교도행정본부에서 받은 서류 뭉치와 두툼한 서류철을 테이블에서 의자로 내렸다가, 그것만으로도 부족하자 보온병과 머그컵 세 개를 아예 치워버렸다. 그러고는 아스프소스 지도를 펼쳐놓고 매직펜으로 교도소 건물이 있는 지점에서부터 녹지대를 지나 공터를 넘어 지도상에 십자 표시를 해놓은 지점까지 일직선을 그었다.

"이곳은 교회입니다. 정확히 1,503미터 떨어진 곳입니다.

저격수가 정확한 시야를 확보할 수 있는 최적의 장소입니다. 에드바숀 대장에 따르면 호프만도 그 점을 잘 알고 있을 거라더군요. 즉, 호프만은 경찰이 보유한 장비로는 자신을 직접 공격할 수 없다는 사실을 이미 알고 있다는 것입니다. 그래서 자신의 모습을 드러내는 거고요."

법무장관은 보온병에 남아 있던 커피를 반 정도 따라 마셨다. 그러고는 의자에서 일어나 자리를 옮긴 뒤 나머지 두 사람을 바라보며 낮은 목소리로 물었다.

"어제 말씀을 해주셨어야 하지 않았을까요?"

그녀는 대답을 기다리지도 않았다.

"여러분이 우리를 궁지로 몰아넣으셨군요."

그녀는 분노하고 있었다. 두 사람을 차례로 노려보더니 목소리를 더 낮게 깔고 말을 이었다.

"여러분은 이 자를 너무 몰아세웠습니다. 이제 저도 달리 대안이 없습니다. 이자와 마찬가지로 반응할 수밖에요."

법무장관은 문을 향해 걸어가면서도 계속해서 두 남자를 노려보고 있었다.

"15분 후에 돌아오겠습니다."

*

한 걸음, 한 걸음이 고통스러웠다. 종탑으로 이어지는 사다리를 발견한 에베트의 두 다리는 더 이상의 움직임을 거부하고 있었다. 그는 첫 계단을 오르면서 아무런 말도 하지 않았다. 몇 계단 더 올라가자 폐가 목구멍 밖으로 튀어나오려는 것 같았지만 그것도 참았다. 이마는 땀으로 흥건했고 문을 열어 올릴 때는 아예 두 팔까지 마비가 되는 것 같았다. 그것도 모자라 종 아래로 기어가다가 모서리 부분에 기어코 이마까지 찧고 말았다. 그는 발코니로 이어지는 마지막 관문을 간신히 통과했다. 발코니에 서자 시원한 바람이 불어왔다.

이제 교도소 안팎과 교회 밖에 배치된 경찰병력은 46명이 되었다. 저격수 두 명은 종탑에서 쌍안경으로 B감호구역 3층의 대형 유리창을 주시하고 있었다.

"방법은 두 가지가 있습니다. 저쪽에 보이는 철도교에서는 사거리를 몇백 미터 정도 줄일 순 있습니다. 하지만 발사각이나 표적을 확보하는 게 어렵습니다. 그에 반해 여기 이 지점은 시야 확보에 있어 최상입니다. 전면이 다 드러나 보이기 때문입니다. 하지만 문제가 한 가지 있습니다. 저희 쪽 저격수가 사용하는 라이플인 PSG 90은 사거리가 8백 미터를 넘지 못한다는 겁니다. 이 지점은 목표물까지의 거리가 우리 쪽 사거리의 두 배나 됩니다. 대원들이 장비에 맞춰 훈련을 받았다는 것도 난점입니다."

에베트는 비좁은 발코니에 서서 손으로 난간을 붙잡았다. 순간 그림자 하나가 유리창 앞으로 지나갔다. 호프만의 그림자였다.

"그래서 하려는 말이 뭡니까?"

"거리상으로는 불가능하다는 겁니다. 저희로서는."

"불가능하다고요?"

"지금까지 저격이 가능한 최대 사거리 기록은 2,175미터였습니다. 캐나다 저격수의 기록이죠."

"그런데요?"

"그런데라니요?"

"그런 기록이 있다면 불가능한 것도 아니지 않소?"

"불가능합니다. 저희로서는요."

"그거에 비하면 대략 6백 미터 정도 짧은 거리 아닙니까? 근데 뭐가 문제라는 거요?"

"문제는 저희 대원 중에는 그 정도 사거리의 목표물을 명중할 능력을 가진 대원이 없다는 겁니다. 훈련받은 적도 없고, 장비도 없습니다."

에베트가 에드바숀을 돌아보자 발코니가 흔들렸다. 거구의 몸이 있는 힘껏 난간을 잡아당겼기 때문이다.

"그럼 그런 훈련도 받고, 장비도 있는 사람이 누굽니까?"

"군입니다. 저희 대원들도 군에서 훈련을 받습니다. 군은 저격에 관한 특수 훈련도 하고 장비까지 보유하고 있습니다."

"그럼 가서 하나 데려오면 되지 않겠소. 지금 당장 말입니다."

다시 한 번 발코니가 흔들렸다. 흥분한 에베트가 육중한 몸을 움직이고 고개를 흔들며 발을 쿵쿵거리자 발코니도 따라 춤추기 시작했다. 에드바숀은 상대가 흥분을 가라앉힐 때까지 기다렸다. 평소였다면 상대가 아무리 위협적으로 나온다 해도 상관하지 않을 그였다.

"그런 식으로 일을 처리할 수는 없습니다. 경찰사건에 군 병력을 동원할 수 없기 때문입니다."

"지금 사람 목숨이 왔다 갔다 하는 판이오!"

"법령 SFS 2002:375에 따르면 민간활동지원에 대한 스웨덴 군 규정이라는 게 엄연히 존재합니다. 지금 여기서 당장에라도 읽어드릴 수 있습니다. 제7장에 대한 규정을요."

"그딴 규정 따윈 필요 없소."

"이건 엄연한 스웨덴 법입니다."

*

그는 옥상에서 나는 발소리를 듣고 있었다. 그들은 조심스럽게 이리저리 자리를 잡고 준비를 하고 있었다.

순간, 수신기에서 쿵 소리가 들렸다.

"군입니다. 저희 대원들도 군에서 훈련을 받습니다. 군은 저격에 관한 특수 훈련도 하고 장비까지 보유하고 있습니다."

호프만은 씨익 웃었다.

"그럼 가서 하나 데려오면 되지 않겠소. 지금 당장 말입니다."

다시 한 번 웃음이 튀어나왔다. 하지만 이번에는 속으로만 웃었다. 그는 일부러 측면이 보이게 유리창 앞에 섰다. 오른쪽 어깨가 보이도록.

장비, 훈련, 그리고 솜씨.

저격수. 군에서 차출된 저격수.

*

법무장관이 사무실로 들어와 문이 제대로 닫혔는지 확인하고 회의 테이블 앞으로 돌아올 때까지 아스프소스 지도는 그대로 펼쳐져 있었다.

"그럼 계속합시다."

15분 전 사무실을 나설 때는 긴장되고 상기된 표정이었다. 하지만 어디서 무얼 했는지는 몰라도, 돌아온 뒤 남아 있던 커피를 마시는 법무장관의 분위기는 단호하고 차분했다.

"업무일지는요?"

장관은 테이블 위에 있다가 의자로 내려간 서류더미를 턱으로 가리키며 물었다.

"네?"

"이리 줘보세요."

예란숀이 건넨 두툼한 검은색 서류철 하나를 장관은 쭉 넘겨보았다. 검정색과 파란색 볼펜을 번갈아 사용해 쓴 자료였다.

"여기에 호프만과 그를 담당했던 경찰의 모든 접선기록이 들어 있는 겁니까?"

"그렇습니다."

"이게 원본입니까?"

"비밀 정보원 관리책임자로서 제가 보관하고 있는 유일한 기록입니다."

"파기해버리세요."

장관은 서류철을 테이블에 내려놓고 예란손 쪽으로 밀었다.

"경찰당국과 호프만이 연관되어 있다는 어떤 공식적인 자료가 또 있습니까?"

예란손은 고개를 가로저었다.

"없습니다. 그 친구든, 다른 정보원이든 공식 자료는 없습니다. 그런 식으로는 일하지 않습니다."

예란손은 다소 긴장이 풀린 표정이었다.

"호프만은 지난 9년간 저희 쪽한테 돈을 지급받아왔습니다. 하지만 보상금이나 현상금으로 나가는 예산에 포함되어 있기 때문에 개인기록과 연관 짓는 건 거의 불가능합니다. 국세청에 따로 보고할 필요도 없고요. 급료지불명단에는 절대 들어 있지 않습니다. 공식적으로는 존재하지도 않는 사람이기 때문입니다."

교도행정본부에서 보내온 서류철들은 여전히 의자 위에

놓여 있었다.

"저건 뭡니까? 호프만의 기록입니까?"

"네. 호프만에 관한 모든 자료입니다."

장관은 서류철을 펼쳐서 호프만의 심리상담보고서와 인쇄물들을 훑어보았다.

"이건 저희가 만든 가상의 인물도라고 할 수 있습니다."

"그러니까 이 자료를 추가하면 작전책임자가 호프만과 관련된 결정을 내리는 데 도움이 될 것이다…… 이 말인가요? 그러니까 인질극과 관련해 말이지요?"

쏟아져 들어오는 햇살이 흰 종이 위를 비추며 반사되자 사무실 안이 훨씬 더 밝아진 것 같았다.

"잠입을 시도했던 범죄조직에서도 조직원으로 발탁할 만큼 충분히 죄질이 좋지 않은 이미지인 것만큼은 확실합니다. 뿐만 아니라 그 뒤로도 아스프소스 내에서 다른 재소자들과의 관계를 고려해 신빙성을 더하기 위해 지속적으로 전과를 추가해왔습니다."

법무장관은 서류철을 한쪽에 내려놓고 마치 인질극에 종지부를 찍을 수 있는 작전지휘관을 대하듯 예란숀을 쳐다보았다.

"그럼, 이 정도 정보에다 인질의 목숨이 위협받고 있는 현 상황을 더하면…… 호프만이라는 인물이 절대적으로 위험인물이라는 판단 하에 결정을 내릴 수 있겠지요?"

예란숀 총경은 고개를 끄덕였다.

"의심의 여지가 없습니다."

"그럼, 작전지휘를 맡게 될 경찰관이 누구든 똑같은 결정을 내리겠지요?"

"호프만에 관한 저희 쪽 정보를 받아본다면 현장에 있는 경관들 중 그가 교도관을 살해할 위험인물이라는 사실에 의문을 달 사람은 아무도 없을 겁니다."

태양은 구름과 자리다툼을 하느라 지친 것 같았다. 환했던 사무실이 점점 빛을 잃어가고 있었다. 하지만 오히려 사무실 내부를 둘러보는 게 한결 편해졌다.

"그러니까 만약 아스프소스에 나가 있는 작전지휘관이 호프만을 언제든 인질을 살해할 수 있는 인물로 판단하게 된다면…… 그래서 결정을 내려야 한다면 어떤 지시를 내리게 되는 겁니까?"

"그렇게 된다면 인질의 안전을 확보하기 위해서라도 급습 명령을 내릴 겁니다."

예란숀은 지도에 가까이 다가가 손가락으로 교도소의 B 감호구역에서부터 1.5킬로미터 떨어진 교회까지 직선을 그었다.

"하지만 이 지점에서는 불가능합니다."

그는 십자 표시를 한 지점 위에서 손가락으로 원을 그리며 말했다. 그리고 계속해서 느린 속도로 원을 그리다가 멈춘 뒤 말을 이었다.

"그래서 작전지휘관은, 꼭 그래야 한다면, 기동대 저격수에게 인질범을 제압하라는 명령을 내려야 하는 겁니다."

"제압이라니요?"

"사격명령입니다."

"사격명령이라고요?"

"무력화하는 거지요."

"무력화한다고요?"

"사살명령 말입니다."

작은 나무 제단이 있던 방은 이미 작전실로 탈바꿈한 상태였다. 목사가 예배를 준비하는 그 장소에는 아스프소스 교도소의 상세도면이 여기저기 널려 있었다. 뿐만 아니라 지역 관할경찰서 커피자판기에서 뽑아온 종이컵들이 비거나 절반만 마신 상태로 바닥에 굴러다녔고, 높아진 언성과 한숨이 잠식해 들어간 실내공기를 정화하려 활짝 열어 놓은 창문은 들고나는 바람에 삐걱거리고 있었다. 에베트는 가만히 있지 못하고 에드바숀 대장과 스벤, 마리안나 사이를 옮겨 다니며 큰 소리로 떠들고 있었지만, 공격적인 반응을 보이거나 화를 내지는 않았다. 그는 단 몇 시간 전에 작전지휘관으로 임명되었고, 단호한 자세로 해법을 찾으려고 애쓰는 중이었다. 조만간 최종결정을 내려야 하는 입장이었다. 여러 사람의 목숨이 달린 결정은 그의 손에서 내려질 터였고, 책임 역시 그 혼자 져야 한다. 에베트는 답답한 작전실을 벗어나 텅 빈 교회 앞마당을 돌아다녔다. 무덤 사이를 돌아다니며 최근에 심어놓은 꽃들을 보자 그의 머릿속에는 아직 가볼 엄두도 내지 못하는 또 다른 묘지가 떠올랐다. 하지만 기필코 가고 말리라. 지금 이 모든 일이 끝나고 나면. 그렇게 걷다가 조금 남다른 회색 묘비와 단풍나무 사이에서 걸음을 멈추고 목에 건 쌍안경을 들고 문제의 건물을 찬찬히 뜯어보았다. 그 건물 유리창 뒤에 서 있던 남자, 피에트 호프만이라고 불리는 남자, 전날 만나서 면담조사를 했어야 할 남자……. 이해할 수 없는 상황이었다. 아무리 생각해도 말이 안 됐다. 갑자기 심하게 아팠다던 사람이 어디서 힘이 솟아났는지 반나절 만에 기력을 회복해 누군가의 눈에 정확히 총알을 쑤셔 박을 수 있었을까?

"헬만손?"

그는 열린 창문으로 다가가 고함을 질렀다.

"자네, 교도소 의무관하고 연락 좀 해봐. 도대체 어제 아침까지만 해도 격리수용되어야 할 정도로 심각했던 재소자가 뭘 어떻게 했기에 오늘 점심에는 총까지 들고 인질극을 벌이고 있는지 좀 알아야겠어."

에베트는 잠시 더 밖에 서 있다가 다시 교도소 쪽으로 시선을 돌렸다. 그가 가진 내면의 힘, 언제나 그로 하여금 답을 얻을 때까지 밀고나가고, 몰아붙이고, 끝장을 보게 만들었던 그 힘이 지금은 어디서 나오는지 잘 알고 있었다. 그건 나이 든 교도관 때문이었다. 만약 인질이 모두 재소자들이었다면 사태 해결에 큰 관심을 기울이지 않았을 것이고, 적극적으로 나서지도 않았을 것이다. 매번 그런 식이었다. 에베트는 이론적으로는 인질범과 공범일 수 있는 다른 재소자에 대해서는 아무런 감정도 없었다. 자랑할 만한 생각은 아니지만, 자신도 어쩔 수 없는 일이었다. 반면 그 교도관은 평생을 그런 시궁창 같은 곳에서 성실하게 근무한 공무원이자 노인이었다. 그런 식의 수모를 겪어야 할 사람은 절대 아니었다. 더군다나 총 하나 가지고 타인의 목숨을 자기 마음대로 할 수 있다고 믿는 그런 인간에게 모욕을 당해야 할 사람은 더더욱 아니었다.

에베트는 침을 꿀꺽 삼켰다.

그 교도관만큼은 꼭 살려야 했다.

에베트는 쌍안경을 내려놓고 주머니에서 휴대전화를 꺼냈다. 그와는 이미 오래전부터 암묵적인 합의하에 서로의 일에 간섭하지 않아왔지만 달리 대안이 없었다. 그는 자신의 사무실에서 문 몇 개 떨어진 위치에 있는 사무실 전화번호를 눌렀다. 아무도 받지 않았다. 다시 눌렀다. 이번에는 교환으로 돌아갔다. 에베트는 교환수에게 강력계 총경의 휴대전화로 연결해달라고 부탁했다. 예란손 총경은 신호음이 한 번 울리기 무섭게 전화를 받았다. 회의라도 하는 중인지 수화기 가까이 대고 나직이 속삭였다.

"에베트……. 지금 통화할 시간이 없네. 심각한 문제의 해결책을 찾는 중이라서 말이야."

"여기도 심각합니다."

"우린……."

"지금 여기는 아스프소스 교도소에서 정확히 1,503미터 떨어진 지점입니다. 현재 이곳에서 벌어지고 있는 인질사태 총책임자가 바로 접니다. 제가 결정 하나 잘못하면 무고한 교도관이 죽음에 이를지도 모를 위급한 상황입니다. 전 그런 일이 일어나지 않도록 최선을 다해야 하는 처지고요. 그런데 그렇게 하려면 행정적 차원에서 윗분들 도움이 좀 필요합니다. 잘 아시지 않습니까, 관료들이 할 수 있는 그런 결정 말입니다."

예란숀은 한 손을 들어 얼굴을 쓰다듬고 그대로 머리까지 쓸어 올렸다.

"자네 지금 아스프소스에 있다고 했나?"

"그렇습니다."

"자네가 작전지휘관이고?"

"방금 에드바숀 대장에게 지휘권을 넘겨받았습니다. 그 친구는 기동대 작전에 집중해야 할 상황입니다."

예란숀은 휴대전화를 쥔 손을 머리 위로 들어 올리고 다른 손으로 큰 동작을 그리며 휴대전화를 가리켰다. 그러고는 경찰총감과 법무장관이 상황을 파악할 때까지 격렬하게 고개를 끄덕거렸다.

"듣고 있네."

"저격수가 필요합니다."

"경찰기동대에도 저격수가 있지 않나?"

"있긴 합니다."

"그런데 왜 또 필요한 건가?"

"사거리 1.5킬로미터가 넘는 위치에 있는 표적을 명중할 수 있도록 훈련받고 장비까지 보유한 저격수가 필요합니다. 일단 경찰에는 그런 병력이 없는 것 같군요. 그래서 군 병력을 차출했으면 합니다."

세 사람 모두 에베트의 말을 듣고 있었다. 경찰총감과 법무장관은 예란숀의 옆에 앉아 점점 사태를 파악해가기 시작했다.

"자네도 알겠지만 군 병력을 민간과 관련된 일에 동원하는 건 불가능해."

"총경이 그 관료 아닙니까. 이것만큼 잘하시는 게 또 어디 있겠습니까. 서류에 서명 하나 하십쇼. 이렇게라도 해결해 주시기 바랍니다."

"에베트, 난……."

"인질들이 다 죽기 전에 말입니다."

*

예란숀은 계속해서 휴대전화를 손에 쥐고 있었다.

두려움.

또다시 걷잡을 수 없는 두려움이 느껴졌다.

"에베트 그렌스 경정이었습니다. 시경에서 베스트만나가탄 79번가 사건을 담당하는 수사관입니다. 이 친구가 지금 이 지점에 와 있답니다."

그는 지도상의 한 점을 지목했다. 에베트가 지금 바로 그 곳에 서 있었다. 지금 당장 결정을 내려야 할 장본인이었다. 데이터베이스와 전과기록부에서 조회가 가능한 조작된 정보와 동료 경찰들이 주도면밀하게 만들어놓은 허구의 이미지, 경찰이라면 누구든 사살명령을 내릴 수밖에 없는 정보들을 바탕으로 한 결정을.

발포.

"여깁니다……. 정확히 이 지점에서 대기 중입니다. 그렌스 경정이 작전지휘관으로 있답니다. 이 문제를 어떻게 해결할지 결정을 내릴 장본인 말입니다. 인질사태에 대한 경찰작전 전체를 조율하고 있답니다."

예란손의 손이 부들부들 떨리고 있었다. 그는 떨리는 손을 지도 위에 꽉 눌렀다. 하지만 떨림은 멈추지 않았다.

"호프만이 모습을 드러낸 유리창에서 1.5킬로미터 떨어진 지점에 있다고 합니다. 하지만 표적까지 사거리가 너무 멀어 경찰기동대 측 저격수로는 무리라고 합니다. 그래서 지금 군 저격수를 차출해달라고 요청을 해왔습니다. 1킬로미터가 넘는 사거리를 소화할 수 있는 장비와 솜씨를 갖춘 인물로요."

"간절히 원하면 해결할 방법이 보이는 법입니다. 그리고 이번 같은 경우는 그 해법을 찾도록 돕는 게 우리 신상에도 이로울 것 같군요."

법무장관의 목소리는 침착하고 확고했다.

"인질의 목숨은 우리에게 달렸습니다."

호프만은 절대 순순히 인질을 풀어주진 않을 거라고.

마침 에베트 그렌스는 군에서 저격수를 지원해달라고 했어.

그 친구를 유용하게 써먹을 수 있단 말이지.

"지금 무슨 말씀 하시는 겁니까?"

예란숀은 허리를 쭉 펴고 자신의 앞에 앉아 있는 가냘픈 여성을 바라보았다.

저들은 손가락으로 방아쇠를 당길 일조차 없어.

작전지휘관은 사격명령만 내리면 되니까. 방아쇠를 당기는 건 저격수의 몫이고.

저들은 결정조차 할 필요가 없어.

다른 이에게 결정을 떠밀면 그만이라고.

"세상에……. 어떻게 그런……."

예란숀은 지도를 누르고 있던 손으로 지도를 움켜쥐고 양손으로 구겨버렸다.

"지, 지금……. 무슨 짓을 하자는 겁니까?"

그는 불쑥 자리에서 일어났다. 잔뜩 흥분한 상태에 얼굴까지 굳어졌다.

"이건 그렌스 경정을 살인자로 만드는 행위입니다!"

"진정하세요."

"이건 합법적으로 살인행위를 조장하는 겁니다!"

그는 둥글게 구긴 종이 뭉치를 던져버렸다. 종이는 유리창에 퉁 하고 부딪힌 뒤 법무장관 책상 위로 떨어졌다.

"만약, 우리 쪽에서 그렌스 경정이 원하는 해결책을 제시해준다면, 그는 실제로 강력범죄를 저지른 적도 없는 사람에게 사살명령을 내릴 게 분명하단 말입니다!"

법무장관은 종이 뭉치를 집어 무릎에 올려놓고는 폭발하기 직전의 상대 얼굴을 한참동안 바라만 보았다.

"작전지휘관에게 군 저격수를 지원해주고, 그가 발포명령을 내린다면……. 그건 전적으로 인질을 구하기 위한 결정입니다."

법무장관은 절제된 목소리로 말했다. 조용조용한 말투였지만 또렷이 들렸다.

"호프만은 살인미수전과가 있는 사람입니다. 그리고 지금 또 인질을 죽이겠다고 위협하는 장본인 역시 호프만입니다."

*

아스프소스 교도소 운동장은 마르고 거친 자갈로 덮여 있어 먼지만 풀풀 날렸다. 오가는 사람 하나, 들리는 소리 하나 없었다. 몇 시간 전부터 모든 재소자들은 각자의 감방에 입방되었고 인질사태가 종결될 때까지 문 밖으로 한 발자국도 나올 수 없었다. 에베트는 기동대 대원 둘을 앞세우고 에드바숀 대장과 나란히 걸어가고 있었다. 마리안나 헬만손은 몇 걸음 뒤에서 그들을 따라갔다. 마리안나는 교도소 정문 안쪽에서 에베트를 기다리고 있다가 의무관과 나눈 대화 내용을 간단히 전해주었다. 의무관은 유행성 전염병에 대해 금시초문이었으며, 이제껏 재소자를 격리수용하라는 지시를 내린 적은 단 한 번도 없었다고 대답했다. B감호구역으로 들어가는 문 앞에서 에베트는 걸음을 멈추고 헬만손을 돌아보았다.

"하나부터 열까지 모조리 다 거짓말이었어. 이 모든 게 다 관련이 있는 거라고. 헬만손, 자네가 교도소장을 만나서 계속 알아봐."

마리안나는 고개를 끄덕이고 발걸음을 돌렸다. 에베트는 먼지구름 뒤로 사라지는 그녀의 늘씬한 뒤태와 어깨선을 물끄러미 바라보았다. 최근 들어 많은 이야기를 나누지 못했다는 생각이 들었다. 지난해에는 말 한 마디 섞지 않았다. 사실, 상대가 누구든 진득하게 대화하지 않는 성격 때문이기도 했다. 일단 그녀의 무덤부터 갔다오자. 그러고 나면 여자 경관 대하는 법도 달라지겠지. 다시는 여자 경관에게 말을 걸지 않겠다고 다짐했지만, 세월이 흐르면서 그런 고집을 꺾는 법도 배운 그였다. 마리안나가 자신을 비웃고 있는 건지, 아니면 화를 내는 건지는 여전히 알 수 없었지만, 그래도 수사관으로서는 흠잡을 데 없이 똑똑한 재원이었다. 게다가 상관인 그를 대할 때도 당당히 요구하고 타협할 수 없는 건 끝끝내 고사하는 완강함을 보였다. 시경소속 경찰 중에서도 흔치 않은 성격이었다. 언젠가 때가 되면 그녀에게 말을 걸리라. 아니, 사무실 밖으로 나가 잠시 거닐다 베리스가탄 대로변의 카페에 앉아 커피와 케이크를 앞에 두고 이런저런 얘기나 나누자고 말해보리라. 그런 생각만으로도 기분이 좋아지는 것 같았다. 무언가를 계획한다는 것, 그렌스 부부가 평생 가져보지 못한 딸 같은 사람과 커피를 마신다는 그런 생각.

에베트는 감금독방이 있는 감호구역 문을 열고 복도를 지나갔다. 겨우 몇 시간 전 피 웅덩이에 머리를 파묻은 채 엎어져 있던 시체는 이미 들것에 실려 부검실로 향한 뒤였다. 이곳에 갇혀 있다 풀려난 교도관 두 명은 지금 교도소 심리상담사와 교목과 이야기를 나누는 중이었다.

이곳에 발을 들이자마자 가장 먼저 그의 주목을 끈 것은 문 두드리는 소리였다.

감금독방 재소자들이 굳게 닫힌 감방 문을 두드리고 있었다. 일정한 박자로 이어지는 그 소리는 듣는 사람으로 하여금 심장을 벌렁벌렁 들썩이게 만들었다. 그들이 바로 그 점을 노렸다는 걸 잘 아는 에베트는 무시하려 했지만 이미 그 소리는 머릿속을 파고들고 있었다. 그나마 에드바숀 대장 뒤를 따라 그대로 위층으로 발걸음을 돌릴 수 있었던 게 다행이었다. 그들은 층층이 경비를 서고 있던 무장 경관들을 지나쳐 드디어 3층 작업실 앞에 도착했다. 작업실 문 앞에서 대기 중인 여덟 명의 기동대 대원들은 충격탄을 던진 뒤 10초 안에 상황을 진압할 만반의 태세를 갖춘 상태였다.

"10초는 너무 깁니다."

에베트는 나지막이 속삭였다. 에드바숀 역시 가까이 붙어 조용조용 대답했다.

"8초면 됩니다. 우리 대원들 정도면 8초 안에 제압이 가능합니다."

"8초도 길어요. 호프만이 총을 조준하고 인질들 머리에 한 발씩 쏘는 데 걸리는 시간은 1.5초도 채 안 걸릴 겁니다. 게다가 지금 저 친구 심리 상태로는……. 시체를 데리고 나올 위험을 자처할 순 없습니다."

에드바숀이 옥상으로 고개를 내밀고 끄덕이자 포진해 있던 대원들이 둔탁한 발소리를 내며 수시로 자리를 옮겨 잡았다.

에베트는 고개를 가로저었다.

"저쪽도 힘들긴 마찬가지입니다. 출입문이든 채광창이든, 8초든 10초든……. 그 시간이면 인질들을 벌써 몇 번이나 죽이고도 남는단 말입니다."

문소리……. 그는 더 이상 문소리를 견딜 수 없었다. 아래층의 미친놈들 때문에 위층의 정신 나간 놈 문제를 해결하는 데 정신을 집중할 수가 없었다. 에베트는 우레 같은 소리가 나는 아래층으로 발걸음을 돌리려다 에드바숀이 어깨에 손을 올리자 뒤를 돌아보았다.

두 사람은 숨죽여 기다리는 기동대원들 앞에서 아무런 말 없이 서 있었다.

"그렌스 경정님, 현재로서는 호프만이 갑자기 투항하고 나오거나 살해협박이 단순 협박에 지나지 않다는 판단을 내리기 전까지는……. 단 한 가지 방법밖에 없습니다. 군 저격수. 충분한 사거리를 확보할 수 있는 무기를 보유한 군 저격수 말입니다."

*

두려움은 그를 괴롭히고 있었다. 신체 여기저기서 경련이 일고 신경성 발작기침이 수시로 튀어나왔다. 예란숀은 벌써 10분이 넘도록 정부청사의 어느 사무실 안 책상과 유리창 사이에서 끝없이 원을 그리며 돌고 있었다. 딱히 갈 곳도 없었다.

"재소자들에게 경찰 끄나풀이 있다는 정보를 제공한 건 우리였습니다."

구겨진 지도는 쓰레기통 속에 들어가 있었다. 예란숀은 지도를 꺼내 다시 펼쳤다.

"호프만을 자극한 건 우리란 말입니다."

"호프만에겐 주어진 임무가 있었습니다."

경찰총감은 거기까지만 법무장관이 대답하도록 내버려두고 자신이 직접 동료경찰을 쳐다보며 말했다.

"그리고 그 임무엔 타인의 생명을 위협하는 행위는 포함되지 않았어."

"우리가 그 친구 존재를 덮어버리지 않았습니까?"

"정보원들의 존재를 덮어버린 게 이번이 처음은 아니잖아."

"전 우리가 끄나풀을 함정수사에 이용했다는 사실을 지금까지 부인하며 살아왔습니다. 조직에게 그들의 정체가 탄로났을 때에도 보호는커녕 그저 지켜보기만 했습니다. 하지만 이건…… 이건 경우가 다르지 않습니까? 이건 단순히 관계를 끊어버리는 게 아니라, 살인행위란 말입니다, 살인행위!"

"자네, 아직도 이해를 못 하는 거야? 결정은 우리가 하는 게 아니라고. 우린 그저 그 결정을 내리게 될 지휘관에게 해법을 제시하는 것뿐이라고."

흥분으로 부들부들 떨던 남자는 더 이상 서 있을 힘도 없었다. 스멀스멀 피어오르던 두려움이 이제는 그의 뒤를 바짝 쫓고 있었다.

남자는 거의 달리다시피 테이블을 지나쳐 닫혀 있던 문으로 향했다.

"전 빠지겠습니다."

*

디젤 연료 냄새가 코를 찌르는 바닥은 처음이나 지금이나 딱딱하고 싸늘했다. 하지만 그는 더 이상 추위가 느껴지지 않았다. 마찬가지로 무릎의 통증도 느껴지지 않았고 자신이 벌거벗은 채 묶여 있다는 생각조차 들지 않았다. 이따금 자신의 귀에 대고 조만간 죽게 될 거라고 속삭이며 옆구리를 툭툭 걷어차는 남자의 존재도 잊고 있었다. 마틴 야콥손은 기력이 쇠해 말할 힘도, 생각할 힘도 없이 무릎을 꿇은 채 미동도 않았다. 심지어 호프만이 널찍한 작업대 위로 올라가 허리춤 안에서 액체로 보이는 물질이 담긴 비닐용기를 꺼내 늘어놓는 장면을 보면서도 이게 현실인지 아닌지도 구분할 수 없을 정도였다. 그가 비닐용기를 여러 개로 나눈 뒤 선반에서 꺼내온 테이프를 가지고 그것들을 재소자의 머리, 팔, 등, 배, 가슴, 넓적다리, 종아리, 발에 붙이는 장면을 보면서도 자신의 눈을 의심해야 했다. 그러고는 호프만이 비닐용기를 붙인 바로 그 자리에 얇은 펜틸 도화선 같은 것을 연결한 뒤 또다시 테이프로 긴 줄을 재소자의 몸에 칭칭 감는 장면을 보면서도 마찬가지였다. 만약 그게 사실이라면. 그가 보고 있는 장면이 실제상황이라면. 더 이상 눈을 뜨고 볼 수가 없었다. 그는 서서히 시선을 돌려 다른 곳을 쳐다보았다. 그에게는 더 이상 머리를 써서 무언가를 이해할 여력이 없었다.

*

회의 테이블에 비치된 세 개의 의자 중 뒤로 밀쳐진 의자 하나는 주인 없이 비어 있었다. 법무장관은 마치 주름을 펴려는 듯, 무의식중에 구겨진 지도 위에 손을 이리저리 움직이고 있었다.

"이번 일, 할 수 있는 겁니까?"

맞은편에 앉은 경찰총감은 그녀의 질문을 제대로 알아들었다. 하지만 가능성을 묻는 질문이 아니라는 걸 너무나 잘 알고 있었다. 그 누구도 거스를 수 없는 일이었다. 예란손 총경 혼자 풀 수 있는 문제도 아니었고, 그가 빠졌다고 해결 가능성도 따라서 사라진 건 아니었다. 법무장관이 은연중에 묻고 싶었던 것은 '우리는 서로 믿을 수 있겠지요?'였거나 '우선 사태를 해결하고 난 뒤 우리가 결정한 부분에 대해서도 충분히 입장을 같이하는 거지요?'였다.

그는 고개를 끄덕였다.

"물론입니다. 할 수 있습니다."

법무장관은 책상 뒤에 있는 책장으로 다가가 두툼한 서류철 하나를 뽑아 휘리릭 펼쳐보더니 법령 SFS 2002:375를 찾아냈다.

그러고는 컴퓨터에서 그와 관련된 법령 전문을 두 부 출력했다.

"여기, 하나 받으세요."

SFS 2002:375

민간활동지원에 대한 스웨덴군 규정

장관은 일곱 번째 조항을 가리키며 말했다.

"이게 그 관련 조항입니다. 우리가 찾아가야 할 해결책이기도 하고요."

본 규정에 따라 군 소속 병력은 민간 개인에게 무력이나 폭력을 행사할 수도 있는 상황에는 절대 개입할 수 없다.

두 사람은 그게 무슨 의미인지 정확하게 알고 있었다. 한마디로 경찰업무에 군 병력을 동원하는 건 불가능하다는 소리였다. 이 나라에서 지난 80년간 군에게 민간인 저격을 허가해 문제를 해결한 적은 단 한 차례도 없었다.

하지만 그들이 해야 할 일이 바로 그것이었다.

"정말 같은 생각이신 건가요? 현장에 나가 있는 시경 경찰 생각에 동의하시냐고요? 유일한 해결책이 군 저격수를 차출하는 거라는 걸요."

법무장관은 지도를 쭉 펴놓고 질문을 던졌다.

"그렇습니다. 고성능 무기와 고도로 훈련된 병력이 필요합니다. 벌써 몇 년 전부터 위에 그런 요청을 해왔습니다."

장관은 씩 웃으며 천천히 사무실 안을 돌아다녔다.

"그러니까 현재로선 경찰이 군복무를 하고 있는 저격수를 데려다 쓸 수 없다는 거군요."

그녀는 걸음을 멈추었다.

"하지만 말입니다, 경찰이 고용한 저격수는 경찰작전에 투입할 수 있지 않습니까? 그렇지 않나요?"

장관은 경찰총감을 쳐다보았고 그는 머뭇거리다 고개를 끄덕거린 뒤 양 손바닥을 뒤집은 채 어깨를 한 번 들썩거렸다. 장관이 구체적으로 무슨 생각을 하고 있는지 감을 잡을 수 없었다.

장관은 또다시 컴퓨터에서 서류 두 부를 출력했다.

"SFS 1999:740입니다."

장관은 경찰총감이 페이지를 찾을 때까지 기다렸다.

"경찰훈련규정. 아홉 번째 조항입니다."

"무슨 내용입니까?"

"거기서부터 출발해서 해결책을 찾아가는 겁니다."

장관은 큰 소리로 관련 조항을 읽어 내렸다.

> 경찰은 특수한 상황에서 훈련에 관한 관련 규정에 예외조항을 둘 수 있다.

경찰총감은 어깨를 한 번 으쓱했다.

"이 조항은 저도 알긴 합니다만, 무슨 생각이신지 도대체 알 수가 없군요."

"군 저격수를 고용하는 겁니다. 경찰작전에 투입할 수 있는 경찰 저격수 자리에요."

"하지만 그렇더라도 여전히 군 병력이고, 공식적인 경찰 훈련도 받지 않은 상태 아닙니까?"

법무장관은 씨익 웃었다.

"총감님도 저처럼 변호사 출신 아니신가요?"

"맞습니다."

"경찰총감이라는 자리가 경찰 업무와 관련된 결정권한을 갖고 계신 자리이기도 하지요?"

"그렇습니다."

"그런데 사실 총감님 역시 공식적인 경찰훈련을 받지 않으셨지요?"

"그렇습니다."

"그 점부터 시작해 해결책을 찾아나가자는 겁니다."

경찰총감은 법무장관의 생각이 도대체 어디로 향하고 있는 건지 알 수 없었다.

"지금 상황에 적합한 군 저격수를 찾을 순 있을 겁니다. 그 상관의 협조를 얻어 군에서 퇴역하도록 조치를 취하는 겁니다. 그리고 퇴역한 군 출신 저격수에게 경찰 측에서 대략 여섯 시간짜리 임시직을 제안하는 거지요. 경정이나 뭐 대충 비슷한 직급으로요. 직급문제는 총감님이 알아서 결정하시기 바랍니다."

그는 여전히 분위기 파악이 덜 된 상태였다.

"그러니까 정확히 여섯 시간 동안 경찰로 고용되는 겁니다. 계약이 만료되는 여섯 시간 뒤에는 아직 공석을 채우지 못한 군 저격수 자리에 다시 지원을 하고 복귀하면 그만인 거지요."

그제야 법무장관의 생각이 읽히기 시작했다.

"그리고 경찰 쪽에선 작전이 진행되는 동안이나 종료된 후에도 절대 저격수의 신분을 밝히지 않아야 한다는 겁니다."

그게 바로 법무장관의 해결책이었다.

"그러면 누가 총을 쐈는지는 절대 알아낼 수 없을 테니까요."

깨끗하고 텅 빈 건물.

발자국 하나 없는 바닥과 손자국 하나 없는 창문.

조명조차 켜지 않은 건물에선 아무런 소리도 들리지 않았고, 한 번도 사용된 적 없는 문손잡이는 반짝반짝 빛이 났다. 오스카숀은 신축건물인 K감호구역 완공과 관련된 행사를 예정에 두고 있던 터였다. 감방 수를 늘려 더 많은 재소자를 받을 수 있도록 수용능력을 키운 신축건물은 새로 부임한 도지사가 야심차게 추진한 공약이었다. 하지만 당장은 그 행사를 진행할 수가 없었다. 그는 텅 빈 복도로 걸어 내려가 활짝 열린 감방 문을 지나쳤다. 그는 조명장치를 켜고 새롭게 설치한 경보장치를 가동할 생각이었다. 아무도 사용한 적 없는 그 감방들은 단 몇 분 뒤면 아무런 행사 없이 B감호구역에서 이감된 재소자들의 차지가 될 터였다. 그들은 현재 안전을 보장받을 수 없었다. 모든 출입구와 창문은 봉쇄되었고 총으로 무장한 기동대가 건물을 포위한 상황이었기 때문이다. 하지만 정작 인질극이 벌어진 이유나 인질범의 목적이나 요구사항, 그리고 현재의 상황에 대해서는 아는 바가 전혀 없었다.

또다시 이어지는 지옥 같은 시간이었다.

순간 휴대전화 벨이 텅 빈 공간에 사정없이 울려 퍼졌다. 그는 빈 감방 안으로 들어가 매트리스도 없는 침대에 피곤한 몸을 뉘였다.

“오스카숀 소장인가?”

그는 목소리의 주인공을 즉시 알아보았다. 교도행정 본부장. 하지만 오스카숀은 딱딱한 침대 위에 드러누운 채로 전화를 받았다.

“맞습니다.”

“그 친구 요구사항이 뭔가?”

“제가 볼 때는…….”

“요구사항이 뭐였냐고?”

“아무것도 없습니다.”

“인질극을 벌인 지 3시간 54분째야. 그런데 요구사항 하나 없단 말인가?”

“대화 시도조차 없었습니다.”

CCTV화면을 가득 채웠던 호프만의 입이 뇌리를 스치고 지나갔다. 가늘고 팽팽한 입술이 느린 속도로 뱉어낸 단어가 떠올랐다. 죽음. 하지만 본부장에게 그 말을 꺼낼 엄두가 나지 않았다.

"만약 요구사항이 발생하면, 그러니까 그 친구가 요구사항을 내건다 해도 절대 교도소 밖으로 내보내선 안 돼."

"무슨 뜻입니까?"

"교도소 정문을 열어달라는 요구사항을 내걸더라도 들어주면 안 된다고. 어떤 상황이 발생하더라도 그것만은 안 돼."

침대는 딱딱했다. 하지만 딱딱한 게 느껴지지 않았다.

"제가 제대로 이해한 게 맞는지 모르겠습니다만……. 그러니까 본부장님 말씀은, 본부장님이 직접 작성하신 교도행정정책을 무시하라는 말씀입니까? 교도행정과 관련된 관료 전원이 서명한 그 정책을 말입니까? 만약 누군가의 목숨이 위태로운 상황이고, 인질범이 굽히지 않고 지속적으로 위협을 가하며 석방을 요구할 경우 교도행정 관리자는 정문을 개방해 인질의 안전을 우선적으로 확보해야 한다는 그 정책을요? 지금 저보고 그 약속을 어기라는 말씀인 겁니까?"

"그런 정책, 규칙……. 그래, 내가 작성한 건 인정하네만……. 렌나트, 자네가 정말 그 일을 계속할 생각이라면 내 말대로 따라주게."

그는 몸을 움직일 수조차 없었다.

"본부장님 말씀에 따르라고요?"

누구에게나 한계라는 게 있다. 그 이상은 무슨 일이 있어도 넘어갈 수 없는 한계.

오스카손은 그 한계에 다다랐다.

"아니면 본부장님에게 그런 명령을 내린 사람들의 말을 따라야 하는 겁니까?"

*

"일어서세요."

호프만은 인질들 사이에 서 있었다. 그는 허리를 숙여 노교도관에게 귓속말을 했다. 피곤에 지친 노인은 이해했다는 눈빛을 지어 보이곤 고통스러운 표정으로 무릎을 편 뒤 간신히 허리를 곧추세웠다. 그러고는 인질범이 가리키는 지점으로 서서히 걷기 시작했다. 튼튼한 기둥 세 개를 지나 문과 가장 가까운 벽 뒤에 있는 그곳은 별도의 비품실이었다. 연장이나 기계 부속품 공급업체에서 보내온 종이상자가 운송장이 붙은 채 뜯지도 않은 상태로 쌓여 있는 곳이었다. 호프만은 자신의 생각과 달리 상대가 굼뜨게 움직이자 신경질적으로 그를 눌러 앉혔다. 그러고는 벽에 기대게 한 뒤 두 다리를 묶기 편하도록 하나로 모아 쭉 당겼다. 노교도관은 여러 차례 필사적으로 그에게 가까이 다가가 왜 이러는지 물어보았지만 답을 얻지 못하고, 결국 말 없는 뒷모습만 멍하니 바라보았다. 그 모습 역시 작업대 뒤 어딘가로 사라져버렸다.

*

빌어먹을 문 두드리는 소리. 에베트는 고개를 흔들었다. 겉보기엔 마치 박자라도 맞추는 분위기였다. 죄수들은 2분여 동안 계속해서 감방 문을 두들겨대다가 1분 정도 쉰 뒤 다시 2분 동안 문을 두드렸다. 그는 교도관 사무실로 가는 길에 바로 뒤에 따라오던 에드바숀 대장에게 문을 확실히 닫아달라고 부탁했다. 책상 위에 나란히 놓인 두 대의 작은 CCTV화면은 둘 다 캄캄했다. 작업실 벽으로 돌아가버린 감시카메라의 영상이었다. 그는 다 식어버린 걸쭉한 액체만 바닥에 남아 있는 커피포트로 손을 뻗었다. 그러고는 거의 거꾸로 들다시피 해 밤갈색 액체가 누군가가 썼던 머그컵에 떨어질 때까지 기다렸다가 에드바숀에게 권하긴 했지만 결국 자신이 혼자 다 마셔버렸다. 맛은 영 아니었지만 필요한 만큼 진했다.

"여보세요?"

그가 하얀 머그컵에 든 커피를 다 마셔버리자마자 앞에 있던 전화기가 울렸다.

"그렌스 경정인가?"

그는 주변을 둘러보았다. 빌어먹을 감시카메라들만 보였다. 중앙통제센터에서 그가 교도관 사무실로 들어가는 장면을 확인한 뒤 그쪽으로 전화를 돌린 것이다.

"맞습니다."

"내가 누군지 아나?"

에베트는 목소리의 주인공을 알고 있었다. 크로노베리 경시청에서 그보다 몇 층 더 위에 사무실을 가진 고위관료였다.

"누구신지 압니다."

"잠시 통화할 수 있나? 시끄러운 소리가 들리는군."

"가능합니다."

경찰총감이 목청을 가다듬는 소리가 들렸다.

"상황은 어떤가? 달라진 점이라도 있나?"

"없습니다. 조만간 행동을 개시해야 합니다. 그런데 현재로선 꼭 필요한 병력이 부족한 상황이고 시간만 계속해서 흘러가고 있습니다."

"군에 있는 저격수의 지원을 요청했지?"

"그렇습니다."

"그래서 이렇게 전화한 걸세. 자네가 요구한 사안이 내 손으로 넘어왔거든."

"잠깐만요."

에베트는 에드바숀에게 손짓을 했다. 문이 제대로 닫혔는지 확인을 부탁하고 싶었기 때문이다.

"여보세요?"

"내가 제안 하나 하지."

경찰총감은 잠시 아무 말 없이 상대의 반응을 기다렸다. 하지만 대답 대신 시끄러운 문소리만 계속되자 이내 설명을 이어나갔다.

“방금 계약서에 서명을 하나 했는데, 군 저격수이자 교관을 역임하고 최근 민간인 신분으로 복귀한 친구를 여섯 시간 동안 임시직 경위보로 임명하는 계약서였네. 쿵센옌의 스베아 근위대에서 복무한 군인일세. 첫 근무지는 아스프소스 관할경찰서 지원업무가 될 거야. 방금 헬기를 타고 떠났으니 대략 10분에서 최대 15분 내에 아스프소스 교회에 도착할 거야. 정확히 5시간 56분 뒤에 계약이 종료되면, 다시 쿵센옌으로 돌아와 최근 공석이 된 군 저격수 및 교관 자리에 다시 지원을 하게 될 걸세.”

*

구름 한 점 없는 하늘에 작은 점 하나가 나타나자마자 커다란 소리가 들렸다. 그는 부리나케 창문으로 달려가 그 물체가 점점 큰 소리를 내며 커지다가 땅에 내려앉는 모습을 지켜보았다. 파란색과 흰색 문양의 헬리콥터 한 대가 교도소 담벼락과 교회 앞마당 사이 제법 키가 높은 풀들이 자란 녹지대에 착륙했다. 피에트 호프만은 교회 종탑의 발코니에서 같은 장면을 지켜보고 있던 두 명을 쳐다본 뒤, 헬리콥터 쪽으로 뛰어가는 경찰관 두 명에게 시선을 돌렸다. 머리

위 옥상에 있던 기동대원들의 발소리와 동시에 문 밖에 대기 중이던 대원들이 이동하는 소리도 들렸다. 그는 고개를 끄덕거렸다. 드디어 모든 게 제자리에 놓인 것이다. 호프만은 이름 없는 재소자의 팔과 다리가 제대로 묶여 있는지 확인한 뒤 비품실로 뛰어가 나이 든 교도관을 일으켜 앞장세우고 벽을 바라보고 있던 감시카메라로 다가갔다. 그러고는 카메라를 돌려 자신의 입모양이 제대로 보이면서 그 뒤로 교도관의 모습도 잘 잡히도록 각도를 조절했다.

*

흰색과 회색이 섞인 위장복 차림의 남자는 앞으로 살짝 몸을 굽힌 채 걷고 있었다. 대략 40대로 보이는 남자는 자신을 스텔넬이라고 소개했다.

"이번 일은 할 수 없습니다."

종탑으로 향하는 철제 사다리를 오르는 동안 에베트가 상황을 간략하게 설명해주던 중이었다.

"할 수 없다니? 그게 무슨 말도 안 되는 소리요?"

5시간 38분 동안 경찰병력의 일원으로 활동해야 하는 군 저격수는 먼저 대기 중이던 두 명의 대원 중 하나와 자리를 바꿔 비좁은 발코니 위에 올라서며 말했다.

"제 장비는 평범한 저격용 라이플이 아닙니다. 배럿 M82 이라는 겁니다. 무게도 중화기에 가깝고 파괴력 또한 월등

한 대물전용 라이플이죠. 버스나 선박, 대인지뢰 제거에 사용되는 무기입니다."

그는 발코니에 남아 있던 다른 대원에게 인사를 건넸다. 감적수(사격 후 목표물에 적중했는지 확인하는 병사—옮긴이)로 보였다.

"장거리라고만 들었습니다. 제가 들은 정보는 그게 전부였습니다. 그래서 상황에 맞게 준비해온 건데, 이걸로는 연성표적을 쏠 수가 없다는 말입니다."

그는 쌍안경을 들고 유리창 너머에 있는 인질범의 움직임을 관찰한 뒤에야 상황이 어떻게 돌아가고 있는지 파악할 수 있었다.

"미안한 말이지만, 그 연성표적이라는 게 저기 저 사람을 두고 하는 말이오?"

"그렇습니다."

"그런데…… 그게 정확히 무슨 의미요?"

"제가 사용하는 화기의 탄환은 기화성 폭발물에 가깝다고 보시면 됩니다. 그렇기 때문에 대인용으로는 사용할 수 없습니다."

에베트는 피식 웃었다. 성가신 듯 입술을 비틀어 짧게 뱉은 웃음소리.

"그러면…… 여긴 도대체 왜 온 거요?"

"사거리가 1,503미터라고 들었습니다. 제가 여기 온 이유는 바로 그 사거리 때문이었습니다."

"당신이 해야 할 일은 인질범이 두 사람의 목숨을 앗아가지 못하도록 하는 거요. 당신 설명대로 하자면, 지금 상황은 하나의 연성표적이 또 다른 연성표적을 살해하는 것을 막는 일이란 말이오."

스텔넬은 쌍안경으로 인질범의 움직임을 자세히 살폈다. 그는 여전히 창문 앞의 똑같은 자리에 서서 무방비 상태로 자신을 드러내고 있었다. 좀처럼 이해할 수 없는 행동이었다.

"전 단지 국제법상 지켜야 할 사항을 따를 뿐입니다."

"법이라……. 빌어먹을 법이라니, 이보쇼, 스텔넬. 그 법이라는 건 책상 뒤에 숨어서 끼적거리는 인간들이 만든 거란 말이오! 그런데 지금 이건 눈앞에서 벌어지는 현실이오. 만약 저기 서 있는 저 친구가, 그러니까 연성표적이라는 저 친구가 지금 당장 멈추지 않는다면 다른 사람이 죽게 된다고. 그런데 뭐라고 했었지, 국제법을 따른다고? 인질들하고 그네들 가족, 친척들이 들으면 신바람 나서 춤이라도 추겠군그래!"

쌍안경에는 탁월한 줌 기능이 달려 있어 비록 바람에 손이 흔들렸지만 1.5킬로미터 떨어진 거리에 서 있는 긴 머리의 남자가 이따금씩 주변을 살피거나 아래쪽을 내려다보고 있다는 사실을 확인할 수 있었다. 스텔넬은 그가 바닥에 엎드려 있는 인질을 주시하는 거라고 확신했다. 인질의 위치였다.

"만약 제게 그 일을 하라고 명령하신다면, 인질범은 사지가 모두 날아갈 겁니다."

그는 쌍안경을 내려놓고 에베트를 쳐다보았다.

"연성표적이었던 사람의 흔적은 찾을 수 있을 겁니다. 조각난 채로 사방에 널려 있을 테니 말입니다."

*

얼굴, 그리고 입. 그가 다시 화면에 잡혔다.

마지막에 모습을 드러냈던 바로 그 감시카메라였다. 베리는 여전히 더웠지만, 책상 위에 있던 선풍기를 끄고 비좁은 중앙통제센터의 벽 쪽으로 밀어놓았다. 16대의 모니터를 동시에 바라보고 영상을 확인하기 위해서는 공간을 확보해야 했기 때문이다.

화면 속의 입은 무언가를 말하고 있었다. 그런데 그 뒤로 다른 누군가가 보였다. 야콥손 교감. 알몸에 손발이 묶인 상태였다. 인질범은 그를 붙잡고 있더니 갑자기 뒤로 한 걸음 물러섰다. 자신에게 초소형 리볼버가 있고, 그 총이 야콥손의 머리를 겨누고 있다는 사실을 확실히 보여주고 싶었던 것이다. 그러고는 다시 카메라 앞으로 다가와 뭐라고 말을 했다.

이번에는 다시 되감아볼 필요도 없었다.

첫 단어부터 그 뜻을 알 수 있었기 때문이다.

'이 사람, 죽은 목숨이야.'

나머지 말은 또렷하게 움직이는 입술 덕분에 믿을 수 없을 정도로 쉽게 이해할 수 있었다.

'20분 뒤에.'

*

스벤은 휴대전화를 들고 교회로 뛰어 들어갔다. 중앙통제센터 직원이 괴로운 목소리로 전하는 내용은 분명했다. 카운트다운이 시작되었다는 것. 시간이 흐를수록 반대로 결정을 내려야 하는 시간은 줄어들고 있는 셈이었다. 스벤은 미친 듯이 철제 사다리를 밟고 올라가 문을 열고 기다시피 발코니 쪽으로 향했다. 에베트가 방금 전에 도착한 저격수와 감적수 사이에 서 있었다. 스벤은 그들에게 이미 결정된 사항에 대해 더 이상 왈가왈부할 시간이 없다고 큰 소리로 말했다.

에베트는 부하직원을 쳐다보았다. 눈빛은 불안했고, 이마에는 핏줄이 서 있었다.

"얼마나 된 거야?"

"1분 20초 지났습니다."

에베트는 그런 상황이 닥치리라 예상은 했다. 하지만 아직은 여유가 있다고 믿고 있었다. 그는 한숨을 내쉬었다. 언제나 그런 식이었다. 시간 여유라는 건 자신과 거리가 멀었다. 그는 난간을 붙잡고 교도소 너머 아래로 보이는 작은 마을을 내려다보았다. 겨우 몇 미터 떨어진 두 세계. 하지만 각각 고유의 규칙과 기대치로 돌아가는 별도의 세계.

"스벤?"

"네?"

"누구였어?"

"누가요?"

"그 교도관이라는 사람."

강화유리 뒤로 보이는 저 남자. 호프만이라는 저 남자는 어떤 상황이 벌어질지 정확히 간파하고 있었던 거야. 그래서 카운트다운을 시작한 거라고. 노교도관 때문이라도 경찰이 작전을 개시하게 상황을 이끌어낸 거야. 만약 그 인질이 중형을 선고받은 마약상이었다면? 아마 뭐라 말하긴 힘들지만, 지금처럼 신중하게 뜸을 들이진 않았을 거야.

"스벤?"

"잠깐만요."

스벤은 깨알 같이 적힌 수첩을 들여다보고 있었다. 최근 들어 거의 사용한 적 없는 수첩이었다.

"마틴 야콥손. 64세. 24세부터 아스프소스 교도소에서 근무했음. 기혼. 자녀들은 이미 장성했음. 인근 마을에 거주하며 교도소 내에서 직원과 재소자 사이에 평이 매우 좋음. 위협을 받은 적 없음."

에베트는 대충 알겠다는 듯 고개를 끄덕였다.

"더 필요한 정보 있으세요?"

"당장은 없어."

분노. 그건 그를 움직이게 만드는 추진력이었다. 그 힘이 없었다면 그는 아무것도 아니었을 것이다. 그리고 그 분노는 지금 그를 꽉 붙잡고 세차게 흔들고 있었다. 절대로, 무슨 일이 있어도 발가벗겨진 채 손발이 묶인 상태로 총구를 눈에 달고 있는 남자, 지난 40년간 자신을 혐오하는 버러지 같은 죄수들을 관리해온 그 남자를 더러운 냄새가 풍기는 작업실 바닥에서 개죽음을 맞게 내버려둘 수는 없었다.

"스텔넬?"

군 저격수는 그와 조금 떨어진 지점에서 난간에 엎드려 쌍안경으로 전방을 관찰하고 있었다.

"당신은 지금 경찰로서 이 자리에 와 있는 거요. 당신의 신분은 경찰이란 말이오. 앞으로 다섯 시간 반 동안 경찰작전을 수행해야 합니다. 그리고 난 이 경찰작전의 지휘관이오. 한 마디로 당신 상관이란 말이지. 이 말은 즉, 당신은 지금부터 내가 명령하는 그대로 따라야 한다는 거요. 그리고 내 말 잘 들으시오. 난, 연성표적이니 국제법이니, 그런 건 솔직히 하나도 관심 없단 말이오. 내 말 알아듣겠소?"

두 사람은 서로를 쳐다보았다. 에베트는 대답을 듣지 못했지만 그렇다고 기대하지도 않았다.

알몸으로 결박당한 64세의 노교도관.

또 다른 인질사건이 떠올랐다. 대략 20년 전 일이지만,

지금도 생각하면 숨이 막힐 정도로 분노가 치미는 사건이었다. 보호시설에 수용되어 있던 죄질이 나쁜 청소년 사범들이 탈출을 감행하기 위해 주방에서 시간외 근무를 자청했던 은퇴한 노부인을 인질로 삼았던 사건이었다. 인질범들은 보호시설직원 중 가장 연약하고 연로한 노부인의 목에 싸구려 드라이버를 들이대고 인질극을 벌였다. 결국 인질은 사건 직후 죽음에 이르렀다. 청소년 사범들은 그녀에게서 생명을 앗아갔지만, 그녀는 생명을 되돌려 받을 방법이 전혀 없었다.

비열하기 짝이 없는 사건이었다. 연로하고 쇠약한 인질의 최후.

"저 친구, 당장 무력화합시다."

"무슨 말씀입니까?"

"부상을 입히자는 말이오."

"못 합니다."

"못 해? 내가 방금 전에……."

"못 합니다. 일단 그렇게 하려면 상체를 조준해야 합니다. 그리고 이 지점에서는 목표물이 너무 작습니다. 첫째, 만약 저 친구 팔을 조준사격한다면 명중하지 못할 가능성이 높습니다. 둘째, 한쪽 팔을 맞힌다 해도 나머지 신체부위에 파편이 모조리 박혀버릴 겁니다."

스텔넬은 총을 에베트에게 넘겼다.

날렵하게 빠진 검은 저격용 라이플은 생각보다 훨씬 무거웠다. 대략 15킬로그램 정도 될 것 같았다. 단단한 모서리가 손바닥을 무겁게 눌렀다.

"저격용 라이플입니다……. 충격파는 인간의 신체를 날려버릴 수도 있습니다."

"만약 명중하면?"

"즉사입니다."

*

수신기가 여러 차례 귀에서 떨어져나가 나중에는 손가락으로 틀어막았다. 한 마디도 놓칠 수 없었다.

"부상을 입히자는 말이오."

우지끈 하는 소리가 들렸다. 방해전파가 흘러나왔다. 그는 수신기를 바꿔달았다. 수신 상태는 달라지지 않았다. 그는 정신을 집중하고 귀를 기울였다. 그래야만 했다. 한 마디, 한 마디를 반드시 이해해야 했다.

"만약 명중하면?"

"즉사입니다."

그것만으로 충분했다.

호프만은 작업실을 가로질러 책상이 놓인 작은 사무실 안으로 들어갔다. 그는 첫 번째 서랍을 열고 연필과 클립 사이 공간에 미리 숨겨놓았던 면도칼과, 필통 속에 넣어두었던 가위를 꺼냈다. 그러고는 다시 비품실로 향해 여전히 벽에 기대어 있는 교도관에게 다가가 그의 손목과 발목에 묶인 테이프 상태를 확인한 뒤, 창문에 걸린 커튼을 확 잡아당겨 떼어내고 바닥에 있던 깔개를 집어 들어 다른 인질이 있는 작업실로 돌아갔다.

나이트로글리세린이 든 특수 비닐용기는 그대로 인질의 몸에 붙어 있었다. 펜틸 도화선도 촘촘히 그의 몸을 감싼 상태였다. 호프만은 애원하는 듯한 그의 눈을 한 번 쳐다보더니 깔개를 툭 던져 씌우고 커튼으로 다시 꽁꽁 둘러쌌다.

호프만은 작업대 옆에 있던 디젤 드럼통을 인질의 다리 옆으로 밀어놓았다. 그리고 깔개 밑을 더듬어 기폭장치를 찾아내 도화선 한쪽 끝에 테이프로 고정했다.

그런 뒤 다시 창문 앞으로 다가가 종탑을 바라보았다. 고성능 저격용 라이플이 그를 조준하고 있는 그곳을.

*

그들은 정부청사 3층 어느 사무실의 커다란 창문 앞에 서 있었다. 그리고 방금 전 활짝 열어젖힌 창으로 들어오는 시원하고 신선한 공기를 들이켰다. 그들은 준비를 마친 상태였다. 45분 전, 아스프소스 교회 현장에 나가 있는 작전지휘관에게 군 저격수를 한시적으로 지원해주겠다는 승인을 내려주었다. 그리고 그 저격수가 현장으로 출동한 뒤였다.

풀 수 없었던 난제가 이제 해결 가능한 문제가 되었다.

결정을 내리는 일에 필요한 모든 준비가 끝난 상황.

그 결정을 내리게 될 사람은 에베트 그렌스 혼자였다. 그리고 그로 인한 모든 결과나 책임 역시 전적으로 혼자 짊어지고 갈 것이다.

그는 단 한 번도 종탑 위에 서본 적이 없었다. 어린 시절 소풍 때 담임선생님 뒤를 따라 터벅터벅 걸어 올라갔던 적은 있었을까? 아무튼 정말로 이상한 기분이 들었다. 숱한 세월 훈련을 받아왔지만, 그렇게 뻔히 보이는 지점에서 저격을 하긴 난생처음이었다. 교회는 보통 주변에서 가장 높은 곳에 있었다. 그는 벽에 등을 기대고 육중한 무쇠 종을 바라보았다. 그렇게 필요한 만큼 혼자만의 시간을 가졌다. 저격수들이 사격 직전 자기만의 방법으로 마음을 가라앉히는 것처럼. 그동안 감적수는 총 옆에서 대기하고 있었다.

스텔넬이 교회에 도착한 건 한 시간 전이었다. 다섯 시간이 지나면 그는 쿵셀옌으로 돌아가 군 저격수 자리에 재고용될 터였다. 현장으로 오는 동안 그가 전달받은 사항은 무생물을 저격하는 일이었다. 하지만 사실은 달랐다. 이제 몇 분 후면, 그는 지금까지 한 번도 해본 적 없는 일을 하게 될 터였다. 인간을 사격하는 일.

인간표적.

숨을 쉬고, 생각을 하고, 누군가가 그리워하게 될 그런 인간을.

"표적이 시야에 들어왔다."

방아쇠를 당기는 일은 두렵지 않았다. 목표물을 명중하는 자신의 능력도 전혀 의심스럽지 않았다.

하지만 그 결과는 두려웠다. 죽음이라는 것이 가해자에게 미칠 심리적 결과가.

"반복한다. 표적이 시야에 들어왔다."

감적수가 긴박한 목소리로 상황을 알렸다. 스텔넬은 산들바람이 불어오는 발코니에 엎드려 라이플을 두 손으로 꽉 쥐고 기다렸다. 유리창으로 그림자가 나타났다. 그는 감적수를 쳐다보았다. 그 역시 똑같은 장면을 보고 똑같은 생각을 하고 있었다. 인질범은 장거리에서 자신을 조준사격 하는 것이 가능하다는 사실을 전혀 모르고 있는 것 같았다.

"사격 준비."

태도가 거칠고, 숨기려 하지만 절뚝거리는 한쪽 다리에 통증을 느끼고 있을 게 분명한 거구의 경정은 저격수 바로 뒤에 서 있었다.

"만약 호프만이 인질을 위협하는 행위를 멈추지 않는다면 난 당신한테 사격명령을 내릴 거요. 이제 그에게 남은 시간은 13분이오. 준비됐소?"

"준비 완료됐습니다."

"탄환은?"

스텔넬은 뒤를 돌아보지 않았다. 시종일관 바닥에 배를

깔고 교도소 쪽을 주시하던 그의 눈은 조준경에 밀착한 상태로 B감호구역 맨 위층 유리창을 향하고 있었다.

"정확한 브리핑을 받았다면 지금보다 구경이 낮은 탄환을 장전했을 겁니다. 지금 쿵센옌 기지에서 헬기에 실려 긴급 공수되고 있지만 제시간에 도착하는 건 무리입니다. 현재의 탄환으로는……. 만약 강화유리를 부수고 목표물을 명중할 수 있다면 사살은 가능합니다. 그러나 다시 말씀드리지만 부상만 입히는 건 불가능합니다. 탄환이 발사되면 결과는 상당히 치명적일 겁니다."

*

문은 닫혀 있었다.

자물쇠 주위에 여러 군데 긁힌 자국이 난 참나무색 문.

마리안나 헬만손은 문을 살짝 두드렸다.

아무런 소리도 나지 않았다. 누가 안에 있다면 가만히 숨죽이고 있는 게 분명했다.

상관인 에베트 그렌스의 명령에 따라 마리안나는 문제의 작업실에서 몇백 미터 떨어진 의무실로 찾아가 의무관을 만나보았다. C감호구역으로 들어가자 의무실 작은 창 너머로 침대에 누워 기침을 하고 있는 재소자 하나가 눈에 들어왔다. 하얀 가운을 입은 의무관은 수인번호 0913번 호프만은 의무실 침상에 누워본 적도 없다고 했다. 또한 유행성 전염

병 증상을 보인 환자는 아무도 없었을 뿐만 아니라 격리수용명령을 내린 적도 없다고 설명했다.

에베트는 감쪽같이 속아 넘어간 것이다. 교도소장의 방해로 만나지 못했던 그 재소자는 지금 한 손에 총을 들고 노교도관의 머리를 겨냥한 채 협박을 하고 있었다.

마리안나는 더 힘차게 문을 두드렸다.

그러고는 문손잡이를 살짝 내려보았다.

문은 열린 상태였다.

렌나트 오스카숀 교도소장은 짙은 색 가죽 팔걸이의자에 앉아 책상 위에 팔꿈치를 댄 채 두 손으로 머리를 감싸 안고 있었다. 거친 숨소리가 불규칙적으로 흘러나왔고, 강렬한 천장 조명에 비친 이마와 볼은 땀인지 눈물인지로 번들거렸다. 그는 마리안나가 몇 미터 앞까지 다가갈 때까지도 그녀의 존재를 전혀 눈치채지 못했다.

"시경에서 나온 마리안나 헬만손입니다."

오스카숀은 화들짝 놀랐다.

"몇 가지 여쭤볼 게 있습니다. 호프만이란 재소자에 관해서요."

그는 마리안나를 쳐다보았다.

"죽여버린다고 했소."

마리안나는 그대로 서 있었다.

"호프만이 그렇게 말했소."

그는 눈을 마주치지 못하고 이리저리 굴렸다. 마리안나는 그의 시선을 따라잡으려다가 결국 포기했다. 오스카손은 어딘지 모를 곳만 멍하니 바라보고 있었다.

"죽여버린다고 했소, 그 자식이 말이오!"

마리안나는 소장이 딱히 어떤 반응을 보일 거라고는 예상하지 않았다. 하지만 구석으로 내몰려 허우적거리는 모습은 전혀 뜻밖이었다.

"그 친구 이름은 마틴이오. 그건 알고 있습니까? 내 가장 가까운 친굽니다. 40년 근속한 아스프소스 교도소 최고참 교도관이란 말이오. 자그마치 여기서 40년을 보냈는데…… 그런데…… 그런 친구가 저렇게 죽을 운명에 처해 있단 말입니다."

마리안나는 다시 그의 시선을 따라잡으려 했다.

"에베트 그렌스 경정이 어제 찾아왔었소. 지금 저기 교회 종탑에서 진두지휘하는 그 양반 말이오. 그 양반이 재소자 하나에게 질문 몇 가지를 하겠다고 했소. 그게 바로 피에트 호프만이었소."

사각형 모니터.

"만약 마틴이 죽기라도 한다면……."

화면을 가득 채운 입술이 서서히 움직였다.

"그 친구가 죽기라도 하는 날엔……."

'이 사람, 죽은 목숨이야.'

"과연 내가……."

"하지만 소장님은 당시 면담조사가 불가능하다고 말씀하

셨던 걸로 알고 있습니다. 호프만이 병에 걸려 의무실에 격리수용된 상태라고요."

"과연 내가 그걸 견딜 수 있을지 모르겠소."

오스카숀은 마리안나의 이야기를 듣고 있지 않았다.

"방금 C감호구역을 들러서 오는 길입니다. 뉘칸델 의무관에게 들었는데, 호프만은 의무실에 간 적이 없다더군요."

입술.

"거짓말하셨던 거군요."

움직이고 있었다.

"왜 거짓말을 하신 겁니까?"

화면을 가득 채운 입술은 마치 죽음을 선고하는 것 같았다.

"오스카숀 소장님! 제가 지금 묻고 있지 않습니까! 이미 B감호구역에서 사람이 죽어나갔습니다. 그리고 지금 인질로 잡힌 두 사람에게 남은 시간은 정확히 9분밖에 없는 상황이란 말입니다. 당장 결정을 내려야 합니다. 제가 묻는 질문에 대답하시라고요!"

"커피 한잔 드시겠소?"

"왜 거짓말하신 겁니까? 도대체 무슨 일이 있었던 겁니까?"

"아니면 차라도?"

"호프만의 정체는 뭡니까?"

"녹차도 있고 홍차도 있습니다. 살짝 담가놓기만 하면 되는 티백용이지요."

소장이 자리에서 일어나자 얼굴에서 굵은 땀방울이 반들반들한 책상 위로 떨어졌다. 오스카숀은 사무실 한구석에 놓인 금테두리를 두른 트레이로 다가갔다.

"대답을 해주십쇼. 왜 그러신 겁니까? 도대체 왜 거짓말을 하신 겁니까?"

"티백을 너무 오래 담가두지 않도록 주의하는 게 중요합니다."

그는 마리안나가 처음으로 언성을 높였는데도 그녀에게 눈길 한 번 주지 않았다. 그는 한 손으로 보온병을 들고 그 아래 컵을 댄 뒤 뜨거운 물을 붓고 중앙에 빨간 들장미 그림이 들어간 티백을 조심스레 담갔다.

"대략 2분 정도면 충분합니다. 더 우리면 좋지 않아요."

그는 좀처럼 대화에 동참하지 않았다.

"우유도 좀 넣으시겠습니까?"

경찰은 그의 대답이 시급했다.

"설탕은요? 둘 다 넣을까요?"

마리안나는 오른손을 재킷 안으로 집어넣고 총을 끄집어내 교도소장 얼굴을 향해 뻗었다. 그리고 이어진 한 차례의 반동 작용. 마리안나는 네모난 찬장 문 한가운데를 노렸다.

탄환은 찬장을 뚫고 들어가 뒷벽을 때렸다. 두 사람의 귀에 바닥으로 떨어지는 탄피 소리가 들렸다.

오스카숀은 미동도 하지 않았다. 그의 손에는 여전히 뜨거운 차가 담긴 잔이 들려 있었다.

마리안나는 총구를 들어 벽시계를 가리켰다.

"남은 시간은 이제 8분입니다. 아시겠어요? 전 소장님이 왜 거짓말을 하셨는지, 호프만이라는 재소자의 정체가 뭔지, 왜 그 사람이 교도작업장 창문 앞에서 인질의 머리에 총을 들이대고 있는 건지 알고 싶단 말입니다."

그는 총을 먼저 쳐다본 뒤, 찬장을, 그리고 마지막으로 마리안나의 얼굴을 쳐다보았다.

"난 그저……. 아직 한 번도 사용한 적 없는 K감호구역에 있었소. 하얗게 페인트칠 된 제법 괜찮은 새 감방에 누워 있었단 말이오. 왜냐하면 나도 호프만의 정체가 뭔지 모르기 때문이었소. 나도 그 친구가 왜 거기 그렇게 서 있는 건지, 도대체 무슨 이유로 내 친구에게 총을 쏘겠다는 건지 모르겠단 말이오."

그의 목소리는 당장에라도 울음을 터뜨리려는 건지, 아니면 자포자기 심정으로 주저리주저리 한탄을 하는 건지 알 수 없었다.

"내가 아는 건 말입니다……. 뭔가가 있다는 겁니다……. 제삼자가 개입된 무언가가……."

그는 침을 꿀꺽 삼켰다.

"난 그렌스 경정이 이곳을 찾기 바로 전날 저녁, 어느 변호사가 고객인 재소자를 만나게 해주라는 명령을 받았소. 호프만과 같은 감호구역에 있던 재소자였소. 스테판 리가

스. 그 친구는 호프만을 공격했던 무리 중 하나였고, 오늘 아침에…… 오늘 아침에 총에 맞아 죽은 재소자요. 이미 다 아시겠지만, 변호사라는 인간들은 일종의 전령 역할도 하고 있소. 누군가 교도소 내에 특정 정보를 퍼뜨리고 싶을 때 이용하는 메신저……. 그런 일은 비일비재하게 일어납니다."

"명령을 받으셨다고요? 누구한테요?"

오스카손은 순간적으로 희미하게 웃었다.

"그렌스 경정을 비롯해 그 누가 찾아오더라도 호프만 근처에는 얼씬도 못하게 막으라는 명령이었소. 그래서 내가 직접 접견실로 찾아가 그 양반의 눈을 똑바로 쳐다보면서 만나고 싶어 했던 재소자가 의무실 신세를 지게 되었다고, 사나흘 후에나 다시 오라고 했습니다."

"누구 명령이었습니까?"

또다시 무력한 웃음.

"그리고 호프만을 이감하라는 명령을 받았소. 원래 감호 구역으로. 재소자가 위협을 받는 경우 절대로 원래 있던 곳으로 돌려보내는 일은 없는데도 말이오."

마리안나는 아예 고함을 치며 같은 질문을 되풀이했다.

"누구 명령이었느냐 말입니까!"

그 웃음.

"그리고 방금 전에도 또 다른 명령을 받았소. 만약, 호프만이 자신과 인질들이 빠져나갈 수 있도록 교도소 정문을 개방하라는 요구를 할 경우…… 무슨 일이 있어도 내보내선 안 된다는……."

"오스카숀 소장님, 전 지금……."

"마틴은 꼭 살아야 합니다."

마리안나는 금방이라도 무너질 것 같은 한 남자의 얼굴을 쳐다본 뒤 벽에 걸린 시계로 눈을 돌렸다.

남은 시간은 7분.

그녀는 뒤로 돌아 사무실을 빠져나갔다. 복도 아래로 내려가는 동안 그의 목소리가 따라왔다.

"헬만손!"

그녀는 멈추지 않았다.

"헬만손!"

소리가 싸늘한 벽에 맞고 되돌아왔다.

"누군가 호프만이 죽기를 바라고 있단 말이오."

그의 두 발과 두 손은 묶여 있었다. 머리는 깔개를 뒤집어 쓰고 입에는 재갈이 물려 있었다.

몸 이곳저곳에는 나이트로글리세린 비닐용기가 붙어 있고, 펜틸 도화선이 감겨 있었다.

"클리크 32."

그는 거구의 인질을 창문으로 끌고 가 한 차례 주먹질을 한 뒤 강제로 일으켜 세웠다.

"우로 3클리크 이동."

"반복한다."

"우로 3클리크 이동."

드디어 저격이 임박했다. 저격수와 감적수의 대화는 발포가 이루어질 때까지 계속될 터였다.

그에겐 아직 시간이 더 필요했다.

호프만은 작업실을 가로질러 창고에 남아 있는 다른 인질에게 뛰어갔다. 창백한 낯빛을 한 교도관에게.

"이제 있는 힘껏 고함을 질러요."

"테이프가 살을 파고들어서……."

"소리 지르라고요!"

노교도관은 헐떡이고 있었다. 이미 기력이 쇠한 상태였다. 고개를 위로 들어 올릴 힘도 없는 듯 머리가 한쪽으로 기울어 있었다.

"무슨 말인지 모르겠네."

"젠장, 그냥 소리 지르라고요!"

"무슨……."

"씨발, 하고 싶은 말 하란 말이에요! 남은 시간은 5분이에요. 그냥 5분 남았다고 소리 질러요!"

공포에 질린 눈이 그를 바라보고 있었다.

"소리 질러요!"

"5분 남았어."

"더 크게요!"

"5분 남았어!"

"더 크게!"

"5분 남았어!"

호프만은 그 자리에 서서 귀를 기울였다. 문 밖에서 은밀히 진행되는 소리에.

그들이 상황을 파악했다.

그들은 인질이 여전히 살아 있다는 사실을 확인했다. 그러니 당장 들이닥치진 않을 것이다.

호프만은 전화기를 들고 사무실 안을 서성거렸다. 신호음. 한 번, 두 번, 세 번, 네 번, 다섯 번, 여섯 번, 그리고 일곱 번. 그는 들고 있던 컵을 벽에 던져버렸다. 산산조각 난 파편이 책상 위로, 연필꽂이로, 벽으로 튀었다. 그녀가 전화를 받지 않았다. 그녀가…….

"1분 30초 째 표적이 시야에서 사라졌다."

"반복한다."

"1분 30초 째 표적이 시야에서 사라졌다. 표적과 인질, 위치파악이 불가능하다."

"2분 뒤 기습작전으로 돌입한다."

호프만은 사무실에서 뛰쳐나왔다. 옥상에 있던 대원들이 급습하려 움직이기 시작했기 때문이다. 그는 창문 앞에 서서 인질을 자신의 쪽으로 끌어당겼다. 인질과 최대한 붙어 있어야 했다. 인질은 발목의 상처를 깊숙이 파고드는 테이프 때문에 움찔했다.

"표적확보."

그는 그 상태로 서서 기다렸다. 취소해, 젠장, 취소하라고.

"취소한다. 급습작전 취소한다."

그는 긴 한숨을 내쉬며 기다리다가 다시 사무실로 돌아가 전화기를 집어 들고 번호를 눌렀다. 신호음이 들렸다. 몇 번인지는 셀 자신이 없었다. 이 빌어먹을 신호음. 망할 신호음. 얼어 죽을…….

신호음이 멈췄다.

누군가 전화를 받았지만 아무런 말도 하지 않았다.

자동차 소리. 전화를 받은 이는 어딘가로 차를 몰고 가고 있었다. 뒷좌석에서 아이들이 뭐라고 떠드는 듯한 소리가 희미하게 들렸다.

"당신, 우리가 약속한 대로 했어?"

제대로 들리진 않았지만 그는 확신했다. 전화를 받은 건 그녀라고.

"했어."

그는 수화기를 내려놓았다.

했어.

신나서 펄쩍펄쩍 뛰고 싶었다. 하지만 그는 다시 다른 번호를 눌렀다.

"중앙통제센터입니다."

"작전지휘관 바꿔."

"작전지휘관이라니?"

"지금 당장 바꿔!"

"그러는 당신은 도대체 누군데?"

"당신들이 CCTV화면으로 보고 있는 그 사람. 하지만 내가 있는 곳은 아마 시커멓게 보일걸."

찰칵 소리와 함께 몇 초간 정적이 흐르더니 목소리가 들렸다. 결정을 내릴 그 목소리. 호프만의 전화는 종탑에 있는 책임자에게 연결된 것이다.

*

"이 남자, 3분 지나면 죽은 목숨이야."

"자네 원하는 게 뭐야?"

"이 남자, 3분 지나면 죽은 목숨이야."

"다시 물어보지……. 원하는 게 뭐냐고?"

"죽음."

*

3분.

2분 50초.

2분 40초.

종탑 위에 서 있는 에베트는 철저히 혼자라는 느낌이 들었다. 그는 자신에게 전화를 건 사람을 살려야 할지, 죽여야 할지에 대한 결정을 눈앞에 두고 있었다. 전적으로 그의 책임이었다. 하지만 자신이 정말로 그럴 용기가 있는지 확신이 서지 않았고 그 결과를 떠안고 제대로 살아갈 수 있을지도 의문이었다.

바람마저 멈춘 것 같았다. 이마와 뺨에 아무것도 느껴지지 않았다.

"스벤?"

"네."

"다시 듣고 싶어. 저 친구가 누구고, 무슨 짓을 할 수 있는 인간인지."

"더 알려진 것도 없습니다."

"그냥 읽어!"

스벤은 종이 몇 장을 손에 쥐고 있었다. 몇 줄 읽을 여유도 없는 상황이었다.

"지극히 반사회적인 성향을 보이며 성격장애가 있다. 공감능력이 결여되어 있다. 광범위한 차원에서 두드러지는 특징적 성향은 충동성, 공격성, 타인의 안전에 대한 개념 부족, 자의식 부족 등이 있다."

스벤은 상관을 쳐다보았지만 그는 아무런 대답도, 아무런 반응도 보이지 않았다.

"쇠데르함에서는 순찰 중인 경관에게 총격을 가했으며 당시 사건현장은 도심 경계선의 공공장소로서……."

"그 정도면 됐어."

그는 엎드려 있는 저격수에게 몸을 숙여 말했다.

"2분 남았소. 사격 준비하시게."

그는 발코니에서 종탑 안으로 들어가는 문을 가리켰다. 저격수를 방해하면 안 되었다. 그는 반쯤 내려가다가 갑자기 무전기를 켜고 입으로 가져갔다.

"지금부터 통신은 나와 저격수 단독으로 진행한다. 모든 대원들은 휴대전화와 무전기를 꺼주기 바란다. 사격명령이 떨어지기 전까지 모든 통신은 저격수와 작전지휘관인 나, 에베트 그렌스 경정으로 제한한다."

나무 계단은 밟을 때마다 삐걱거렸다. 그들은 작전 종료 후 철수하게 될 작전실로 향하고 있었다.

*

마리안나 헬만손은 때가 낀 유리창을 두드리며 자신을 향하고 있는 감시카메라를 쳐다보았다. 교도소 운동장 지하의 기나긴 통로를 거치는 동안 만난 네 번째 보안문이었다. 마리안나는 문이 열리자마자 한달음에 중앙통제센터와 출구가 있는 방향으로 뛰어갔다.

*

마틴 야콥손은 무슨 일이 벌어지게 될지 짐작조차 할 수 없었다. 하지만 뭐가 됐든 그 끝이 임박했다는 사실을 느낄 수 있었다. 방금 전까지 호프만은 수시로 작업실 이곳저곳을 뛰어다니고 숨을 헐떡거리며 시간과 죽음이라는 단어를 고래고래 외쳤다. 야콥손은 두 다리와 양손을 움직여보려 했다. 도망치고 싶었다. 너무나 두려웠다. 더 이상 그 자리에 앉아 있고 싶지 않았다. 그는 당장 일어나 집으로 돌아가 늦은 저녁을 먹고 텔레비전을 시청하면서 목 넘김이 부드러운 캐나다산 위스키를 마시고 싶었다.

그는 울기 시작했다.

그는 좁아터진 비품실로 호프만이 다시 돌아와 그를 벽으로 밀며 귀에 대고 조만간 엄청난 폭발이 일어날 것이고, 무슨 일이 있어도 지금 앉아 있는 자리에서 꿈쩍도 않고 가만히만 있는다면 죽을 일도 없을 거라고 속삭이는 동안에도 계속해서 울고 있었다.

*

그는 팔꿈치 양쪽을 발코니 나무 바닥에 단단히 고정한 채 엎드려 있었다. 두 다리를 쭉 펼 만큼 공간은 충분했다. 쾌적한 저격위치 덕분에 망원 조준기를 통해 유리창 뒤의 표적을 관찰하는 일에 집중할 수 있었다.

시간이 임박했다.

역사상, 스웨덴 영토 내에서 전시가 아닌 경우에 저격수가 민간인의 목숨을 앗아간 일은 단 한 번도 없었다. 조준사살의 경우는 말할 필요도 없었다. 하지만 인질범은 협상을 거부했을 뿐만 아니라 오히려 위협의 강도를 높여가며 점점 극한으로 몰고 가 결국, 한 사람의 목숨과 두 사람의 목숨을 맞바꿀 선택을 강요하고 있었다.

원 샷, 원 히트.

쉽지 않은 사거리지만 단 한 발로 명중할 수 있다는 자신감이 샘솟았다.

하지만 저격 후의 현장을 볼 자신은 없었다. 스텔넬은 저격훈련을 했던 어느 날 아침을 떠올렸다. 표적으로 사용된 돼지의 '잔해'를 본 그날의 기억. 사람은 도대체 어떤 모습이 될지 상상조차 할 수 없었다.

그는 팔꿈치를 아주 살짝 발코니 앞쪽으로 움직여 창문이 훨씬 잘 보이도록 위치를 조정했다.

*

그녀는 활짝 열린 교도소 정문으로 뛰어나가 차들이 빽빽이 들어찬 주차장으로 향하며 벌써 두 번째, 에베트의 휴대전화로 전화를 걸었다. 하지만 두 번 모두 실패였다. 그녀는 차에 가까이 다가가면서 스벤과 에드바숀에게도 전화를 걸어보았지만 소용없었다. 마리안나는 부리나케 차 안으로 들어가 시동을 걸고 잔디밭과 잡목들을 그대로 밀고 나갔다.

그녀는 누군가가 엎드린 자세로 발포명령을 기다리고 있을 종탑과 도로를 번갈아 쳐다보며 미친 듯이 차를 몰았다.

*

에베트는 귀에 꽂은 수신기를 아예 빼버렸다. 그는 현장에 있는 사람들의 목소리를 듣고 싶지 않았다. 이제 모든 건 그의 책임이었고, 그가 해야 할 일은 단 하나였다.

사살명령.

"표적은?"

"남자 하나. 파란 죄수복 차림이다."

"거리는?"

"1,503미터."

남은 시간은 거의 없었다.

*

마리안나는 교도소 전용 도로를 빠져나와 자그마한 아스프소스 마을의 반대편을 향해 차를 몰았다.

"바람은?"

"초속 7미터, 우측바람이다."

마리안나는 가속페달을 끝까지 밟고 무전기 볼륨을 최대한으로 올렸다.

"외부 온도는?"

"섭씨 18도."

교도소장이 했던 말……. 에베트 그렌스는 그 사실을 꼭 알아야 했다. 발포명령을 내리기 전에…….

*

나는 사람을 향해 총을 쏜 적이 없다.

나는 사람을 향해 총을 쏘라고 명령한 적이 없다.

경찰 생활 35년. 단 1분의 시간……. 채 1분도 걸리지 않는 시간.

"그렌스 나와라, 오버."

스텔넬이었다.

"여기는 그렌스."

"인질이…… 무언가를 뒤집어쓰고 있다……. 확인은 안 되지만 이불 같은 것을 머리에 뒤집어쓴 상황이다."

"확실한가?"

에베트는 대답을 기다렸다.

"아무래도…… 이불 같은 덮개에…… 줄 같은 게 달려 있는 것 같다……."

결정을 내리게 한 장본인은 교도소 외부에 진을 치고 있던 사람들이 아니다. 경찰에게 도전장을 내밀며 결정을 강요한 것은 전적으로 인질범 본인이었다.

"계속 보고하라!"
"……아무래도 인질범이…… 처형 준비를 하는 것 같다."
당신은 평생을 그곳에서 일해왔지.
당신은 그곳의 최고참이야. 그리고 가장 연로한 교도관이고.
그런 당신이 인질로 선택된 거야.
당신은 절대 죽지 않아.
"발포!"

*

그는 시종일관 종탑과 그곳을 오가는 사람들을 쳐다보았다. 그리고 조심스레 옆모습이 보이도록 서서 인질 하나와 디젤유 드럼통 하나를 근처에 배치했다. 그러는 동안에도 종탑에 모인 사람들이 나누는 대화 내용을 똑똑히 듣고 있었다. 그랬기 때문에 발포명령이 떨어지는 순간을 정확히 알 수 있었다.
"발포!"
사거리 1,503미터.
탄착시간 3초.
그는 방아쇠 만지는 소리를 들었다.
잠시 머뭇거렸다.
그리고 움직였다.

*

발포.

죽음.

그들은 기다렸다.

"중지! 표적이 시야에서 사라졌다."

호프만은 그 자리에 서 있었다. 고개를 곧추세우고 몸의 측면이 보이게 옆으로 돌아선 모습은 명중하기 쉬운 자세였다. 그런데 갑자기 그가 움직였다. 단 한 발짝만으로도 상황을 뒤바꾸기에 충분했다. 에베트는 거친 숨을 몰아쉬고 있었다. 자신이 그러고 있는지도 몰랐다. 그는 손으로 뺨을 만져보았다. 뜨거웠다.

"표적이 다시 시야에 들어왔다. 저격 가능하다. 제2명령을 기다린다."

호프만이 방금 전과 똑같은 위치로 돌아왔다.

한 번 더.

또 다른 명령.

되풀이하고 싶지 않았다. 그럴 자신이 없었다.

"발포!"

찰나의 순간이었다.

하지만 한없이 길게 느껴졌다. 공허함과 적막감이 밀려들었다.

에베트는 그런 순간의 기분을 너무나 잘 알고 있었다. 얼마나 사람을 괴롭히고, 얼마나 깊이 사람의 속을 파먹어 들어가는지를. 그래서 그러도록 내버려둘 수가 없었다. 절대로.

"중지! 표적이 시야에서 사라졌다."

그가 또다시 몸을 움직였다.

에베트는 침을 꿀꺽 삼켰다.

호프만은 이미 죽은 목숨이었다. 마치 그 사실을 알기라도 하듯, 그 찰나의 순간, 또다시 몸을 움직였던 것이다.

"표적이 다시 시야에 들어왔다. 저격 가능하다. 제3명령을 기다린다."

그가 다시 제자리로 돌아왔다.

에베트는 어깨에 걸쳐두었던 수신기를 꽉 붙잡고 다시 귓속으로 밀어 넣었다.

그러고는 스벤 쪽으로 돌아섰다. 그는 상관을 외면하는 듯한 표정을 짓고 있었다.

"반복한다. 저격 가능하다. 제3명령을 기다린다. 이상"

에베트 그렌스의 결정이었다. 단독으로 내릴 결정.

그는 숨을 깊이 들이마셨다.

그러고는 손가락을 더듬거려 송신기 버튼을 찾은 뒤 꾹 눌렀다. 아주 세게.

"발포!"

*

폭발은 주변의 모든 소리와 빛, 그녀의 숨까지도 멎게 만들었다.

그녀가 급브레이크를 밟자 차가 휘청거리며 갓길로 밀려 나갔다. 그녀는 다시 브레이크 페달을 밟으며 방향을 잡고 차를 세운 뒤 밖으로 나왔다. 강력한 충격으로 인해 두려움을 느낄 틈도 없었다.

마리안나 헬만손은 아스프소스 교회를 겨우 몇백 미터 앞두고 있었다.

그녀는 차를 돌려 다시 교도소로 향했다.

날카롭고 강력한 총성.

몇 분 전만 하더라도 교도소 작업장 창문이 있던 자리에는 커다란 구멍이 뚫려 있고, 그곳에서 시커멓고 짙은 연기가 흘러나오고 있었다.

제4장

토요일

5월의 끝자락으로 향하는 계절에 걸맞게 어둑어둑한 밤이었다.

전조등 불빛이 비출 때마다 마치 후미진 골목에서 조용히 숨어 기다렸다는 듯 주택이나 잡목들이 모습을 드러냈다.

에베트는 텅 빈 도로를 따라 차를 몰고 있었다. 스톡홀름 북부에서 대략 20킬로미터 떨어진 목적지까지 절반 정도 왔다. 바싹 긴장했던 터라 차고 넘치는 아드레날린 때문에 온몸의 관절과 근육이 쑤셨다. 발포명령과 폭발, 그리고 죽음을 뒤로 한 게 벌써 12시간 전이었지만 달라지는 건 없었다. 작전이 종결된 뒤 사무실로 돌아와 소파에 잠시 누워 경시청에 감도는 적막감을 만끽하긴 했지만, 눈을 감고 잠을 청해볼 생각 따윈 아예 없었다. 도저히 마음속에서 들려오는 아우성을 잠재울 방법이 없었기 때문이다. 그는 애써 안니와 공원묘지를 떠올리며 그녀가 잠든 곳은 과연 어떤 곳일까 상상해보았다. 단 한 번도 찾아가본 적 없지만, 조만간 가게 되리라.

18개월 전, 그녀에게 말을 건넸던 그날도 지금 같은 밤이었다. 에베트는 그날 밤, 다짜고짜 요양원으로 전화를 걸었다. 그리고 야간 당직을 서던 직원을 못살게 굴어 기어코 잠들어 있던 안니를 깨웠다. 수화기로나마 그녀의 존재를 느끼며 하고 싶은 말을 모두 털어놓자 조금씩 마음이 진정되었다. 그는 그녀의 도움으로 아직 살아 있을 수 있었다. 그녀가 죽은 뒤로 더 이상 전화는 걸지 않았지만, 대신 차를 몰고 리딩에 다리를 건너 요양원으로 달려가 주변을 서성거리곤 했다.

'그렌스 경정님. 경정님이 그토록 두려워하셨던 일은 이미 과거가 되어버렸다구요. 다시는 뵙지 않았으면 좋겠어요.'

지금은 근처도 가지 않는다.

에베트는 다시 그녀와 이야기를 하고 싶었다.

그는 어둠을 뚫고 교도소를 둘러싼 거대한 담장과 멋들어진 종탑이 있는 교회 쪽으로 거슬러 올라갔다.

"에베트 그렌스요."

컴컴하고 고요했다. 만약 화염과 그을음, 디젤유 냄새만 없었다면 유리창 너머로 보이던 얼굴, 죽음이란 단어를 내뱉던 입을 비롯한 그 모든 게 꿈처럼 느껴졌을 것이다. 그랬다면 아마 인질극이나 바닥에 누워 있던 시체에 얽힌 이야기는 전혀 모르고 서서히 잠에서 깨어나는 작은 마을만 있었을 것이다.

"네?"

그는 정문 옆에 달린 벨을 꾹 누르고 인터폰 앞에서 자신의 신분을 밝혔다.

"여기 난장판을 담당했던 수사관이오. 문 좀 열어주시겠소?"

"지금 새벽 3시입니다."

"알고 있소."

"여긴 지금……."

"문 열어줄 거요, 말 거요?"

에베트는 정문을 통과해 중앙통제센터를 거친 뒤 싸늘한 교도소 운동장을 지나쳐갔다.

지금까지 사살을 목적으로 총을 쏘거나 그런 명령을 내린 적은 단 한 번도 없었다.

하지만 그의 결정이었다.

그에 따른 책임도 그의 몫이었다.

에베트는 B감호구역으로 다가가다 현관 앞에 잠시 멈춰서서 3층을 올려다보았다.

화염이 남기고 간 지독한 냄새가 훨씬 강렬해진 것 같았다.

첫 번째 폭발과 동시에 파편이 유리창을 깨고 들어가 한 사람의 머리를 흔적도 없이 날려버렸다. 그리고 이어진 두 번째 폭발. 훨씬 더 강력한 두 번째 폭발로 인해 말 그대로 새까만 연기가 끊임없이 흘러나왔고, 폭발현장을 확인할 수 없게 만들어버렸다. 문제는 두 번째 폭발은 설명도, 이해도 불가능하다는 것이었다.

그의 결정.

에베트는 계단을 오르기 시작했다. 그리고 닫혀 있는 문들을 지나쳐 그을음 냄새의 진원지로 향했다.

그의 책임.

에베트는 사실 지금까지 죽음과 큰 인연 없는 생활을 해온 사람이었다. 언제나 죽음과 등을 맞대고 일을 하지만, 자기 자신의 죽음조차 남의 일처럼 느끼던 그였다. 30년 전, 그가 경찰 승합차를 몰던 시절, 한 사람의 머리를 짓이기고 지나간 그 순간부터 그는 자신의 죽음에 대한 생각을 뇌리에서 깨끗이 지워버렸다. 승합차에 밟혀 기능을 멈춰버린 머리. 그 머리는 바로 안니의 것이었다. 죽어버리고 싶다는 생각은 들지 않았다. 하지만 계속 살고 싶은 마음도 없었다. 죄책감과 슬픔을 정면으로 마주하면서 그는 오히려 그런 감정들을 봉인하는 능력을 키우게 되었고, 그 이후로도 계속해서 그렇게 살아왔다. 그리고 이제는 어디서부터 그걸 풀어야 할지 알 수가 없었다.

문은 열려 있었고 내부는 그을음으로 인해 온통 시커먼 상태였다.

에베트는 전소된 작업장을 바라보다가 신발에 비닐 커버

를 씌우고 문을 가로막고 있는 테이프를 넘어 안으로 들어갔다.

모든 걸 집어삼키고 빨아들이다 마침내 소멸해버린 화마가 휩쓸고 지나간 자리에는 항상 무언가가 남아 있는 법이었다. 에베트는 바닥에 쓰러진 선반의 잔재와 시커멓게 일그러진 기계들 사이를 걸어 다녔다.

바로 그 자리였다. 그가 찾으려 한 위치는.

전에도 본 적이 있는 것들이었다. 과학수사대 감식반이 신체의 일부를 표시하기 위해 사용하는 흰색 표식. 베스트만나가탄 때보다 훨씬 많았다. 하지만 적색 깃발 표식까지 동원된 사건현장은 처음이었다.

두 구의 시체. 그리고 거기에서 형성된 수백 개의…… 아니 수천 개가 될지도 모를 인체파편들.

그는 엘포슈 법의학 박사가 신원확인이 가능한 상태로 그 조각들을 끼워 맞출 수 있을지조차 의문스러웠다. 얼마 전까지만 해도 버젓이 살아 있던 한 인간. 하지만 그 인간은 이제 수없이 많은 작은 깃대 표식으로밖에 존재하지 않는다. 그는 자기도 모르게 겨우 1평방미터 공간에 배치된 깃대의 수를 세기 시작했다. 하지만 그 수가 3백하고도 74개가 넘어가자 포기해버렸다. 그는 유리창이 있던 자리에 가서 섰다. 벽에 뚫린 구멍으로 산들바람이 들어오고 있었다. 그는 호프만이 서 있던 자리에 서보았다. 교회 건물과 종탑이 어둠 속에 모습을 드러냈다. 저격수는 바로 그 위에 있었다.

그는 표적을 정조준한 뒤 에베트 그렌스 작전지휘관의 명령에 따라 방아쇠를 당겼다.

*

자동차 룸미러로 보이는 아스프소스의 모습은 흔들리고 있었다.

그는 타버린 디젤유와 숨쉬기도 힘든 메케한 연기 냄새 속에서 몇 시간을 서성거렸다. 개수를 세다 만 적색 표식과 흰색 표식이 도대체 몇 개나 더 될지는 모르지만, 계속해서 한 가지 생각이 그를 괴롭히고 있었다. 도무지 상황을 이해할 수가 없다는 것. 아드레날린과 격앙된 감정은 계속해서 그를 자극하며 자신들의 존재감을 일깨워주었다. 찜찜한 기분이었다. 그는 아수라장이 된 작업실 바닥과 다시는 사용할 수 없게 된 연장들 사이를 오가며 그런 기분을 털어내려 애썼다. 하지만 사라지기는커녕 아예 착 달라붙어 이해할 수도 없는 말을 속삭이는 것만 같았다. 스톡홀름에 가까워지고 있을 때 뒷자리에 있던 휴대전화가 울려댔다. 그는 속력을 늦추고 몸을 뒤로 돌려 재킷에서 전화기를 꺼냈다.

"에베트 선배님?"

"자네 안 잤나?"

"어디세요?"

"이렇게 일찍 무슨 일이야? 이런 전화는 원래 내가 해야 하는 거 아닌가?"

스벤 순드크비스트는 씨익 웃었다. 자정 넘어 새벽 시간에 전화벨 소리에 놀라 깬 것도 제법 오래된 일 같았다. 에베트 그렌스는 언제나 필요하다면 앞뒤 가리지 않고 전화를 거는 사람이었다. 문제가 되는 건 그 시간대가 주로 모두가 잠든 야심한 밤이라는 것이었다. 하지만 이번에는 간밤에 잠을 이룰 수 없었던 쪽은 오히려 스벤이었다. 그는 아니타 옆에 누워 알람시계 초침 돌아가는 소리에 귀 기울이다 결국 부스럭거리며 침대에서 일어났다. 그는 부엌으로 내려와 가끔가다 밤이 길게 느껴진다 싶을 때 하던 십자말풀이에 도전했다. 하지만 찜찜한 기운은 도무지 떠날 기미를 보이지 않았다. 그날 저녁 자신의 상관이 언급했던 그 불편한 감정, 두서없이 떠오르는 생각들.

"지금 쿵센옌으로 가는 길이에요, 선배. 스텔넬한테 전화가 왔거든요."

"스텔넬?"

"그 저격수 말이에요."

에베트는 가속페달을 밟았다. 자동차들도 차고에서 곤히 쉬고 있을 시간이라 거칠 게 없었다.

"그러면 자네나 나나 대충 비슷하게 도착하겠군. 난 방금 하가 공원을 지나쳤거든. 그런데 무슨 일이야?"

"오시면 말씀드릴게요."

*

또 다른 보안문과 또 다른 제복이 지배하는 세상이었다.

에베트와 스벤은 몇 분 간격으로 쿵센엔에 위치한 스베아 근위대에 도착했다. 스텔넬은 연대 위병소에서 그들을 기다리고 있었다. 그는 활기차 보였지만, 어젯밤 위장복을 입은 채로 잠까지 잤는지 심하게 구겨져 있었다. 굳게 닫힌 출입문 앞에서 막사를 배경으로 서 있는 그의 모습은 전형적인 미 해병대원이었다. 짧게 깎은 머리, 각진 얼굴, 널찍한 어깨. 영화에서처럼 아주 가까이 서서 끔찍하게 큰 소리로 말하는 그런 군인의 모습.

"어제와 똑같은 옷이군그래."

"그렇습니다. 헬기에서 내린 뒤에…… 그대로 뻗어버렸습니다."

"그래, 잠은 잤소?"

"갓난아기처럼 잘 잤습니다."

에베트와 스벤은 서로를 쳐다보았다. 총을 쏜 당사자는 잠까지 잤다니. 발포명령을 내린 장본인과 동료는 잠 한숨 못 잔 상황인데…….

스텔넬은 두 사람에게 한산해 보이는 병영 막사로 이르는 길을 가리켰다. 막사는 모든 방문객을 내려다볼 수 있도록 지어진 튼튼한 건물들 사이에 있었다. 스텔넬의 걸음이 너무 빨라서 에베트는 따라가기 힘들었다. 병사들은 제복을 입기 전이라 속옷차림으로 막사 안을 돌아다니고 있었다.

"근위대 제1중대입니다. 여기 출신들은 장교를 달고 장기 복무할 가능성이 높습니다."

그는 간소하게 꾸며진 방 앞에 멈춰 섰다. 행정기관에서나 볼 듯한 가구. 페인트칠을 해야 할 것 같은 벽. 콘크리트 바닥에 그대로 덮어놓은 플라스틱 바닥재. 네 귀퉁이에 놓인 집무용 책상.

"다른 동료들은 이틀간 훈련을 나간 상태라 오늘 출근하지 않습니다. 여기선 방해받을 일 없을 겁니다."

그는 문을 닫았다.

"일어나자마자 전화를 드렸던 겁니다. 잠들기 직전에 든 생각이 깨고 나서도 좀처럼 사라지지 않더군요."

그는 몸을 살짝 앞으로 굽혔다.

"전 당시 쌍안경으로 인질범의 얼굴과 행동을 관찰했습니다. 제법 긴 시간이었을 겁니다."

"그래서요?"

"그는 창문 앞에 서 있었습니다. 자신을 완전히 드러낸 상태로 말입니다. 마치 지켜보는 눈이 있다는 걸 아는 것처럼, 오히려 시종일관 자신이 인질을 완전히 제압하고 있다는 걸 과시하려는 듯 행동했습니다. 수사관님은 그자가 사정거리에서 완전히 벗어난 사람처럼 행동하고 있는 것 같다고 말씀하셨습니다."

"맞소."

"그건 수사관님이 하신 말씀이었습니다. 또 수사관님이 그렇게 믿으셨던 거고요."

그는 다시 한 번 문을 쳐다보았다. 제대로 닫혀 있는지 확인이라도 하려는 듯.

"전 그렇게 생각하지 않습니다. 그때도 그랬고, 지금도 그렇습니다."

"제대로 설명을 해주셔야겠는데."

에베트는 갑자기 심경이 복잡해졌다. 끈질기게 달라붙어 떨어지지 않던 느낌이 다시 스멀스멀 피어올랐다. 전소된 현장에서 느꼈던 그 위화감과도 분명 무슨 연관이 있을 것 같았다.

무언가가 잘못되었다는 그 느낌.

"쌍안경으로 그자를 지켜보던 순간, 왠지 그자가 자신이 사거리 내에 있다는 걸 아는 것 같았습니다."

"이해가 안 가는군."

"전 사격을 중지했습니다. 두 번씩이나요."

"근데, 그게 뭐 어쨌다는 거요?"

"그러니까…… 두 번 모두 제가 방아쇠를 당길 거란 사실을 정확히 아는 것처럼 행동했다는 겁니다. 정확히……. 방아쇠에 손을 얹은 타이밍을 읽은 것처럼."

"움직인 건 여러 번 아니었소?"

스텔넬은 자리에서 일어났다. 그는 불안한 듯 문으로 다가가 상태를 확인한 뒤 병영이 내려다보이는 창문 앞에 섰다.

"맞습니다. 하지만 그 두 번만큼은……. 정확하게 제가 저격을 하려 방아쇠에 손가락을 얹은 순간이었습니다."

"그럼 세 번째는?"

"그대로 서 있었습니다만…… 그건 마치…… 무슨 결심을 한 듯한 모습이었습니다. 그자는 그렇게 서서 기다리고 있었던 겁니다."

"그래서요?"

"원 샷, 원 히트. 저격의 좌우명이라고 할 수 있습니다. 전 표적을 정확히 맞출 수 있다는 확신이 들 때만 방아쇠를 당깁니다."

에베트는 그의 옆으로 다가와 섰다.

"어디였소?"

"어디라니요?"

"그자 어디를 조준했던 거요?"

"머리였습니다. 그래선 안 될 일이었지만 달리 방법이 없었습니다."

"그건 무슨 뜻이오?"

"원거리 저격에선 대부분 가슴을 조준하게 됩니다. 명중할 가능성이 가장 높은 부위이기 때문이지요. 가슴을 겨냥했어야 했는데, 그자는 시종일관 옆모습만 보이게 서 있었습니다. 그다음으로 명중 확률이 높은 신체부위는…… 머리밖에 없었습니다."

"그럼 그 폭발은 뭐요?"

"저도 모르겠습니다."

"당신도 모른다고?"

"저도 정말 모르겠습니다."

"하지만 당신은……."

"그 폭발은 저격과 무관합니다."

군복 차림의 10대 20명이 두 줄로 서서 자갈밭을 행군하고 있었다. 교관으로 보이는 남자가 옆에서 큰 소리로 뭐라고 말하는 동안 20명의 군인들은 팔과 다리를 동시에 흔들며 박자를 맞추려 했지만, 쉽지는 않은 듯 제각각이었다.

"한 가지 더 궁금한 게 있습니다."

"뭡니까?"

"그자는 누구였습니까?"

"그건 왜 묻는 거요?"

"제가 그자를 사살했습니다."

두 줄로 행군하던 군인들은 멈춰 서서 쉬어자세를 했다.

교관으로 보이는 남자가 행군하는 동안 총을 어떻게 메고 있어야 하는지를 시범으로 보여주고 있었다. 모두가 한 몸처럼 똑같은 자세와 동작을 취하는 게 중요했다.

"전 그자를 사살했습니다. 이름이라도 알고 싶습니다. 그 정도는 알 수 있지 않습니까?"

에베트는 잠시 망설이다 스벤을 한 번 쳐다보고는 다시 스텔넬을 바라보며 대답했다.

"피에트 호프만이라는 자요."

스텔넬의 표정에는 아무런 변화도 없었다. 마치 아는 이름이었어도 그 사실을 숨기는 듯한 표정이었다.

"호프만이라고요? 신상정보에 대해 아시는 게 있습니까?"

"그렇소."

"그럼 행정실로 가야겠습니다. 두 분 모두 함께 가시지요. 꼭 확인해볼 게 있습니다."

에베트와 스벤은 스텔넬의 뒤를 따라 병영을 거쳐 다른 건물보다 좀 작은 건물 안으로 들어갔다. 중대 장교들 사무실과 행정실이 들어선 곳이었는데, 사무실 집기나 가구는 비교적 나은 편이었다. 스텔넬은 그들과 함께 3층으로 올라가 노크를 한 뒤 문을 열었다. 나이 든 한 남성이 컴퓨터 앞에 앉아 있다가 그들에게 고갯짓으로 인사를 건넸다.

"신분증 번호가 필요합니다."

스벤은 이미 안주머니에서 수첩을 꺼내 휘리릭 넘겨보다 호프만에 관해 적어놓은 부분을 찾아냈다.

"721018-0010."

나이 든 직원은 컴퓨터 자판에 숫자를 쳐 넣은 뒤 잠시 기다리다 고개를 가로저었다.

"70년대 초반 출생자라……. 흠, 그럼 이걸로는 확인이 불가능하겠군. 법적으로 10년이 넘어가는 자료는 군 자료실에 보관됩니다."

그는 그렇게 말하면서도 씨익 웃어 보였다.

"하지만…… 그리 보내기 전에 항상 사본을 만들어두거든요. 스베아 근위대 전용 자료실이라고나 할까요? 지난 30년간 이곳 부대에서 군복무를 한 모든 청년들에 관한 기록은 옆방에 보관되어 있습니다."

바닥부터 천장까지 책장으로 가득 찬 사무실이었다. 그는 무릎을 꿇고 앉아 손가락으로 서류철 등을 훑다가 검정색 파일 하나를 꺼내들었다.

"1972년생이니까…… 여기서 복무했다면…… 91년, 92년, 93년, 적어도 94년이었겠군. 이곳 중대라고 하셨지요? 저격 훈련을 받은?"

"그렇습니다."

남자는 서류를 넘겨본 뒤 다시 서류철 안으로 집어넣고 옆에 있던 다른 철을 펼쳤다.

"91년은 아니군. 92년을 봅시다."

절반 정도를 살펴보더니 갑자기 멈추고 앞에 서 있는 사람들을 쳐다보았다.

"호프만이라고 했습니까?"

"피에트 호프만입니다."

"여기 일치하는 인물이 있군요."

에베트와 스벤은 직원이 손에 들고 있던 서류를 자세히 들여다보기 위해 동시에 앞으로 나섰다. 호프만의 전체 성명, 개인 신분증 번호를 비롯해 무슨 기록 같은 것으로 보이는 숫자와 알파벳 조합이 몇 줄에 걸쳐 길게 적혀 있었다.

"이건 무슨 내용입니까?"

"기록에 따르면 수사관님이 건네주신 신분증 번호를 가진 피에트 호프만이라는 자가 1993년에 이곳 근위대에서 군복무를 이행했고 11개월간 강도 높은 훈련을 받았는데, 그게 저격훈련이었다는 내용입니다."

에베트 그렌스는 다시 한 번 서류를 훑어보았다.

그자가 분명했다.

16시간 전에 사살되는 장면을 지켜본 바로 그 남자였다.

"무기와 사격술에 관한 특수 훈련을 거쳤고, 엎드려쏴, 서서쏴, 단거리, 장거리 등등 각종 자세에서 저격하는 훈련도 받았군요……. 이 정도면 충분히 이해하시겠습니까?"

스텔넬은 서류철을 열고 종이 한 장을 꺼내 그 방만큼 커다란 기계에 넣고 복사를 했다.

"당시 들었던 그 느낌말입니다……. 그자가 만약 여기서 훈련을 받았다면 분명 그 종탑 발코니가 자신을 저격할 수 있는 유일한 위치라는 사실을 미리 알 수 있었을 겁니다. 그러니까, 자신이 죽을 수도 있다는 사실을 사전에 알고 있었다는 겁니다."

스텔넬은 손에 쥐어 구겨진 복사본 서류를 에베트에게 건넸다.

"그자가 작업실을 대치장소로 삼고, 그 창문 앞을 고집했던 건 우연이 아니었습니다. 그는 모든 걸 미리 계산해놓고 일부러 우리 쪽에서 사격을 가하도록 유도했던 겁니다. 제대로 훈련받은 저격수라면 명령이 떨어졌을 때 자신을 맞출 거라는 걸 아주 잘 알고 있었던 겁니다."

그는 고개를 가로저었다.

"호프만은 죽으려고 작정을 했던 겁니다."

*

두 사람은 쿵센옌을 출발해 큼직한 단독주택들이 늘어선 작고 쾌적한 교외를 지나 곧장 병원으로 향했다. 스벤은 단독주택들을 보자 문득 가족 생각이 났는지 아니타와 요나스가 기다리고 있는 집으로 전화를 걸었다. 두 모자는 방금 아침식사를 마치고 각자의 학교로 나설 참이라고 했다. 아내와 아들이 괜히 보고 싶었다.

단데뤼드 병원의 집중치료실 복도는 노란색 벽과, 연한 파란색 바닥으로 둘러싸여 있었다. 오가는 간호사들이 두 사람을 보며 미소를 짓자 에베트와 스벤 역시 친절한 미소로 답했다. 두 사람은 수사 때문에 이 병원을 여러 차례 들락거렸다. 주로 저녁이나 주말에는 침대에 누워 차례를 기다리는 부상환자들이 들어차 있었지만, 그날은 이른 아침이라 그랬는지 한산했다. 거나한 술판이 벌어지는 축구경기도 없었고, 도로에 눈이 쌓이는 계절도 아니었다는 점도 한 몫한 것 같았다.

의사는 키가 크고 꽤나 마른 편에 다소 서먹서먹한 눈빛을 가진 젊은 사람이었다. 그는 두 수사관에게 인사를 하고 커튼이 쳐진 어두운 방을 보여주었다.

"뇌에 심한 충격을 받은 상태라 가급적 병실을 어두운 상태로 유지하셔야 합니다."

병실에는 침상이 하나밖에 없었다.

침대에 누운 60대 환자는 머리가 희끗희끗하고 눈에는 생기가 하나도 없어 보였다. 양 볼에는 긁힌 상처가 여럿 있었을 뿐만 아니라 이마에는 깊게 찢긴 상처도 보였고 팔에는 삼각건을 달고 있었다.

"저는 요한 페름 박사입니다. 어제 이곳에 입원하실 때 처음 만났죠. 여기 경찰 두 분이 오셨는데, 환자분께 몇 가지 질문하실 게 있답니다."

소방대원들과 응급구조대원들이 전소된 교도작업실을 한참 수색하던 도중 돌무더기 아래에서 미약한 신음소리를 감지했다. 그곳에는 알몸 상태로 온갖 군데 멍이 들고 목뼈를 심각하게 다친 교도관이 깔려 있었다.

"저분들께 5분간 시간을 드릴 거예요. 5분이 지나면 돌아가시게 할게요."

반백의 노인은 몸을 일으키더니 고통스러운 표정을 짓다 침대 옆에 놓인 통에 구토를 했다.

"뇌진탕 증세가 심해서 5분 이상은 드릴 수가 없습니다. 얼른 시작하세요. 벌써 몇 초 정도 지났습니다."

에베트는 젊은 의사를 돌아보며 말했다.

"자리를 비켜주시면 그때부터 시작하겠소."

"전 자리를 지켜야 합니다. 응급상황을 대비해서요."

에베트는 창가로 다가가 섰고, 스벤은 누워 있는 노교도관과 최대한 눈높이를 맞추기 위해 침대 옆 개수대 근처에 있던 스툴을 가져다 앉았다.

"그렌스 형사님 아시죠?"

마틴 야콥손은 고개를 끄덕였다. 이미 안면이 있는 사이였다. 그렌스 경정은 야콥손이 평생직장으로 삼은 그 교도소를 주기적으로 방문했다.

"이건 면담조사가 아닙니다, 야콥손 씨. 그건 나중에 건강을 회복하신 뒤에 해도 됩니다. 시간은 많으니까요. 하지만 지금은 몇 개만 여쭤보겠습니다."

"뭐라고요?"

"이건 면담……."

"크게 말해주면 좋겠소. 폭발 때문에 고막이 나가서 안 들립니다."

스벤은 앞으로 더 가까이 다가가 큰 소리로 말했다.

"저희는 인질로 붙잡히시던 당시 상황은 잘 파악하고 있습니다. 감금독방에서 다른 재소자가 살해당할 당시 장면을 지켜본 교도관에게 진술을 받았습니다."

의사는 스벤의 어깨를 툭툭 두드리며 말했다.

"질문을 짧게 하시는 게 나을 겁니다. 지금으로선 단답식 이상은 무리입니다. 그렇지 않으면 귀중한 5분만 허비하시게 됩니다."

스벤은 뒤로 돌아 하얀 가운을 걸친 젊은 친구에게 그냥 닥치고 있으라고 할까하다가 그만두었다. 그는 상대를 거세게 몰아붙인 적이 거의 없었다. 그래봐야 상황은 나아지지 않기 때문이다.

"우선…… 어제 무슨 일이 있었는지 기억나시는 걸 말씀해주시겠습니까."

야콥손은 거친 숨을 몰아쉬었다. 엄청난 통증을 참아가며 힘겹게 말을 꺼내려 했지만, 심각한 뇌진탕 증상 때문에 나오려던 말이 순식간에 사라져버렸다.

"다 기억납니다. 의식 잃기 전까지. 제대로 들은 거라면, 내가 벽 밑에 깔려 있었다고요?"

"폭발로 인해 벽이 무너져 내렸던 겁니다. 하지만 저희가 알고 싶은 건…… 그 전에 무슨 일이 있었던 겁니까?"

"몰라요. 난 거기 없었으니까."

"거기 안 계셨다니요?"

"난 다른 방에 있었소. 호프만이 날 거기에 데려다놓았습니다. 손을 등 뒤로 묶은 채 작업실 뒤에 있는 비품실, 그러니까 출입구와 가까운 곳에 날 데려다 앉혔습니다. 옷은 옮겨놓기 전부터 벗겨놓았고. 그 뒤로는 딱 한 번 대화를 나눴을 뿐이오. 나한테 이렇게 말했소. 죽을 일은 없을 거라고. 폭발이 있기 바로 직전에."

스벤은 에베트를 쳐다보았다. 두 사람 모두 노교도관이

무슨 말을 했는지 제대로 알아들었다.

"야콥손 씨……. 그러니까, 호프만이 선생님을 그리 옮긴 건…… 선생님을 보호하기 위해서였다고 생각하시는 겁니까?"

야콥손은 그 즉시 대답했다.

"확신합니다. 비록 일은 이렇게 벌어지긴 했지만……. 살해위협을 받는다고 느끼지도 않았소."

스벤은 환자에게 더 가까이 다가갔다. 중요한 질문이었기 때문이다.

"폭발 말입니다, 그 부분에 대해서 더 여쭤보고 싶은데, 당시 상황을 돌아보셨을 때 그런 폭발을 설명할 수 있는 단서 같은 게 혹시 기억나십니까? 믿을 수 없을 정도로 강력했는데요."

"없습니다."

"전혀 기억 안 나세요?"

"저도 생각은 했습니다. 물론 교도작업장이었으니 디젤유 같은 건 있었습니다. 연기가 난 건 그것 때문이겠지만, 그 엄청난 위력은 도대체……. 전혀 모르겠소."

야콥손의 창백한 낯빛은 거의 잿빛으로 변해갔고, 굵은 땀방울이 머리를 타고 흘러내리기 시작했다.

의사는 침대 쪽으로 다가갔다.

"더 이상은 무리입니다. 딱 한 가지만 더 질문하세요. 그 다음엔 돌아가주셔야겠습니다."

스벤은 고개를 끄덕였다. 그리고 마지막 질문을 던졌다.

"인질극이 벌어지는 동안 호프만은 묵묵부답이었습니다. 아무것도 요구하지 않았고요. 맨 마지막에, '죽은 목숨'이라는 말만 했을 뿐입니다. 저희는 그 이유를 아직도 모르겠습니다. 혹시 그자가 어딘가에서 전화 거는 걸 보셨는지 알고 싶습니다. 아니면 대화 같은 걸 시도한 적은 있는지도 알고 싶습니다. 아무런 요구사항이 없었다는 게 저희로선 이해가 가지 않습니다."

병상에 누운 채 얼굴색이 잿빛으로 변한 노교도관은 아무 말이 없었다. 스벤은 그가 잠이 들었다고 생각했다. 의사도 이제 그만하는 게 좋겠다고 한 순간, 야콥손이 한 팔을 들어 올렸다.

"전화를 사용했소."

야콥손은 스벤을 바라보았다. 그리고 에베트 쪽으로 시선을 돌렸다.

"전화를 사용했어요. 작업장 뒤에 있던 사무실에서. 두 번이나."

*

두 사람은 병원 입구의 카페테리아에 앉아 진한 차와 흰 빵으로 만든 미트볼 샌드위치, 그리고 스벤이 근대 뿌리라고 우기던 자줏빛 야채샐러드를 주문한 뒤 아무런 말없이,

그저 야콥손의 대답만 머리에 떠올리며 조용히 식사를 했다. 노교도관의 설명에 따르면 호프만은 두 차례 인질 곁을 떠나 작업장 사무실로 갔다고 했다. 그리고 사무실 창유리로 인질들을 주시하면서 사무실 책상에 있던 전화기를 들고 두 차례 모두 15초 정도 누군가와 통화를 했다. 첫 번째는 인질극 초반에 인질들에게 총을 겨눈 채 사무실로 뒷걸음쳐 들어갔고, 두 번째는 폭발이 있기 바로 직전에 들어갔다는 것이다. 손발이 묶인 채 사무실 가림막 뒤에 앉아 단 몇 초간 목격한 장면이었지만, 노교도관은 분명히 그가 어딘가로 전화를 걸었고 초조해했다는 것만큼은 똑똑히 기억하고 있었다. 어쩌면 인질극이 벌어지는 동안 처음으로 느꼈던 의심과 불안이었을지도 모른다.

에베트는 아스프소스로 향하고 있었다. 그날 아침에만 벌써 두 번째 방문이었다.

몇 시간 전만해도 평화로울 정도로 텅 비어 있던 주차장은 더 이상 차 세울 자리도 없었다. 스웨덴에서 경비가 삼엄하기로 이름난 아스프소스 교도소에도 아침이 밝았다. 에베트는 담벼락 근처 잔디밭에 차를 세우고 스벤이 마리안나에게 전화를 하는 동안 기다렸다. 마리안나는 벌써 사흘째 베스트만나가탄 79번가 사건에 관한 보고서를 작성하는 일에 매달려 있었다. 그날 오후까지 검사에게 제출해야 하는 보고서였다. 그 이후에 수사를 계속할지, 미제로 처리할지는 검사 마음이었다.

"보고서 작성은 일단 제쳐두고 먼저 해야 할 일이 있어."

"오게스탐 검사님이 어제 찾아오셨습니다. 오늘 오후까지 끝내라고 했어요."

"헬만손."

"네?"

"언제가 됐든 자네 일이 끝나는 날이 검사 양반이 보고서 받는 날이야. 그러니까 일단 제쳐두라고. 그리고 인질극 발생당일 오전 8시 45분에서 9시 45분 사이, 오후 1시 반부터 2시 반 사이에 아스프소스 교도소에서 외부로 걸려나간 전화번호 목록부터 입수한 뒤 확인 좀 부탁할게. 그런데 그중에서 나머지는 다 버리고 교도작업실에서 걸려나간 전화번호만 찾을 수 있으면 좋겠어."

스벤은 마리안나가 항변할 거라고 예상했다.

하지만 그녀는 그러지 않았다.

"호프만이 건 전화요?"

"그래. 호프만이 건 전화."

교도소 운동장에는 재소자들이 떼로 몰려나와 있었다. 봄 햇살을 맞으며 오전 자유 시간을 즐기려는 재소자들은 삼삼오오 무리를 지어 앉아 볼이 발갛게 달아오를 때까지 하늘을 올려다보고 있었다. 에베트는 안면이 있는 죄수들에게 경멸적인 언사를 듣고 싶지 않아서 지하로 이어진 통로를 선택했다. 하지만 그 지하 통로는 과거의 어느 사건을 떠올리게 했다. 에베트와 스벤은 지하 통로를 걸어가면서 아무런 대화도 나누지 않았지만, 두 사람 모두 똑같은 사건을 떠올리고 있었다. 5년 전, 친딸의 살인범을 자기 손으로 죽인 아버지에게 중형이 선고되었던 사건이었다. 당시 수사를 담당했던 두 사람은 그 아버지를 데리고 이곳을 통과했다. 아무리 지우려고 애를 써도 끈질기게 머릿속에 남아 수사관들을 괴롭히는 그런 사건이었다.

지하 통로에서 나온 두 사람은 B감호구역에 들어갔다가 깜짝 놀랐다. 적막감만이 감돌고 있었기 때문이다. 성가시게 문을 두드리던 소리는 온데간데없이 사라져버렸다. 그들은 감금독방이 있는 B1을 지나 일반 감방이 있는 B2를 통과했다. 재소자들은 수사가 진행되는 동안 전원 K감호구역으로 이감된 상태였다.

과학수사대 감식반원들이 전소된 작업실 이곳저곳에 쪼그려 앉아 한창 작업 중이었다. 한때 하얀색으로 칠해졌던 벽면은 온통 숯 검댕처럼 변한 상태였고, 도처에서 디젤유 냄새가 진동했다. 코를 찌를 듯 진한 악취는 전날 그곳에서 숨쉬기가 얼마나 끔찍했을지를 떠올리게 할 정도였다. 닐스 크란츠 박사는 단호하면서도 결연한 표정으로 죽음의 잔해를 뒤로 하고 두 수사관을 맞았다. 에베트와 스벤은 크란츠 박사가 웃는 모습을 한 번도 본 적이 없었다. 그는 칵테일 잔보다는 현미경 앞에 서야 인간다운 모습을 보이는 그런 사람이었다.

"따라오시지요."

크란츠는 교도소 운동장이 내려다보이는 지점으로 두 사람을 데려간 뒤 포도알 크기의 구멍이 뚫린 벽 앞에 구부려 앉더니 다시 작업실 쪽으로 몸을 틀어 실내를 가리켰다.

"그러니까, 탄환은 여기 있던 창문을 관통했습니다. 인질극이 펼쳐지는 동안 호프만이 자신의 모습을 완전히 드러낸 지점. 현장상황으로 미루어보아 저격에 사용된 탄환이 폭발성 탄약이었고 초속도가 초당 830미터였다는 걸 말씀드려야 하는데, 이게 무슨 말이냐 하면, 저격이 이루어진 시점에서부터 목표물에 명중되기까지의 탄착시간이 정확히 3초라는 겁니다."

크란츠는 범죄가 일어나는 현장을 목격한 적도, 어느 장소가 범죄현장으로 변하는 과정을 지켜본 적도 없다. 하지만 그의 손길이 스치고 지나가면, 사건발생 당시의 상황이 정확히 시간 순으로 재현되었다.

"발사체는 창문을 관통한 뒤 엄청난 충격과 함께 두개골을 날려버렸습니다. 그리고 납작해진 발사체는 초속이 감속되면서 이 지점에 도달했던 겁니다. 여기 보이시죠, 커다란 구멍이요. 그리고 그다음 벽에 가서 부딪힌 겁니다."

크란츠 박사는 구멍 한가운데 밀어 넣은 기다란 금속기둥—탄도각을 보여주는 도구—주변을 손으로 막아보며 설명을 이어나갔다. 위에서 아래쪽으로 사격이 가해졌음을 보여주는 현장이었다.

"탄환은 장전될 당시 길이가 거의 10센티미터였을 겁니다. 하지만 발사된 뒤에 실제로 날아가는 것은 탄피를 제외하면 대략 3.5센티미터 정도입니다. 그것이 벽의 일부를 때리고 파고든 뒤 계속해서 직진운동을 합니다. 그리고 유리를 조각내고 인간의 뼈와 두꺼운 콘크리트 벽을 관통한 뒤 결과적으로 18세기에나 사용했을 법한 납작한 동전 크기가 되어 발견되는 겁니다."

에베트와 스벤은 벽에 뚫린 분화구 같은 구멍을 쳐다보았다. 두 사람 모두 야콥손에게 폭발음을 들었으며 그 위력이 상상을 초월할 정도였다는 진술을 듣고 온 터였다.

"외부 어딘가에 있을 겁니다. 아직 발견하진 못했지만 조만간 찾아낼 겁니다. 아스프소스 측 경찰이 인근의 자갈밭이나 잔디밭까지 샅샅이 뒤지는 중이니까요."

크란츠는 다시 호프만이 서 있던 유리창 앞 지점으로 걸어갔다. 빨간색과 흰색 깃대가 벽과 바닥, 천장에 꽂혀 있었다. 에베트의 눈에는 간밤에 다녀갔을 때보다 훨씬 많아 보였다.

"어쩔 수 없이 일종의 체계를 만들어야 했습니다. 빨간색은 혈흔, 흰색은 살점으로 구분해놓긴 했습니다만 지금까지 이 정도로 철저하게 조각난 시체는 처음입니다."

스벤은 작은 깃발들을 유심히 살펴보면서 그게 무엇을 의미하는 건지 이해하려고 노력했다. 시체 근처에도 가지 않는 그가 심지어 가까이 다가가기까지 했다.

"폭발이니 사망자 살점이니 그런 얘기를 하고 있긴 하지만 이해가 가지 않는 게 있습니다. 살점이 수천 조각이 났습니다. 이번에 사용된 탄환은 인간의 신체를 조각내버릴 정도로 위력이 대단한 건 사실입니다. 하지만 덩어리로 떨어져나가게 만들지, 지금처럼 완전히 산산조각 내지는 않는다는 겁니다."

스벤은 더 가까이 다가갔다. 두렵지도 않았고 불편한 느낌도 들지 않았다. 그의 눈앞에 있는 것들은 이미 사람의 것이 아니었다. 도저히 그렇게 볼 수가 없었다.

"그래서 다른 가능성을 찾고 있는 중입니다. 폭발을 일으킬 만한 것들 말입니다. 인간을 덩어리가 아니라 이 정도로 잘게 부숴버릴 수 있는 위력을 지닌 무언가를."

"예를 들면?"

"폭약이지요. 그게 아니면 아무리 생각해도 불가능합니다."

에베트는 깃발들을 쳐다보았다. 그리고 산산이 부서진 유리창과 방 안 가득한 그을음 자국을 둘러보았다.

"폭약이라……. 종류는?"

크란츠는 성가시다는 듯 손짓을 하며 대답했다.

"TNT, 나이트로글리세린, C4, 셈텍스, 펜틸, 옥소겐, 다이나맥스, 그게 아니면 또 무언가가 있겠지요. 내가 어떻게 알겠습니까? 지금 알아보는 중입니다. 하지만 확실한 건…… 그 폭약이 신체와 아주 근접해 있었다는 겁니다. 아니면 아예 살갗에 달라붙어 있었거나."

"그렇군……. 박사가 알아낼 일이지."

빨간색은 혈흔, 하얀색은 살점.

"또 한 가지는 폭약으로 인해 엄청난 고온의 열이 발생했다는 겁니다."

"나도 알아요."

"드럼통에 있던 디젤유가 점화할 정도로 뜨거운 열이오."

검시관은 커다란 구멍 옆에 서 있던 드럼통을 무릎으로 툭 건드렸다.

"빌어먹을 유독가스 연기를 발생한 건 석유와 섞어놓은 디젤유였습니다. 어느 교도소를 가든 교도작업장 내에는 디젤유가 든 드럼통이나 깡통을 발견할 수 있습니다. 기계나 지게차, 혹은 연장에 윤활유로 사용하기 때문입니다. 하지만 이 드럼통은…… 호프만과 아주 가까이 놓여 있었습니다. 저기서 옮겨온 겁니다."

크란츠는 고개를 흔들며 말했다.

"폭약. 유독가스. 드럼통이 저 지점에 있었다는 건 단순한 사고가 아닙니다, 에베트. 피에트 호프만은 확실하게 하고 싶었던 겁니다."

"확실하게?"

"본인과 인질 하나가 절대 살아남을 수 없도록 말입니다."

*

에베트는 시동을 끄고 차에서 내렸다. 그러고는 스벤에게 차를 몰고 가라고 손짓한 뒤 잔디밭으로 걸어 들어가 아스프소스 교도소에서부터 아스프소스 교회에 이르는 1,503미터의 '산책로 탐방'을 시작했다. 탁 트인 풀밭에 발을 들이자 졸음이 싹 달아나고 디젤유의 악취도 씻겨나가는 것 같았다. 하지만 끈질기게 붙어 다니던 위화감은 그대로였다. 이런 느낌은 그가 놓친 부분을 이해하는 날까지 계속 따라다닐 거라는 것도 잘 알고 있었다.

다른 신발을 신고 왔으면 좋았다. 멀리서 볼 때는 녹지대 같기만 했던 잔디밭은 도처가 구덩이와 진흙이었다. 그는 수차례 발이 걸리다 결국 철퍼덕 바닥에 넘어지고 말았다. 바지에 풀과 진흙을 원 없이 묻힌 끝에야 교회 앞마당으로 이어지는 쪽문에 도착할 수 있었다.

그는 뒤를 돌아보았다. 아지랑이가 피어오르고 잿빛 콘크리트 담벼락이 햇살을 받으며 환하게 빛나고 있었다. 그는 정확히 24시간 전에 바로 그 자리에 서 있었다. 다른 사람에 대한 '사형선고'를 결정하지 못한 상태로.

손에 꽃을 들고 배우자나 자녀, 혹은 친구의 무덤을 찾아 묘비 사이를 돌아다니는 조문객들은 손에 꼽을 정도였다. 에베트는 그들을 보지 않는 척하며 꽃을 심으려 흙을 파내는 그들의 손을 유심히 살폈다. 그렇다고 해도 그녀의 묘비 앞에 서봐야 별 다른 느낌이 들지 않을 거라는 생각은 변함이 없었다.

에베트는 경찰 저지선을 내리고 절뚝거리는 다리를 높이 들어 올려 울타리를 넘어갔다. 네 명의 사람이 교회 정문에서 기다리고 있었다. 스벤, 아스프소스 관할서의 제복경관 둘, 사제복을 입은 나이 든 남자 하나.

그는 손을 내밀어 상대방이 뻗은 손을 잡았다.

"구스타프 린드베크입니다. 이곳 교구목사입니다."

'프'를 유난히 강조해서 발음하는 사람이었다. 에베트의 눈에는 상대의 입이 씰룩거리는 것처럼 보였다. 나도 에베트의 '베'를 힘주어 발음할까.

"시경 소속 그렌스 경정입니다."

"형사님이 이번 일의 책임자이십니까?"

목사는 저지선을 세게 잡아당겼다.

"사건 담당 수사관인 건 맞습니다. 알고 싶으신 게 그게 맞는다면 말입니다."

에베트도 똑같이 저지선을 확 잡아당겼다.

"무슨 문제라도 있는 겁니까?"

"이미 잡혀 있던 세례식과 결혼식은 취소했습니다. 그런데 한 시간 뒤에 잡힌 장례식을 과연 진행해도 될는지 그게 궁금합니다."

에베트는 교회를 한 번 바라보고, 스벤을 쳐다본 뒤 묘비 앞에 무릎을 꿇고 좁은 화단에 물을 주고 있는 조문객들을 차례로 바라보았다.

"이렇게 하지요."

에베트는 임시 지지대 하나가 넘어질 때까지 저지선을 잡아당기며 말했다.

"교회 1층을 다시 한 번 둘려봐야 합니다. 대략 한 시간 정도 걸릴 겁니다. 그동안 목사님만 교회 안에 계실 수 있습니다. 저희 일이 다 끝나면 바로 저지선을 철거해서 예정된 장례식을 진행하실 수 있도록 해드리겠습니다. 하지만 수사 문제로 조만간 다시 교회 쪽에 경찰 저지선을 칠겁니다. 이 정도면 괜찮으시겠습니까?"

목사는 고개를 끄덕였다.

"대단히 감사합니다만…… 한 가지 문제가 더 남아 있습니다. 한 시간 내로 조종(弔鐘)을 울려야 하는데, 종탑에 달린 종을 이용하는 건 가능하겠습니까?"

에베트는 종탑 중앙에 매달려 있는 거대한 무쇠 종을 올려다보았다.

"물론입니다. 종에 저지선을 매달 것도 아니니까요."

그들은 열린 문으로 들어갔다. 교회 종소리. 교회 앞마당이 그를 바라보고 있었다. 조종소리. 1년하고도 6개월이 지났다. 하지만 아직까지 묘석 하나 고르지 않은 상태였다.

목사는 곧장 서늘하고 조용한 예배당 안으로 들어갔지만, 에베트와 스벤은 문 오른쪽으로 나 있는 방으로 들어갔다. 의자는 여전히 벽 쪽에 붙어 있었고, 자그마한 나무 제단 위에는 지도가 그대로 펼쳐져 있었다.

'스벤?'

'네.'

'다시 듣고 싶어. 저 친구가 누구고, 무슨 짓을 할 수 있는 인간인지.'

에베트는 교도소 단면도를 집어 들었다.

'지극히 반사회적인 성향을 보이며 성격장애가 있다. 공감능력이 결여되어 있다.'

그리고 천천히, 반듯하게 접었다.

'광범위한 차원에서 두드러지는 특징적 성향은 충동성, 공격성, 타인의 안전에 대한 개념 부족, 자의식 부족 등이 있다.'

그러고는 상의 안주머니에 집어넣었다. 더 이상 필요가 없었다.

"좀 도와주세요, 선배."

스벤은 플라스틱 컵 안에 남은 내용물을 비우고 있었다. 몇 시간의 갈등 끝에 내린 결론은 인근 주유소에서 사온 싸구려 커피 속 카페인의 힘을 빌린 것이었다. 스벤은 의자 하나를 집어 든 뒤 선배가 옆에 있는 의자를 들 때까지 원망하는 듯한 눈초리로 쳐다보았다. 두 사람은 장례식 유족이 대기실로 사용하도록 방을 나서서 종탑 위로 올라가는 계단 문을 열었다. 두 사람은 올라가려다 다시 슬쩍 예배당 쪽으로 시선을 돌렸다. 성경책이 담긴 카트를 밀고 의자 사이를 지나가던 목사가 그들을 보더니 손을 들었다.

"올라가실 겁니까?"

"네."

"조종을 20분 내에 울려야 하는데요."

"그 전에 끝날 겁니다."

두 사람은 계단을 거쳐 철제 사다리로 올라갔다. 전날에 비해 훨씬 멀고 높게 느껴졌다. 발코니로 이어지는 문은 활짝 열린 상태로 묘석 사이와 잔디밭을 맴돌던 바람이 올라올 때마다 삐걱거리고 있었다. 에베트는 문을 닫으려다 문틀에서 이상한 자국 하나를 발견했다. 문손잡이 위치에 강제로 열고 들어간 흔적이 남아 있었던 것이다. 그러고 보니 맨 처음 발코니에 올라갔던 경찰기동대 저격수가 문이 강제로 열린 것 같다고 말했던 게 떠올랐다. 에베트는 볼펜으로 나무에 남은 흔적을 쿡 찔러보았다. 변색된 부분도 없었다. 최근에 생긴 것이 분명했다.

아지랑이가 사라지자 전날처럼 파란 하늘이 펼쳐질 것 같은 날이었다. 아스프소스 교도소가 그들을 기다리고 있었다. 아무런 말 없는 거대한 잿빛 콘크리트 덩어리. 꿈과 웃음을 꽁꽁 가두어버린 담벼락과 건물들.

에베트는 얇은 나무 구조물 위로 다가가 섰다.

'스벤, 계속 읽어.'

24시간 전, 저격수가 엎드려 있던 자리였다.

'더 알려진 것도 없습니다.'

한 사람의 머리를 정조준 한 라이플을 손에 쥔 채로.

'그냥 읽어!'

'쇠데르함에서는 순찰 중인 경관에게 총격을 가했으며, 당시 사건현장은 도심 경계선의 공공장소로서…….'

'그 정도면 됐어.'

그는 결정을 내렸다.

사살명령을 내리기로.

바람이 거세지고 있었다. 얼굴을 때리는 바람에 괜히 기분이 좋아졌다. 따뜻하게 뺨을 덥혀주는 햇살과, 그의 머리 위를 날아다니는 새의 노랫소리만 느껴졌다. 그는 순간 아래쪽 난간을 붙잡았다. 현기증이 일었기 때문이다. 한 발짝만 헛디뎠어도 곤두박질칠 뻔한 상황이었다. 그는 자신의 발을 내려다보다 난간에서 몇 센티미터 정도 튀어나온 나무판 아래에서 두 개의 검정색 얼룩을 발견했다. 그는 손가락으로 만져보고 냄새를 맡아보았다. 총신에서 윤활유 같은 게 흘러 발코니 바닥에 얼룩으로 남은 듯했다.

에베트는 무릎을 꿇더니 저격수처럼 아예 그 자리에 엎드렸다. 팔꿈치가 나무 바닥에 닿았고 가상의 저격용 라이플이 손에 들린 듯했다. 그는 지금은 사라져버린 창문 쪽을 조준했다. 그곳에는 커다란 구멍이 뻥 뚫려 있었다.

"여기가 그 친구가 엎드려 있던 자리야. 내 명령을 기다리면서."

에베트는 스벤을 올려다보았다.

"죽일지 말지를 물으면서 말이지."

그는 다급하게 후배 형사에게 손을 흔들며 말했다.

"자네도 여기 엎드려봐. 자네 기분이 어떤지도 좀 알고 싶군."

"저 고소공포증 있다는 거 아시잖아요."

"스벤, 그냥 엎드리기만 하라고. 난간 하나면 충분해. 자네가 떨어져 죽을 일은 없다고."

스벤은 살얼음판을 걷듯 조심스레 앞으로 기어갔다. 그는 높은 곳을 끔찍이 싫어했다. 나이가 들수록 그 공포는 줄어들기는커녕 매년 강도가 더해질 뿐이었다. 스벤은 지렁이처럼 꿈틀거리며 기어나가다 손을 뻗어 난간을 꽉 붙잡았다.

제법 높은 지점이었다. 에베트는 거친 숨을 몰아쉬고 있었다. 바람이 불었다.

스벤은 싸늘한 철제 난간을 손가락으로 꽉 붙잡고 있었지만, 어딘가 느슨하다는 느낌이 들었다. 난간과 함께 손으로 무언가를 붙잡고 있었던 것이다. 그는 난간에 붙어 있던 것을 잡아 뽑았다. 3에서 4센티미터 길이의 검은 직사각형 물체였다. 그리고 끝에는 선이 달려 있었다.

"에베트 선배."

그는 손을 내밀었다.

"이런 게 난간에 붙어 있었어요."

두 사람은 그 물체의 정체를 알아보았다.

태양열 배터리.

난관과 똑같이 검게 칠해진 배터리. 이 물건을 그 자리에 붙인 장본인은 남에게 들키고 싶지 않았던 것이다.

스벤은 똑같은 전깃줄을 다시 조심스레 잡아당겼다. 그리고 조금 느슨해지자 확 잡아당겼다. 그러자 먼저 것보다 조금 작은 직경 1센티미터 크기의 둥그런 쇳조각이 딸려 나왔다.

전자 송신기.

'쌍안경으로 그자를 지켜보던 순간, 왠지 그자가 자신이 사거리 내에 있다는 걸 아는 것 같았습니다.'

"송신기, 전선, 태양열 배터리. 선배……. 스텔넬 말이 맞았어요."

스벤은 전선을 붙잡고 앞뒤로 흔들어보았다. 발 아래로 어떤 끔찍한 광경이 펼쳐져 있는지도 잊은 채.

"호프만은 선배와 저격수가 나눈 이야기를 고스란히 엿듣고 있었던 거군요."

에베트는 복도에 있는 자판기에서 커피 두 잔과 햄치즈 샌드위치 하나를 뽑아들고 조심스레 사무실 문을 닫았다.

여전히 현장의 불쾌한 냄새가 느껴졌다. 그리고 자신이 지켜보는 동안 숨통이 끊어진 한 사람이 떠올랐다.

달리 대안은 없었다.

당시 수집된 정보와 자료에 따르면 피에트 호프만은 흉악범이었고 국가공무원을 죽이겠다고 위협하던 상황이었다. 에베트는 사이코패스 유무 검사를 했다는 내용과 형량이 포함된 교도행정당국의 재소자 신상기록을 다시 읽어보았고, 경시청 컴퓨터를 통해 그의 화려한 전과기록도 재확인했다. 경관폭행과 살인미수로 5년 형을 받았고, 심지어 범죄정보 데이터베이스에는 '무장의 위험이 매우 높은' 인물로 분류되어 있었다.

또 다른 대안은 없었다.

에베트는 햄치즈 샌드위치를 하나 더 사러가기 위해 컴퓨터를 끄고 일어나려던 순간, 화면 아래쪽에서 무언가를 발견했다. 피에트 호프만의 전과기록에 관한 기재사항이었다.

최종수정일.

에베트는 날짜를 계산해보았다. 18일 전.

형을 치른 건 이미 10년 전 일이었다.

그는 이쪽 벽에서 저쪽 벽으로 왕복하며 사무실 안을 맴돌았다. 위화감. 그 불길한 느낌이 되살아났다.

그는 전화기를 들고 오래전부터 외워온 번호를 눌렀다. 경찰청 데이터베이스 관리팀. 에베트는 도통 알 수 없는 암호나 기호에 대고 밤새도록 욕을 퍼부은 게 한두 번이 아니었다.

젊은 남자가 전화를 받았다. 그곳에서 일하는 직원들은 늘 젊은 남성들이었다.

"에베트 그렌스 경정인데, 도움이 좀 필요하군."

“그렌스 경정님이시라고요? 잠시만 기다려주십시오.”

에베트는 데이터베이스 관리팀 직원들의 설명을 듣기 위해 여러 차례 경시청 건물 전체를 헤집고 돌아다닌 적이 있었다. 그래서 수화기를 들고 기다리는 동안 자신의 귀에 들리는 쇠붙이 맞닿는 소리가 무슨 소리인지 정확히 알고 있었다. 그것은 젊은 남자 직원이 빈 콜라 캔을 컴퓨터 주변에 있던 또 다른 빈 캔 위에 포개놓는 소리였다.

“전과기록을 수정한 게 누군지 좀 알고 싶은데, 자네가 도와줄 수 있겠나?”

“물론입니다. 그런데 그건 법원 행정처에서 관리하는 내용입니다. 그래서 그쪽 담당 팀에 말씀하시는 게 더 빠를 텐데요?”

“그걸 자네한테 부탁한다면? 지금 당장?”

젊은 직원은 또 다른 콜라 캔을 땄다.

“5분만 기다려보세요.”

4분하고 45초가 흘렀다. 수화기를 들고 있던 에베트는 싱글벙글한 표정으로 다시 물었다.

“뭐 좀 나온 게 있나?”

“기본 정보 외에는 나오는 게 없네요. 그 기록은 법원 행정처 직원 컴퓨터에서 수정된 겁니다.”

“그게 누구야?”

“승인을 받은 사람입니다. 울리카 다니엘손이라는 직원인데, 그 사람 전화번호를 알려드릴까요?”

에베트는 다시 쿵쿵거리며 사무실 안을 돌아다니다가 컵 바닥에 달라붙다시피 한 식은 커피를 들이켰다.

두 번째 통화는 아예 서서 했다.

"울리카 다니엘손입니다."

"스톡홀름 경시청의 그렌스 경정이오."

"무슨 일이신데요?"

"사건수사와 관련된 내용입니다. 721018-0010. 10년 전 판결 내용."

"그런데요?"

"기록에 따르면 이 내용이 최근에 수정이 되었더군요. 정확히 18일 전에요."

"그래서요?"

"다니엘손 씨 컴퓨터에서 변경된 내용입니다."

그 질문에 상대는 묵묵부답이었다.

"그 이유를 좀 알았으면 합니다."

상대가 불안해하고 있다는 걸 확실히 알 수 있었다. 긴 침묵. 그리고 이어지는 거친 숨소리.

"죄송하지만 그건 말씀드릴 수 없을 것 같습니다."

"말을 할 수 없다니요?"

"보안규정상 불가능합니다."

"어느 빌어먹을 부서가 정해놓은 보안규정이오?"

"죄송하지만 더 이상은 말씀드릴 수 없습니다."

에베트는 언성을 높이진 않았다. 오히려 낮춰 말했다. 가끔은 그게 역으로 효과를 발휘할 때가 있기 때문이다.

"난 당신이 무슨 이유로 그 기록을 수정했는지, 그리고 어떤 부분을 수정했는지 알고 싶을 뿐이오."

"더 이상 드릴 말씀 없다고 했잖아요."

"이거 봐요, 울리카……. 그렇게 불러도 되겠지요?"

에베트는 상대의 대답을 기다리지 않았다.

"울리카, 난 강력계 소속 형사입니다. 그리고 지금 살인사건을 수사중이에요. 그리고 당신은 법원 행정처에 근무하고 있습니다. 당신은 보안규정을 핑계로 공문서 위조 사실을 덮어버릴 수도 있을 겁니다. 하지만 나한테는 안 통합니다."

"더 이상……."

"자, 대답을 해주시든가, 아니면 내가 그리로 직접 가겠소. 법원에서 영장을 받는 길로."

긴 한숨이 이어졌다. 그녀도 더 이상은 버틸 수 없었다.

"빌손이란 분이에요."

"빌손이라고요?"

"형사님 동료분이요. 직접 물어보세요."

그것은 더 이상 단순한 느낌이 아니었다.

무언가가 단단히 잘못되었던 것이다.

그는 갈색 소파에 널브러져 있었다. 피곤이 몰려왔다. 잠시 잠을 자려 했는데 오히려 정신이 말똥말똥해졌다.

이해가 안 간다고.

교도작업장 창문 앞에 서 있던 남자는 여전히 그의 심기를 불편하게 하고 있었다.

당신, 도대체 왜 죽으려고 했던 거야?

옆모습을 보이며 선 남자.

스텔넬 말대로 당신이 처음부터 대화를 듣고 있었다면, 우리가 교회 종탑 발코니에서 찾아낸 게 송신기라면, 도대체 왜 두 번씩이나 도망갔다가 기어이 세 번째, 그 자리에 나와 선 거냐고?

처음부터 자신을 정확한 사거리 안에 두려고 계획했던 한 남자.

결심은 섰는데 엄두가 나지 않았던 거야?

어떻게 다 알면서 죽음을 맞이할 용기가 났던 거지?

온몸이 산산조각 날 걸 알면서도 무슨 이유로 그렇게 확실하게 사거리 안에 들어왔던 거냐고?

"주무세요?"

문을 두드리는 소리가 나더니 마리안나가 머리를 들이밀고 들어와 두리번거렸다.

"잔다고 할 수는 없지."

그는 자세를 고쳐 앉았다. 그녀와 마주하는 일은 종종 즐거웠다. 마리안나는 무릎에 서류철 하나를 올려놓고 그의 옆자리에 앉았다.

"베스트만나가탄 79번가 사건보고서 작성 완료했습니다.

아무래도 검사님이 미제로 처리하실 것 같습니다. 더 이상 알아낸 것도 없는 마당이니까요."

에베트는 한숨을 내쉬었다.

"기분이 말이야……. 기분이 아주 묘해. 만약 이 사건, 덮어버리면…… 나한테는 세 번째 영구미제 살인사건이 되는 거거든."

"세 번째요?"

"첫 번째는 80년대 초반 일이었어. 카스텔홀멘 섬 근처에서 조업을 하던 낚시꾼이 그물로 토막 난 사체를 건져 올린 사건이었지. 두 번째는 2년 전 겨울, 어느 병원 지하 배수로에서 여성 사체가 발견된 일이었어. 터널로 이어지는 배수로로 밀려 내려왔던 거야. 그런데 쥐들이 얼굴을 파먹어서 커다란 구멍이 여럿 뚫린 상태였어."

그는 서류철을 툭 건드리며 말을 이었다.

"이봐, 헬만손. 내가 이상해지는 거야, 아니면 정말 우리가 사는 현실이 이렇게 복잡해지는 거야?"

마리안나는 상관을 바라보며 미소를 지었다.

"선배님."

"왜?"

"정확히 얼마나 오래 이곳에서 근무하신 거예요?"

"자네도 알잖아."

"정확히 몇 년이에요?"

"그러니까…… 자네가 태어나기도 전이지. 35년 됐어."

"살인사건은 몇 건이나 담당하셨어요?"
"정확한 수치를 원하는 거겠지?"
"네."
"213건."
"213건이오?"
"이것까지 포함해서."
마리안나는 다시 미소를 지었다.
"35년 근속. 살인사건 213건. 그중 영구미제는 3건이군요."
그는 아무런 대답도 하지 않았다.
"12년간 1건 꼴이네요, 선배님. 선배님은 어떻게 여기실지 모르겠지만 전 대단한 성과라고 생각합니다."
그는 부하직원을 바라보았다. 종종 생각했다. 만약 자신에게 아들이나 딸이 있었다면.
그녀와 닮았을 거라고.
"다른 할 말 더 있나?"
마리안나는 비닐 서류철을 꺼내놓았다.
"두 가지가 있습니다."
마리안나는 비닐 서류철에서 종이 두 장을 꺼냈다.
"지난번에 사건 당일 오전 8시 45분에서 9시 45분 사이, 그리고 오후 1시 반에서 2시 반 사이에 아스프소스 교도소에서 외부로 걸려나간 전화통화기록을 찾아보라고 하셨잖아요."

종이 왼편에는 전화번호가, 오른편에는 이름과 성이 정리되어 있었다.

"총 32건의 통화기록이 나왔습니다. 당시 외부로 통화금지명령이 내려졌는데도 말이에요."

마리안나는 손가락으로 번호가 적힌 왼쪽 열을 아래로 쭉 훑어 내려갔다.

"이 중에서 30개는 확실히 추려냈습니다. 11통은 교도관들이 집에서 걱정하고 있을 가족에게 알리거나 혹은 퇴근이 늦어질 것 같다는 소식을 전한 내용이었습니다. 8통은 아스프소스 관할서나 시청에서 저희 쪽 경시청에 전화를 건 내역이었고, 3통은 노르셰핑 교도소에 건 전화, 그리고 4통은 면회가 예정되었던 재소자 가족들에게 약속날짜 변경을 위해 교도소 측에서 건 전화였습니다. 그리고……."

마리안나는 에베트를 바라보며 말을 이었다.

"4통은 주류 언론사 핫라인으로 건 전화였습니다."

에베트는 고개를 가로저었다.

"항상 똑같군그래. 핫라인으로 전화 걸었다는 거, 그거 아마 우리 쪽 인간들이겠지?"

마리안나는 피식하고 웃었다.

"법적으로 따지자면 그 문제, 정보원에 관한 수사에 해당합니다. 그런데 그거, 제가 알기론 징역형에 준하는 범법행위일 겁니다."

"그래서 그 인간들이라고 하는 거야."

마리안나는 설명을 이어나갔다.

"일단 이 30통은 모두 제외했어요. 관련 진술도 모두 확보했거든요."

그녀의 손가락은 맨 마지막에 남아 있는 번호를 가리키고 있었다.

"그러면 2통이 남아요. 하나는 그날 아침 9시 23분이었고, 다른 하나는 오후 2시 12분이었어요. 2통 모두 아스프소스 교도소에서 베스트베리아에 위치한 에릭손 사무실에 등록된 번호로 연결된 거였습니다."

그다음으로 등장한 비닐 서류철에는 노트를 뜯어 손으로 직접 쓴 게 들어 있었다.

"그래서 번호를 추적해봤습니다. 에릭손 인사부의 설명에 따르면 그 번호는 직원 중 하나인 소피아 호프만의 전화번호라고 합니다."

에베트는 씩씩거리고 있었다.

"호프만이라고?"

"피에트 호프만의 부인입니다."

마리안나는 다음 장으로 종이를 넘겼다. 더 알아보기 힘든 손 글씨가 이어지고 있었다.

"그쪽에서 제공한 신상기록을 확인해보니까 소피아 호프만은 엔셰데의 스톡루스베겐에 거주 중인 걸로 확인되었습니다. 직원의 설명에 따르면, 어제 점심시간 전에 사라진 뒤로 출근하지 않았다고 합니다."

“인질극이 벌어지고 있는 도중이었지?”

“네.”

“전화가 걸려왔다는 시각에?”

“그렇습니다.”

에베트는 소파에서 일어나 쑤시는 허리를 쭉 폈다. 마리안나는 세 번째 종이를 꺼내들었다.

“국세청 정보에 따르면 소피아와 피에트 호프만은 두 자녀와 함께 살고 있었다고 합니다. 아들만 둘인데, 아이들은 지난 3년간 엔셰데달렌의 주소지에 있는 어린이집에 다니고 있었고, 평일 오후 5시경 엄마나 아빠가 와서 데리고 갔다고 합니다. 그런데 어제, 남편이 사살되기 몇 시간 전, 소피아 호프만이 조퇴한 후 정확히 20분 뒤 평소보다 훨씬 일찍 어린이집에 찾아와 보육교사들에게 별다른 설명도 없이 아이들을 데리고 갔다고 합니다. 보육교사 두 명의 설명에 따르면 굉장히 긴장된 모습이었고 시선을 피하며 묻는 말에도 거의 대꾸하지 않았다고 합니다.”

마리안나 헬만손은 허리를 숙여 바닥에 손을 짚고 있는 노형사의 동작을 유심히 살폈다. 에베트는 허리를 숙였다가 다시 펴서 뒤로 젖혔다. 이 운동 방법은 의심의 여지없이 반세기도 전, 사회 분위기가 엄격하던 시절에 배운 동작임이 틀림없었다.

“그녀가 살고 있다는 집으로 순찰차를 보냈습니다. 시내에서 남쪽으로 몇 분 떨어진 거리에 있는 50년대 단독주택이거든요. 벨을 눌러도 아무런 대답이 없고, 문과 창문 모두 잠긴 상태였습니다. 어제와 오늘날짜 신문도 그대로였고요. 발견된 건 아무것도 없었습니다. 어제 오전 이후로 그 집에 누군가 들렀거나, 머물렀던 흔적은 어디에도 없었습니다."

에베트는 허리를 앞으로 숙였다 뒤로 젖히는 동작을 두 번 더 반복했다.

"체포영장 발부하지."

"소피아 호프만에 대한 체포영장은 이미 30분 전에 발부된 상태입니다."

에베트는 가볍게 고개를 끄덕였다. 아마 칭찬의 의미였을 것이다.

"그 친구가 아내에게 전화를 걸었던 거야. 경고를 해준 거지. 자신의 죽음으로 인해 벌어질 일들에서 가족을 보호하려 한 거라고."

마리안나는 복도로 나가 사무실 문을 닫았다가 다시 뒤돌아서서 문을 열었다.

"한 가지가 더 있었어요."

에베트는 여전히 사무실 한가운데에 서 있었다.

"뭔데?"

"들어가도 될까요?"

"언제 허락받고 들어온 적 있나?"

왠지 불길한 예감이 들었다.

마리안나는 오전 시간 내내 묻지도 않은 이야기를 실컷

늘어놓은 다음, 정작 자신이 왜 찾아왔는지에 대해서는 한 마디 말도 없이 사무실 문을 나서고 있었기 때문이다.

"허를 찌를 만한 결정적 단서 하나를 제가 알고 있었어요. 그리고 선배님도 어제 그 사실을 알고 계셨어야 했고요. 하지만 전 시간 내에 현장에 도착할 수 없었습니다."

마리안나는 예측불가의 행동을 하는 일에 익숙지 않았고, 옳은 일에 대해 의심하는 상황에 처하는 것도 싫어했다.

"전 그 사실을 말씀드리러 선배님을 찾아가고 있었어요. 교도소 복도를 미친 듯이 뛰어나와 전속력으로 차를 몰고 교회로 가고 있었습니다."

그것도 에베트 그렌스 앞에서 그런 기분을 맛보는 건 진심으로 피하고 싶었다.

"수차례 전화를 했지만 전화기는 꺼진 상태였습니다. 1분 1초가 절박한 상황이었다는 거, 저도 압니다. 차 무전기를 통해 선배님과 저격수가 나누는 교신 내용을 들었습니다. 그리고 선배님이 내리신 명령, 그 뒤에 총성도요."

"헬만손?"

"네?"

"요점만 말해."

그녀는 에베트를 쳐다보고 있었다. 잔뜩 긴장한 표정이었다. 이 사무실에서 그렇게 긴장해보긴 실로 오래간만이었다.

"저한테 오스카숀 소장을 만나보라고 하셨죠? 그래서 만났습니다. 그리고 호프만이 당시 처해 있던 상황에 대한 설명을 대충 들었습니다. 누군가 오스카숀 소장에게 외압을 행사하고 있었습니다."

마리안나는 대선배의 양 볼이 붉게 달아오르기 시작하고 관자놀이의 혈관이 툭툭 불거져 나오는 반응을 보일 때가 어떤 상태인지 잘 알고 있었다.

"선배님이 교도소로 찾아가기 전날 밤, 오스카숀 소장은 호프만과 같은 감호구역에 있는 어느 재소자의 변호사 방문을 허락했습니다. 그리고 선배님을 비롯한 그 누구도 호프만과 만나지 못하도록 조치를 취해놨던 겁니다. 게다가 감금독방에서 원래 있던 감방으로 돌려보내라는 명령도 받았다더군요. 생명의 위협을 받는 재소자는 다른 곳에 분리 수감한다는 교도소 내부규정을 무시하고 말입니다. 거기다가 호프만이 인질협상 대가로 교도소 정문을 열어달라고 해도 절대 받아들이지 말라고까지 했답니다."

"헬만손, 이건 ……."

"제 말, 아직 안 끝났습니다. 전 그 사실을 알고 있었지만 제시간에 선배님께 알려드릴 수가 없었습니다. 그리고…… 폭발이 일어난 뒤에는…… 말씀드려봐야 소용없을 것 같다고 판단했습니다."

에베트는 그녀의 어깨에 손을 올렸다. 그로서는 평생 처음 있는 일이었다.

"이거 봐, 헬만손. 난 지금 굉장히 화가 난 상태야. 물론 자네한테 화를 내는 건 아니지. 자넨 할 일을 했을 뿐이야. 잘했어. 다만, 난 그게 누군지 궁금할 뿐이야."

"누구냐니요?"

"명령을 내린 게 누군지."

"그건 저도 모릅니다."

"모른다니!"

"소장은 끝내 그게 누군지 밝히지 않았습니다."

에베트는 뛰다시피 방을 가로질러 책상 뒤에 있는 책장으로 향했다. 먼지자국으로 남아 있던 구멍은 이미 사라진 뒤였다. 형사 생활 내내 그에게 안식을 주고 힘이 돼주었던 그 음악. 그 음악이 가장 절실한 순간이었다. 점점 치솟던 화가 더욱 격렬해져 속에서 부글부글 끓다가 온몸을 불사를 것만 같았다. 하지만 자신을 한낱 광대로 만들어버린 게 누군지, 사살명령을 내리도록 만든 게 누군지 알아내기 전까지는 그 분노를 억눌러야 한다.

"만약 그런 사실을 알았다면 발포명령을 내리진 않았을 거야."

그는 후배를 바라보며 말했다.

"지금 알게 된 이 사실을, 그 당시도 알고 있었다면…… 호프만은 이렇게 죽을 일이 없었을 거라고."

*

갈색 플라스틱 컵에 검고 진한 커피가 채워지고 있었다. 컵이 거의 차기 직전, 마지막 몇 방울을 내주기 싫은 듯 자판기는 항상 덜걱거리며 소리를 냈다. 예란숀 총경은 복도에 선 채 커피를 마시다가 한 팔에 서류철을 끼고 에베트의 방에서 나오는 마리안나 헬만손을 목격했다. 그 두 사람의 만남이 무얼 뜻하는지 예란숀은 알고 있었다. 그 두 형사는 아스프소스 교도소에서 벌어진 사건에 관한 보고서를 작성하고 있었으리라.

'전 빠지겠습니다.'

그는 들고 있던 컵이 일그러질 정도로 꽉 쥐었다. 뜨거운 커피가 그의 손등을 타고 바닥으로 흘러내렸다.

난 분명히 빠졌어.

예란숀은 남아 있는 쓰디쓴 커피를 마셔버리고 컵을 비웠다. 그러고는 자신의 앞으로 지나가는 스벤 순드크비스트 경위의 인사를 받았다. 그 역시 한쪽 팔에 서류철 몇 개를 끼고 방금 마리안나가 빠져나온 에베트의 사무실로 향했다.

*

그는 상대가 양 볼이 벌겋게 달아오르고 관자놀이 주변 혈관이 불거져 나온 상태라는 것을 눈치챘다.

스벤은 경시청 안에서 그 누구보다 에베트 그렌스라는 인물을 잘 아는 사람이었다. 그만큼 자주 분노에 휩싸인 자신의 상사를 상대해왔고, 대처하는 법도 터득했다. 그래서 에베트가 고래고래 소리를 지르거나 쓰레기통을 걷어차는 모습을 보더라도 그게 자신 때문이 아니라는 사실을 알고 있었다. 에베트 그렌스가 그렇게 화풀이 대상으로 삼는 것은 자신을 따라다니는 악령들뿐이었다.

"기분이 별로이신가보네요."

"자네 오기 전에 헬만손이 다녀갔어. 나중에 그 친구한테 직접 들어. 난 지금 설명할 기분 아니니까."

스벤은 사무실 한가운데 서 있는 자신의 상사를 바라보았다. 두 사람은 아침 일찍 이미 한 차례 만났는데, 그때는 아무렇지 않아 보였다.

그 사이 무슨 일이 있었던 것이다.

"자네, 빌손에 대해 뭐 아는 거 있어?"

"에리크 빌손이요?"

"이 빌어먹을 강력계에 빌손이란 놈이 어디 또 있어?"

에베트는 세상 모든 일에 화를 낼 수 있는 사람이었다. 분노는 일상다반사처럼 언제나 그를 따라다녔다. 하지만 지금은 분위기가 자못 심각했다.

나중에 꼭 헬만손을 찾아가 물어보리라.

"잘 몰라요. 강력계에 근무한 연한은 비슷한데 아는 건 거의 없습니다. 어쩌다보니 그렇게 됐습니다만……. 그래도 뭐 제법 괜찮은 사람 같긴 하던데, 왜 그러세요?"

"방금 전에 몹시 부적절한 상황을 전해 들었는데, 그 친구 이름이 거기 등장하더라고."

"그게 무슨 말씀이세요?"

"그것도 나중에 얘기하자고."

스벤은 더 이상 캐묻지 않았다. 그래봐야 대답을 들을 수 없다는 걸 잘 알고 있었기 때문이다.

"호프만 보안경비회사에 관한 첫 보고서를 마쳤습니다. 관심 있으세요?"

"관심 있다는 건 자네도 알잖아."

그는 종이 두 장을 책상 위에 내려놓았다.

"이리 오셔서 이거 한번 보세요."

에베트는 스벤의 옆에 그대로 서 있었다.

"이건 주식회사 연차보고서하고 일반 회사법규에 관한 문서입니다. 원하시면 샅샅이 조사는 해볼 수 있습니다."

스벤은 손가락으로 두 번째 종이를 가리켰다.

"그런데 이건 직접 보셨으면 해요. 지금요."

네 개의 정사각형이 수직구조로 이어져 있었다.

"회사 소유구조를 보여주는 자료인데 이게 흥미롭습니다. 이사회 구성인원이 셋인데, 피에트 호프만과 소피아 호프만, 그리고 폴란드 국적자인 스타니스와프 로스워니에츠란 사람입니다."

폴란드 국적자.

"로스워니에츠란 사람에 대해 조사를 해봤더니, 바르샤바에 거주 중이고 국제범죄정보 데이터베이스 명단에 등록된 사람도 아닙니다. 그런데 더 흥미진진한 대목은 이 사람이 보이테크 국제보안경비회사 직원으로 등록되어 있다는 겁니다."

보이테크.

에베트 그렌스는 눈으로는 문서의 도형을 보고 있었지만, 머릿속에는 덴마크 국제공항에서 만났던 코펜하겐 범죄수사대의 야콥 엔덜슨을 떠올리고 있었다.

18일 전 일이었다.

그들은 공항 경찰서 회의실에 앉아서 덴마크 페이스트리를 나눠먹으며 암페타민을 구매하려다 살해당한 덴마크 정보원에 관한 정보를 주고받았다. 스톡홀름 시내의 어느 아파트. 폴란드 범죄조직원 둘, 그리고 스웨덴 연락책 하나.

스웨덴 연락책.

"빌어먹을……. 스벤, 잠깐 기다려봐!"

에베트는 책상서랍을 열고 시디플레이어와 크란츠가 복사해준 시디 한 장을 꺼냈다. 음성파일로 변화해 시디에 담은 목소리. 외워버릴 정도로 반복해서 들었던 몇 마디 단어.

죽은 사람. 베스트만나가탄 79번가. 5층.

그는 헤드폰을 벗어서 스벤에게 건네며 말했다.

"들어봐."

스벤은 에베트와 함께 5월 9일, 12시 37분 50초에 통신상황통제실로 걸려온 신고전화를 이미 여러 차례 분석했던 터였다.

"이번에는 이걸 들어보라고."

새로운 목소리는 음성파일 형식으로 컴퓨터에 저장되어 있었다.

"이 남자, 3분이 지나면 죽은 목숨이야."

하나는 '죽음'을 낮게 속삭이고 있고, 다른 하나는 '죽음'을 고함치고 있었다. 하지만 에베트와 스벤은 발음 하나하나를 비교해가면서 유심히 들어보았다. 분명했다.

똑같은 목소리였다.

"그 친구잖아요!"

"그래, 이 자식이 그 자식이었던 거라고, 스벤! 사건현장에 있었던 것도 호프만이었고, 신고전화를 건 것도 호프만이었어!"

에베트는 이미 사무실 밖으로 나갔다.

보이테크는 폴란드 범죄조직이다.

호프만 보안경비회사는 보이테크와 밀접한 관련이 있다.

차는 베리스가탄 대로에 주차되어 있었다. 그는 엘리베이터가 멈춰 있었는데도 뛰다시피 계단을 내려갔다.

그럼 당신은 왜 신고전화를 했던 거야?

당신은 무슨 이유로 감금독방에서 다른 재소자를 쏴 죽이고, 또 다른 재소자를 폭탄으로 날려버렸던 거지?

에베트는 베리스가탄 대로를 빠져나와 시내로 향했다.

그는 자신 때문에 죽음을 맞이한 사람을 찾아나서는 길이었다.

*

그는 바사가탄 대로 42번가 건물 앞의 버스전용차선에 차를 세웠다.

몇 분 뒤 닐스 크란츠 박사가 창문을 두드렸다.

"뭐 특별한 게 나왔습니까?"

"아직은 모르겠습니다. 하지만 이번에는 예감이 좋네요."

"일단 이거 보관하고 계세요. 필요할 때 말씀드리겠습니다."

에베트는 크란츠 박사가 건네주는 열쇠 꾸러미를 상의 안주머니에 받아 넣었다.

"그건 그렇고 말입니다……."

검시관은 인도를 따라 내려가다가 걸음을 멈추고 말을 이었다.

"폭약 성분은 밝혀냈습니다. 펜틸과 나이트로글리세린이었습니다. 한마디로 펜틸이 폭발을 일으켰고 그 때문에 창문이 날아가고 기온이 상승하면서 디젤유가 점화된 겁니다. 그런데 나이트로글리세린이 누군가의 살갗에 단단히 붙어 있었던 것 같더군요. 누구인지 신원은 아직 밝혀내진 못했지만 말입니다."

에베트는 스톡홀름 중심가에 모여 있는 1백 년도 넘은 건물 중 하나의 계단 위로 올라갔다. 그 건물들은 1900년대 초, 도심의 경관을 극적으로 바꿔놓는 데 일조한 역사적인 건물들이었다.

그는 2층, 어느 현관 앞에 멈춰 섰다.

호프만 보안경비회사. 낡은 수법이었다. 보안경비회사를 전진기지로 삼는 동유럽 마피아들의 수법.

그는 크란츠 박사에게 넘겨받은 열쇠로 문을 열었다.

반들반들하게 닦인 마룻바닥에 높은 천장, 깨끗한 하얀 벽까지 제법 괜찮은 아파트였다.

당신은 마약사건 현장에 있었어. 그런데 정작 당신은 암페타민 판매상은 아니었지.

그는 마루를 지나 벽난로 옆에 두 개의 총기보관함이 놓인 사무실로 발걸음을 옮겼다.

당신은 보이테크와 분명 관련이 있지만 마피아 조직원은 아니란 말이지.

그는 책상 근처에 있는 의자에 털썩 앉아보았다. 호프만이 쓰던 의자였을 것이다.

당신은 분명 그들과 다른 사람이야.

에베트는 다시 자리에서 일어나 이리저리 서성거리며 텅 빈 두 개의 총기보관함을 쳐다보다가 경보가 해제된 보안장치를 살짝 만져보고, 더러워진 유리를 대충 닦아보았다.

당신, 도대체 정체가 뭐야?

에베트는 호프만 보안경비회사를 나서기 전, 회사 소유로 되어 있는 창고를 한번 둘러보았다. 지하 창고는 문을 열자마자 극심한 악취가 풍겨 나왔다. 위층 창고로 올라가자 머리 위로 팬히터가 웅웅거리며 소리를 내고 있었다. 그곳은 거의 텅 빈 상태였지만 망치와 끌 하나가 낡은 타이어더미 위에 가지런히 놓여 있었다.

늦은 밤이었고, 만약에 집으로 돌아간다고 해도 바사가탄 대로에서부터 그가 살고 있는 스베아베겐까지 몇 킬로미터나 차를 몰고 가야 했다. 하지만 분노와 불안은 그의 피곤을 싹 몰아냈다. 오늘 밤 역시 잠을 이룰 수 없을 것 같았다.

썰렁한 강력계 부서 복도가 그를 기다리고 있었다. 동료들은 아마 허그툰스고덴홀름 근처의 노천카페에 앉아 와인이나 마시다가 터덜거리며 집으로 돌아가는 게 낫다고 여기지, 무미건조한 사무실에 앉아 수당도 안 나오는 초과근무를 하는 일은 뒷전일 터였다. 그는 자신이 따돌림을 당한다고는 생각하지 않았다. 그런 분위기가 그립지도 않았다. 이미 오래전에 그런 부류들과 자리를 함께 하지 않겠다고 다짐했고, 그가 선택한 인생이었다. 그랬기 때문에 쓸쓸하고 외로울 일도 없었다. 그날 밤은 교도소 내에서 벌어진 총격 사건에 대한 보고서를 마무리하는 날이 될 것이고, 그다음 날 밤은 총기사용과 관련된 또 다른 보고서를 마무리해야 할 터였다. 총기와 관련된 사건은, 담당 수사관에게는 간접적으로 자신까지 그 사건에 연루되어 있다는 느낌이 들 때가 종종 있다.

에베트는 자판기 앞에서 두 잔의 블랙커피를 뽑아드는 순간 갑자기 동작을 멈췄다. 그의 우편함에 두툼한 봉투 하나가 온갖 쓸데없는 우편물더미에 파묻힌 채 그를 기다리고 있었기 때문이다. 그는 욕이 절로 튀어나올 정도로 많은 참고 자료에 하등의 읽을 가치도 없는 광고지 속에서 두툼한 봉투를 빼들고 손으로 무게를 가늠해본 뒤—특별히 무겁진 않았다.—발신자 이름을 찾을 수 없자 뒤집어서 뒷면을 보았다. 자신의 이름과 주소는 쉽게 알아볼 수 있었다. 남성의 글씨체라는 확신이 들었다. 각이 지고 불규칙적인 데다 날카로운 모양새로 미루어보아 매직펜으로 쓴 것 같았다.

에베트는 봉투를 책상 한가운데 내려놓고 첫 번째 커피를 마시는 동안 봉투를 계속 노려보았다. 설명할 수는 없지만 가끔은 어떤 예감 같은 게 느껴질 때가 있다. 그는 서랍을 열고 사용한 적 없는 라텍스 장갑을 꺼내 손에 끼우고 조심스레 봉투를 열어 안을 들여다보았다. 편지나 문서 같은 건 보이지 않았다. 그는 내용물을 세어본 뒤 책상 위에 차례로 늘어놓았다.

커피는 반 잔 정도밖에 남지 않았다.

그는 봉투에서 나온 다섯 개 물건 중 왼쪽에 놓은 것부터 살펴보기 시작했다. 여권이 세 개였다. 빨간 표지에 금장 글씨.

EUROPEISKA UNION, SVERGIE(유럽연합, 스웨덴).

모두 스톡홀름 경시청이 발급한 진짜 스웨덴 여권이었다.

여권사진은 평범한 즉석사진기에서 찍은 것들이었다.

몇 센티미터 크기의 흑백사진. 살짝 흐릿하고, 눈 부위에 빛이 반사된.

모두 똑같은 얼굴이었다. 각각 다른 이름, 다른 신분증 번호를 가진.

이미 사망한 사람의 얼굴.

피에트 호프만.

에베트는 의자에 등을 기대고 창문 밖으로 불 켜진 밤거리를 바라보았다. 어둑한 거리의 가로등들은 크로노베리 경시청 안뜰의 텅 빈 아스팔트 도로를 비추고 있었다.

이게 당신이라면.

그는 봉투를 집어 들고 뒤집어보았다.

이걸 보낸 게 당신이라면.

그는 봉투를 꽉 쥐고 손끝으로 살짝 표면을 쓸어내렸다. 우표는 붙어 있지 않았다. 하지만 오른쪽 상단 부분에 우체국 소인 같은 게 찍혀 있었다. 그는 한참동안 그 소인을 들여다보았다. 반은 남아 있고 반은 지워진 상태였다.

FRANKFURT(프랑크푸르트). 대충 그런 것 같았다.

그리고 이어지는 여섯 자리 숫자. 234212.

그다음에는 새인지 비행기인지 구분하기 힘든 로고가 찍혀 있었다. 나머지는 주로 물결무늬가 차지하고 있었다.

에베트는 책상서랍을 뒤져 비닐 서류철 안에 들어 있던

전화번호 목록 하나를 찾았다. 호르스트 바우어, 분데스크리미날암트(연방범죄수사청), 비스바덴. 에베트는 몇 년 전 루마니아 아이들이 버스 한 대에 유기된 사건에서 수사 공조차 같이 일했던 독일 형사와 친하게 지내는 사이였다. 마침 그 독일 형사는 집에서 저녁을 먹던 참이었다. 그는 식사가 다 식어가는데도 친절하게 도와주었다. 그는 세 통의 전화를 건 뒤, 최근 스톡홀름 경시청의 우편함에 도착한 문제의 봉투가 프랑크푸르트 국제공항의 우편회사에서 발송된 사실을 확인해주었다.

에베트는 고맙다는 말과 함께 전화를 끊었다.

프랑크푸르트 국제공항은 세계에서 가장 큰 공항 중 하나였다.

그는 긴 한숨을 내쉬었다.

이게 당신이라면, 이걸 보낸 게 당신이라면, 당신은 분명 누군가에게 이걸 보내라고 부탁했을 거야. 당신이 죽은 뒤에 말이지.

책상 위에는 여권 외에도 두 개의 물건이 더 남아 있었다. 하나는 1센티미터도 채 되지 않는 물건이었다. 그는 장갑 때문에 둔해진 손가락을 놀려 물건을 집어 들었다. 이어폰형 은색 수신기였다. 비슷한 크기의 송신기와 맞물려놓으면 대화 내용을 엿들을 수 있는 전자장비였다.

빌어먹을.

스벤이 태양열 배터리에 연결되어 있던 송신기를 발견한

지 채 반나절도 지나지 않았다.

교회 종탑의 흔들리는 난간에서.

1,503미터 떨어진 교도작업실 창문을 완전히 날려버렸던 그곳.

에베트는 책상 뒤에 있는 책장으로 손을 뻗어 비닐봉투 하나를 집어 들었다. 증거품보관소에 등록도 하지 않고, 감식반에도 보내지 않은 물건들이었다.

그는 자신이 외우고 있는 몇 안 되는 전화번호를 누르고 전화기를 책상 위에 그대로 둔 다음 비닐봉투에서 꺼낸 송신기를 전화기 가까이 놓았다. 그러고는 이어폰형 수신기를 들고 사무실을 나와 문을 닫은 뒤 수신기를 귓속에 밀어 넣고 10초 간격으로 시간을 알려주는 전화음성을 똑똑히 들었다.

여전히 작동 중이었다.

우편물 속에 들어 있던 수신기는 종탑 난간에서 발견한 송신기와 정확히 같은 주파수대로 맞춰진 상태였다.

마지막으로 남은 물건은 시디였다.

에베트는 반짝이는 시디를 집어 들었다. 앞뒤에는 아무것도 쓰여 있지 않았다.

그는 컴퓨터의 시디롬 플레이어 속으로 시디를 밀어 넣었다.

—정부청사. 5월 10일. 화요일.

똑같은 목소리였다.

몇 시간 전에 스벤과 함께 들었던 그 목소리.

신고전화를 걸었던 그 목소리. 살해위협을 하던 그 목소리.

호프만.

에베트는 컵에 남아 있던 커피를 다 마셔버렸다. 세 번째 커피가 필요한 상황이었을까?

그는 음성파일 상세보기를 눌러보았다. 78분 34초.

세 번째 커피는 다 들은 다음에 마시기로 했다.

자판기에서 뽑아온 세 번째 커피가 책상 위에 놓여 있었다.

커피를 가져오긴 했지만 사실, 그럴 필요는 없었다. 이미 현기증이 일 정도로 심장이 두근거리고 있었기 때문이다. 카페인과는 무관하게.

적법한 경찰작전이 방금 합법적인 살인행위가 되어버렸다.

그는 녹음된 내용을 다시 한 번 들어보았다.

가장 먼저 무언가 긁는 소리, 발소리, 마이크가 천에 부딪히는 소리가 들렸다. 11분 47초가 지나자—음성파일이 실행되는 동안 나오는 타이머를 확인했다.—뭐라고 웅얼거리는 몇 사람의 목소리가 들리기 시작했다. 마이크는 하반신에 장착한 것 같았고, 호프만은 목소리가 들리는 쪽으로 마이크를 돌리기 위해 시종일관 자세를 고쳐 잡고 있었던 게 분명했다. 말을 하고 있는 사람 쪽으로 그가 서서히 다리를 뻗었다가 갑자기 일어서더니 대화상대자들의 바로 옆에 다가가 선 듯 선명한 소리가 들렸다.

—이 보고서를 읽어봤어요. 당연히…… 여자일 거라 생각했는데요?

들어본 적 없는 목소리였다.

40대, 아니면 50대 정도의 여성. 나긋한 목소리로 읊조리는 냉혹한 문장들. 다음에 다시 듣는다면 누구인지 알 수 있을 것 같았다.

—파울라. 여기선 그게 제 이름입니다.

가장 명확하게 들리는 목소리였다.

마이크를 갖고 있는 주인공, 호프만.

하지만 그는 자신을 파울라라고 불렀다. 암호명.

—지금보다 훨씬 위험한 인물로 만들어야 합니다……. 중범죄에 해당하는 전과기록을 만들어 넣어야 합니다. 그래야 중형을 선고받게 될 테니까요.

세 번째 등장인물.

높은 음성. 얼굴과 전혀 어울리지 않는 목소리. 강력계 부서 복도를 나눠 쓰는 남자. 자신의 사무실에서 문 몇 개만 지나가면 있는 남자. 사건 초기부터 주변을 어슬렁거렸던 남자. 수사가 진행되는 상황을 염탐하고 그릇된 방향으로 몰고 갈 단서를 던졌던 바로 그 남자의 목소리였다.

에베트는 주먹으로 무지막지하게 책상을 내리쳤다.

에리크 빌손.

에베트는 다시 한 번 책상을 내리쳤다. 이번에는 두 주먹으로 내리치며 벽을 향해 고래고래 소리를 질렀다.

두 사람의 목소리가 더 들렸다.

너무나 익숙한 목소리. 가장 윗자리에 앉아 있는 인물들. 강력계와 정부청사의 연결고리 역할을 하는 인물들이었다.

—파울라에겐 베스트만나가탄 살인사건 때문에 한가하게 조사받고 있을 시간이 없습니다.

날카로운 콧소리. 제법 큰 목소리였다.

경찰총감.

—전에도 비슷한 결정을 하셨다는 거, 알고 있습니다.

안으로 깊게 울리는 목소리. 말을 내뱉는 게 아니라 입 속에 담고 있는 듯, 모음을 길게 끄는 말투의 주인공.

예란숀.

에베트는 듣고 있던 음성파일을 정지하고 아직 식지도 않은 커피를 단숨에 들이켜버렸다. 식도가 타들어가는 것만 같았다. 하지만 뜨거운 줄도 몰랐다. 솟구치는 분노가 아닌 다른 감정이 들 때까지 뜨거운 커피를 계속해서 마셔도 아무런 상관이 없었다.

루센바드에서 있었던 회의.

그는 연필꽂이에서 매직펜 하나를 꺼내 사건기록부에 직사각형 하나와 다섯 개의 원을 그렸다.

다섯 명이 둘러앉은 회의 테이블.

그들 중 하나는 분명 법무부 장관일 것이다. 그리고 나머지는 자신을 파울라라 부르는 장본인. 직접적으로 파울라의 업무를 관장하는 형사. 경찰공무원의 최고 책임자. 그리고 마지막 인물. 에베트는 예란손을 의미하는 마지막 원 하나를 뚫어지게 노려보았다. 자신의 직속상관이자 에리크 빌손의 직속상관이기도 한 예란손. 이쪽과 저쪽 일을 동시에 책임져야 했기 때문에 그동안 베스트만나가탄 79번가 사건에 대해 침묵으로 일관해온 것이다.

"병신노릇 한번 제대로 해줬군."

에베트는 사건기록부를 구겨 바닥으로 던져버렸다.

"내 손으로 순순히 병신노릇을 해줬다니."

그는 대화 내용을 처음부터 다시 듣기 시작했다.

—파울라. 여기선 그게 제 이름입니다.

당신은 조직원이 아니었군. 우리 쪽 사람이었어. 우리가 마피아 조직원으로 심어둔 끄나풀이었던 거야.

그리고 난 그런 당신을 죽인 거고.

일요일

에베트가 사무실을 나와 차를 타고 루센바드에 이르는 짧은 거리를 가는 동안 허그툰스고덴홀름 교회 꼭대기에 걸린 대형 시계는 자정이 30분이나 지났다는 종을 울리고 있었다. 기분이 좋아질 정도로 포근한 밤이었지만, 그에겐 아무런 느낌도 없었다. 그는 베스트만나가탄 79번가 사건의 전모를 알아냈다. 피에트 호프만이 왜 아스프소스 교도소로 들어가게 됐는지도. 그리고 지금은, 호프만을 교도소에 집어넣은 장본인들이 무슨 이유로 갑자기 돌변해서 책상머리에 앉아 손 하나 까딱하지 않고 그를 죽이려 들었는지 생각하고 있었다.

피에트 호프만은 베스트만나가탄 살인사건에 관한 진실을 알고 있었다. 그리고 에베트가 피에트 호프만이라는 이름을 살인사건 용의선상에 올려두고 그에게 질문을 하려고 마음먹은 순간부터, 호프만은 전보다 훨씬 위험한 상황에 놓이게 되었던 것이다.

그들은 호프만의 존재를 완전히 덮어버렸다.

하지만 그는 급습에서 살아남았고, 인질극을 벌이며 교도 작업장 창가에 자신의 모습을 드러냈다.

당신은 회의 내용을 전부 녹음했어. 그리고 나한테 보냈고. 당신의 죽음을 결정해야 했던 장본인에게.

에베트는 프레즈가탄 대로에 차를 세웠다. 이 나라를 운영하는 중앙기구가 들어선 건물이 어둠에 잠겨 있었다. 그는 잠시 뒤 그 건물로 들어가 자신의 방식대로 일을 처리할 생각이었다.

그는 휴대전화를 꺼내 스벤에게 전화를 걸었다. 상대는 기침을 하면서 잠긴 목소리로 대답했다.

"여보세요?"

"스벤, 나야. 자네……."

"선배, 저 지금 자는 중입니다. 8시부터 잠들었어요. 어제 하루 종일 한숨도 못 잤던 거 기억 안 나세요?"

"오늘도 숙면할 운명은 아닌가보군. 자네 당장 미국 좀 갔다 와야겠어. 남부 조지아 주에. 자네 비행기는 두 시간 반 뒤, 아를란드 국제공항에서 출발해. 도착은……."

"선배!"

스벤은 가까스로 몸을 일으켜 앉았다. 목소리에 저절로 힘이 들어갔다. 가슴에 이불을 덮고 누운 채 말하는 것보다 훨씬 편했다.

"지금 무슨 말씀 하시는 겁니까?"

"당장 일어나서 옷 입으라고, 스벤. 자네 미국으로 날아가서 에리크 빌손을 만나 내가 방금 전에 들은 회의 녹취본이 사실인지 확인하고 와. 이따 다시 전화할게. 그때는 택시 타고 가면서 내가 준 음성파일을 듣고 있어야 한다고. 듣고 나면 내가 무슨 말 하는지 알게 될 거야."

에베트는 시동을 끄고 차에서 내렸다.

권력의 심장부로 향하는 문은 굳게 닫혀 있었다. 그는 경비를 깨우기 위해 벨을 눌러야 했다.

"무슨 일이십니까?"

"시경에서 나온 그렌스 경정이오. 감시카메라 기록 좀 확인하러 왔습니다."

"지금이오?"

"딱히 할 일도 없지 않소?"

마이크 옆에서 종이 넘기는 소리가 스피커를 통해 흘러나왔다.

"그렌스 경정이라고 하셨습니까?"

"카메라로 다 보이지 않소. 경찰 신분증 들고 있는 것도."

"방문예정자 명단에 그런 분은 없습니다. 일단 올라오셔서 직접 신분증을 보여주시기 바랍니다. 그러면 그걸 보고 계셔도 될지, 내일 오시라고 할지 말씀드리지요."

*

그는 먼저 정부청사를 관리하는 보안경비회사 방명록부터 뒤지기 시작했다.

법무장관은 5월 10일, 네 차례 건물을 들락거렸다. 회의 테이블에 함께 앉았던 일행들은 각각 25분 간격을 두고 따로따로 들어왔다. 첫 방문객이 경찰총감, 그다음이 예란숀, 그리고 조금 더 지나자 에리크 빌손이 모습을 드러냈고, 드디어 15시 36분에 등장한 또 한 남자. 손으로 쓴 방명록은 거의 알아보기 힘들었지만 에베트와 경비원은 그가 피에트 호프만이라는 사실을 확인할 수 있었다.

방명록을 집어든 에베트는 정부청사를 들고나는 모든 사람들을 확인할 수 있는 감시카메라 두 대의 기록 확인을 부탁했다. 그리고 자신이 찾고 있던 인물들을 하나하나 다 찾아냈다. 방명록에 서명하던 순간 루센바드 입구 보안경비원 책상 위에 달린 카메라에서 한 번. 그들은 카메라를 응시하지 않았지만, 네 명 모두 그 지점을 통과했다. 그리고 3층 복도 법무장관 사무실 문 반대편에서 얼굴이 잡히도록 설치된 두 번째 카메라에서도 확인할 수 있었다. 그는 경찰총감과 예란숀 총경이 몇 분 간격으로 사무실 안으로 들어가는 장면을 똑똑히 지켜보았다. 빌손은 20분 뒤 도착했고 또 정확히 7분 뒤, 호프만이 나타나 복도를 서성거렸다. 그는 정확한 카메라 위치를 미리 파악해두고, 자신이 그 자리에 있었다는 것을 증명이라도 하려는 듯 한참동안 카메라를 응시하고 있었다.

호프만은 나머지 사람들과 마찬가지로 사무실 문을 두드렸지만, 다른 일행들처럼 바로 안으로 들어갈 수는 없었다. 그는 복도에 선 자세로 두 팔을 벌렸고 예란숀 총경은 몸수색을 했다. 에베트는 음성파일이 9분 쯤 지났을 때 흘러나왔던 엄청난 소음은 바로, 혹시 모를 도청 마이크를 찾기 위해 호프만의 몸을 더듬던 예란숀 총경의 손 때문이었다는 사실을 깨닫는 순간 다리에 힘이 빠져 서 있기도 힘들었다.

에베트는 가속페달을 힘차게 밟았다. 로스라슈툴 북부로 향하는 E18 고속도로는 거의 텅 빈 상태였기 때문이다. 그는 제한속도 70킬로미터라는 표지판을 아예 무시해버렸다.

에베트는 하루 24시간 동안 단데뤼드, 퇴뷔, 발렌투나를 거쳐 세 번째로 아스프소스라는 작은 마을을 다시 찾아왔다. 하지만 이번에는 목적지가 교도소도, 교회도 아니었다. 대신 테라스 하우스(옆으로 다닥다닥 붙어 지은 비슷하게 생긴 주택—옮긴이)에 살고 있는 한 남자를 찾아가는 길이었다. 단 하나의 대답을 듣기 전에는 절대로 그냥 두고 돌아가지 않을 한 남자를.

에베트는 실컷 속력을 내다가 어둠 속에서 아스프소스로 빠지는 모퉁이가 드러나자 갑자기 브레이크 페달을 밟았다.

몇 킬로미터만 더 가면 된다. 아직 껄껄거리며 웃을 때는 아니다. 하지만 그의 입가에는 이미 미소가 번지고 있었다.

일요일도 벌써 몇 시간이 흘러가버렸다. 그에게 주어진 시간은 그리 많지 않았다. 하지만 해낼 수 있었다. 월요일 아침이 되기 전까지는 아직 24시간이 더 남아 있었기 때문이다. 보안경비회사의 주말근무기록에 관한 자료와 감시카메라 녹화기록이 정부청사 보안과로 넘어가는 월요일 아침이 되기 전까지는.

그는 그들의 목소리를 두 귀로 똑똑히 들었고, 한 장소에 모이는 그들의 모습을 두 눈으로 똑똑히 지켜보았다.

그 결과, 한자리에 모인 세 명의 고위공무원, 그리고 인질극이 벌어지는 동안과 그 전에 교도소장에게 떨어진 명령과의 인과관계를 대번에 파악할 수 있었다.

테라스 하우스 단지에 도착했다.

에베트는 15번 우편함 앞에 차를 세우고 그대로 차에 앉아 정적 속에 잠긴 주변을 둘러보았다. 평생 이런 곳을 좋아해본 적 없는 그였다. 서로 다닥다닥 붙어살며 살아가는 방식까지 닮으려 애쓰는 그런 사람들. 그가 사는 스베아베겐의 커다란 아파트에서는 이웃들이 생활하는 소음이 들려오긴 하지만 그들이 무슨 옷을 입고 지내는지, 무슨 차를 소유하고 있는지 알 필요가 없었다.

그런 분위기만큼은 도저히 참을 수 없을 것 같았다.

나중에, 사건이 모두 해결되고 난 뒤에 스벤에게 꼭 물어보고 싶었다. 도대체 어떻게 여기저기서 구워대는 고기 냄새를 맡을 수 있는지, 어떻게 문 너머 들려오는 남의 집 축

구중계방송 소리를 듣고 살 수 있는지, 또 관심도 없는 사람한테 말을 걸고 살 수 있는지 말이다.

에베트는 차문을 열고 나와 온화한 봄밤 속으로 걸어 들어갔다. 몇백 미터 앞으로 높은 담 하나가 우뚝 솟아 있었다. 하늘과 수평으로 길게 늘어선 담벼락은 밤과 함께 어두워지기를 거부하고 있었다.

잘 손질된 잔디 위에 깔린 네모난 돌계단을 밟고 문 앞까지 올라간 그는 위 아래로 불이 켜진 창문을 들여다보았다. 아마 부엌과 침실일 것이다. 렌나트 오스카손의 사적인 공간은 삭막한 직장에서 걸어서 겨우 몇 분 거리밖에 떨어져 있지 않았다.

에베트는 급습으로 상대의 허를 찌르려 했다. 그래서 미리 전화로 알리지 않았던 것이다. 그는 잠에서 덜 깬 상태로 저항할 채비도 갖추지 못한 상대와 마주대하기를 원했다.

하지만 현실은 그렇지 못했다.

"당신이군."

완전히 얼빠진 사람 같았다고 묘사했던 헬만손의 말이 떠올랐다.

"원하는 게 뭡니까?"

오스카손은 제복을 입고 있었다.

"아직도 근무 중이신가?"

"뭐라고요?"

"제복 차림이군."

오스카숀은 한숨을 내쉬었다.

"뭐, 그런 거라면 저만 근무 중인 건 아닌 것 같군요. 한가하게 차를 마시거나 십자말풀이를 하자고 이 시간에 여기까지 찾아오셨을 리는 없을 테니 말입니다."

"들여보내줄 거요, 아니면 그냥 여기 선 채로 얘기할 거요?"

소나무 바닥, 소나무 계단, 소나무 벽. 집안은 교도소장 본인이 직접 꾸민 것 같았다. 부엌은 낡은 느낌이었다. 찬장과 조리대는 80년대 풍이었고, 요즘은 구하기도 힘든 파스텔 톤으로 꾸며져 있었다.

"여기 혼자 사는 거요?"

"요샌 그렇습니다."

에베트는 아주 잘 알고 있었다. 자고로 집이란 변화를 반기지 않는다는 것을. 함께 살았던 사람이 떠나더라도 예전의 색과 가구들을 끝끝내 고집한다는 것을.

"한잔하시겠습니까?"

"싫소."

"그럼 저 혼자 마셔야겠군요."

오스카숀은 냉장고를 열었다. 모든 게 가지런히 정리되어 있었다. 야채는 맨 아래 칸, 그가 손에 쥔 맥주병은 맨 위 칸에.

"어제 아주 절친한 친구 한 분을 잃으실 뻔했더군."

소장은 다시 자리에 앉아 아무런 대답 없이 맥주를 벌컥 벌컥 들이켰다.

"오늘 아침에 그 친구분 만나러 갔다 왔소. 단데뤼드 병원. 정신적 충격에 외상도 심한 편이지만 생명엔 지장이 없다더군요."

"압니다. 저도 통화는 했습니다. 두 번이나."

"그래, 기분이 어떻소?"

"기분이라니요?"

"당신이 욕먹을 짓을 했다는 사실을 안 기분이?"

죄책감이었다. 에베트는 왜 그런 기분이 드는지도 잘 알고 있었다.

"지금 시간이 새벽 2시 반입니다. 전 여전히 제복 차림으로 이 부엌에 앉아 있고요. 그런데 제 기분이 어떠냐고요?"

"내 말이 맞지 않소, 안 그래요? 당신이 욕먹을 짓을 했다는 거?"

오스카숀은 관두자는 듯 손을 한 번 휘둘렀다.

"그렌스 형사님, 형사님이 뭘 밝히시려는 건지 저도 압니다."

에베트는 밤잠을 이루지 못할 또 한 사람을 바라보고 있었다.

"당신은 36시간 전, 내 부하직원과 이야기를 했소. 그리고 호프만이 그런 일을 벌이게 된 건 당신이 외압을 받아 내린 최소, 네 번의 결정 때문이었다고 고백했소."

오스카숀의 얼굴은 붉으락푸르락 거리고 있었다.

"형사님이 뭘 알고 싶으신 건지, 저도 안단 말입니다!"

"누구였소?"

소장은 자리에서 벌떡 일어나며 병에 있던 맥주를 쏟아버리고는 빈 병을 벽에 냅다 집어던졌다. 그리고 제복 상의의 단추를 풀어 식탁 위에 벗어놓더니 주방서랍에서 큼지막한 가위를 하나 꺼내 들었다. 그는 소맷부리 한쪽을 붙잡고 옷이 쭉 펴지게 잡아당긴 뒤 손등으로 쓱 한 번 쓰다듬어 평평해졌는지 확인하고선 싹둑싹둑 옷을 자르기 시작했다. 너비 6센티미터 정도 되는 제법 큰 조각들이 잘려 나왔다.

"명령을 내린 게 누구였소?"

그는 처음으로 잘려나간 천 조각을 손에 들더니 너덜너덜한 끝 부분을 만져보았다. 그러고는 씨익 웃었다. 에베트는 확신했다. 그 웃음 속에는 수치심이 가득 들어차 있다는 것을.

"오스카손 소장, 누구였냐니까?"

그는 방금 전과 마찬가지로 옷을 쭉 잘라 네모난 천 조각을 여러 개 만들었다.

"스테판 리가스. 그 자식은 당신 책임 하에 있던 재소자였어. 그리고 지금은 죽었지."

"제 잘못 아닙니다."

"파베우 무라프스키. 피에트 호프만. 그 친구들 역시 당신이 데리고 있던 재소자였어. 그 둘 역시 죽었고."

"제 잘못 아닙니다."

"마틴 야콥손. 교도관……."

"그만, 이제 그만 합시다."

"마틴 야콥손. 교도관이었고……."

"제발요, 그렌스 형사님! 제발 그만 좀 합시다!"

제복 상의의 한쪽 팔을 다 잘라버렸다. 천 조각들은 식탁에 쌓여 있었다.

오스카손은 반대쪽 소맷자락을 잡아당겨 살짝 흔들었다. 중간에 잡힌 주름은 손바닥으로 말끔히 폈다.

"폴 라센입니다."

그러고는 아까보다 훨씬 빠른 속도로 다시 가위질을 시작했다.

"폴 라센 교도행정국장이 내린 명령이란 말입니다."

에베트도 기억하고 있었다. 음성파일이 대략 30분을 지나가던 순간, 바지 속에 있던 마이크가 부스럭거리며 소리를 냈고, 찻잔을 젓는 티스푼 소리와 잔을 들고 홀짝이는 소리가 들렸다.

—당신을 임명한 건 접니다. 그건 다시 말해서 교도행정과 관련된 일은 당신이 결정한다는 것이고…….

법무장관이 복도 밖에서 기다리고 있던 교도행정국장과 일대일 대면을 갖기 위해 방에서 나가자 잠시 조용해졌다.

—당신이 결정하는 건 당신과 내 동의 하에 결정한다는 말이니까요.

교도행정국장은 명령을 받았던 것이다. 그리고 그 명령을 이행했다.

에베트는 상반신을 드러내놓고 그토록 갈망해온 소장 제복을 가위로 자르고 있는 남자를 쳐다본 뒤 절대 바뀌지 않을 집, 자신의 집보다 훨씬 외롭고 을씨년스러운 집을 빠른 걸음으로 빠져나왔다.

"이 따위 것들, 어디에 쓰는 건지 아십니까?"

오스카숀은 현관 출입문에 나와 서서 자신의 차 안으로 들어가려던 에베트를 향해 소리쳤다. 그러고는 방금 잘라낸 제복 천 조각들을 거머쥔 손을 치켜 올리더니 몇 개를 바닥에 떨어뜨렸다. 그러자 천 조각들이 팔랑거리며 바닥으로 떨어졌다.

"차나 닦으세요, 그렌스 경정님. 왁스칠 같은 거 하실 때 이런 마포 조각이 필요하다는 건 아시지요? 그런데 이건 말입니다, 이건 정말 더럽게 비싼 마포 조각입니다!"

*

그는 테라스 하우스가 늘어선 고요한 동네에서 차를 돌려 나오면서 전화를 걸었다. 그러면서 교회와 그 위로 우뚝 솟은 종탑, 교도소와 장벽 뒤로 가려진 교도 작업장 쪽을 차례로 쳐다보았다.

불과 36시간 정도 지났을 뿐이다. 평생 따라다니며 괴롭힐 문제의 사건이 벌어진 후로.

"여보세요?"
예란숀은 깨어 있었다.
"잠 청하는 게 쉽지 않으신가 봅니다."
"무슨 말이야, 에베트?"
"나하고 좀 봅시다. 30분 뒤에요."
"그럴 마음 없는데."
"봅시다. 당신 사무실에서 비밀 정보원 관리책임자 자격으로 만나자구요."
"내일 보자고."
에베트는 룸미러로 표지판을 슬쩍 쳐다보았다. 어둠 속에서 정확히 읽기는 힘들었지만 자신이 방금 떠나온 마을의 이름을 모를 리는 없었다.
그곳으로 다시 돌아가야 할 일은 당분간 없기를 바랐다.
"파울라."
"뭐라 그랬나?"
"그 친구 얘기를 하자는 거요."
그는 긴 침묵이 이어지는 동안 가만히 기다렸다.
"파울라, 그게 누군데?"
에베트는 아무런 대꾸도 하지 않았다. 주변을 둘러싸고 있던 숲이 서서히 고층빌딩으로 변하기 시작했다. 스톡홀름 시내가 가까워지고 있었다.
"그렌스, 말 좀 해보라고. 파울라가 누구야?"
에베트는 잠시 더 휴대전화를 들고 있다가 끊어버렸다.

복도는 텅 비어 있었다. 커피자판기는 어둠 속에 숨어서 웅웅 소리를 내고 있었다. 그는 예란숀 총경 사무실 앞에 있는 의자에 자리를 잡고 앉았다.

사무실 주인이자 그의 상관이 잠시 뒤면 그 자리로 찾아올 터였다. 에베트는 확신하고 있었다.

자판기에서 커피 한 잔을 뽑아 마셨다.

빌손은 호프만의 뒤를 봐주고 있었다. 그는 정보원에게 상세한 업무를 일지형식으로 보고 받았을 것이다. 그리고 그 일지는 비밀 정보원 관리책임자의 금고에 보관된다.

그게 바로 예란숀이었다.

"그렌스."

총경은 허겁지겁 달려와 자신의 사무실 문을 열었다. 에베트는 시계를 들여다보고 씨익 웃었다. 전화를 끊은 지 정확히 30분 뒤였기 때문이다.

그는 자신의 방에 비해 훨씬 널찍한 상관의 사무실로 들어가 팔걸이가 달린 가죽 의자에 앉아 몸을 앞뒤로 흔들어 보았다.

예란숀은 잔뜩 긴장한 분위기였다.

전혀 그렇지 않은 듯 시치미를 떼고 있었지만 에베트는 숨소리, 목소리, 살짝 과장된 동작 등을 통해 그의 상태를 짐작할 수 있었다.

"일지 말입니다, 총경. 그거 좀 봅시다."

"도대체 무슨 말을 하는 거야?"

에베트는 화가 난 상태였다. 하지만 겉으로 드러내진 않았다. 고함을 지르지도 않았고, 위협을 가하지도 않았다.

아직은 때가 아니었다.

"그 일지 좀 달라고요. 관련 파일 전부 다요."

책상 모서리에 걸터앉아 있던 예란손은 사건 파일로 가득 찬 책장들을 가리키며 물었다.

"무슨 빌어먹을 파일을 달라는 건데?"

"내가 사살한 그 친구 관련 파일이오."

"자네가 도대체 무슨 말을 하는 건지 모르겠군."

"정보원 파일 말입니다."

"그건 뭣 때문에 필요한 건데?"

너 같은 놈 잡아 처넣을 때 필요한 거다, 이 자식아. 시간은 얼마든지 있다고.

"아시지 않습니까."

"내가 아는 건 단지 그 일지는 딱 하나라는 것과 그게 내 금고 안에 들어 있다는 것, 그리고 금고 번호는 나한테 있고, 그 금고를 열기 위해선 그만한 이유가 있어야 된다는 사실뿐이야."

예란손은 책상 뒤 벽에 붙어 있는 녹색 금고를 발로 툭 차며 말했다.

"허가받지 않은 사람은 아무도 열 수 없다고."

에베트는 심호흡하듯 천천히 숨을 쉬었다. 그는 꽉 쥐고 있던 주먹을 상대의 면상을 향해 날릴 참이었다. 하지만 중

간쯤에서 멈췄다. 그는 손가락에 힘을 풀며 꾹 참았다. 아마 상대에게는 그게 다소 과장된 표현으로 보였을 수도 있었으리라.

"파일 말입니다, 예란숀 총경. 그리고 펜도 하나 빌립시다."

예란숀은 자신의 눈앞에 보이는 뼈마디 굵은 손가락을 쳐다보고 있었다.

소리를 지르고 위협을 하는 에베트 그렌스 정도는 얼마든지 상대할 수 있다고.

"좀 주시겠습니까?"

"뭘?"

"펜이오."

하지만 더 크게 속삭이는 목소리가 있었다.

"그리고 종이도 한 장요."

"뭐라고 했지?"

"종이 한 장이오."

뼈마디 굵은 손가락이 그를 향하고 있었다.

예란숀은 그 손가락에 노트 하나와 빨간 사인펜을 건넸다.

"30분 전에 나한테 들은 이름이 있을 겁니다. 그 이름이 정보원 파일에 있다는 거 나도 압니다. 그것 좀 봅시다."

이 친구, 알고 있어.

에베트는 가죽 의자의 팔걸이에 노트를 올려놓고 무언가를 적었다. 손으로 휘갈겨 쓴 글씨는 좀처럼 알아보기 힘들다. 하지만 이번만큼은 달랐다. 빨간 사인펜으로 반듯하게 적은 다섯 개의 알파벳.

그렌스가 알고 있다고.

예란손은 금고로 다가갔다. 아마 그의 손은 부들부들 떨리고 있었을 것이다. 그래서 여섯 자리 비밀번호를 누르고 묵직한 문을 열어 그 안에서 파일을 꺼내는 일이 그렇게 오래 걸렸을 것이다.

'여기에 호프만과 그를 담당했던 경찰의 모든 접선기록이 들어 있는 겁니까?'

'그렇습니다.'

'이게 원본입니까?'

'비밀 정보원 관리책임자로서 제가 보관하고 있는 유일한 기록입니다.'

'파기해버리세요.'

그는 검정색 파일을 책상에 내려놓고 스웨덴 경찰의 정보원으로 활동하고 있는 범죄자들의 암호명을 훑어보았다. 그러고는 상대에게 건네려다 멈췄다.

이게 잘못된 거라는 건 나도 알아. 또 그렇다고 말도 했고.

"그렌스?"

"왜요?"

난 그 여자 사무실을 박차고 나왔다고.

"여기 있어. 자네가 찾던 그 이름."

에베트는 이미 자리에서 일어나 상관의 어깨너머로 빽빽하게 적힌 일지를 들여다보고 있었다.

맨 앞에는 암호명. 그 뒤에는 날짜. 그리고 각기 다른 주소로 이어지는 접선지에서 주고받은 정보를 간략히 요약해 둔 내용.

"제가 뭘 원하는지 아실 겁니다."

난 그 자릴 박차고 나왔다고.

"자네한테 넘길 순 없어."

"봉투도 주셔야지요, 총경님. 어서 주세요."

각각의 일지에는 정보원의 본명을 비롯한 신상정보가 든 봉투가 따라다닌다. 뒤를 봐주는 경찰이 작전 첫날, 빨간 밀랍으로 봉인하는 봉투.

"열어보세요."

난 이번 일, 떳떳하게 고개 들고 다닐 수 있다고.

"난 못 해."

"어서요."

에베트는 겨우 하루 전, 정부청사의 어느 사무실에서 녹음된 음성파일을 통해 처음 들었던 그 이름이 적힌 봉투를 손에 받아 들었다.

다섯 글자.

그가 방금 전 노트에 적은 바로 그 이름.

P—a—u—l—a

그는 총경의 책상에 있던 페이퍼 나이프로 봉인을 제거하고 갈색 봉투를 열었다. 그는 이미 알고 있었다.

그런데도 심장이 미친 듯이 요동치고 있었다.

에베트는 봉투에서 종이 한 장을 꺼내 그 안에 적혀 있을 것이라고 예상했던 이름을 발견했다. 자신이 직접 사살명령을 내려 죽음에 이르게 한 그 남자가 정말로 시경을 위해 일을 하고 있었다는 사실을 확인하는 순간이었다.

피에트 호프만.

피에트.

파울라.

스웨덴 암호명 체계는 남성 정보원 본명 첫 글자를 딴 여성의 이름을 사용하는 식이었다. 그래서 정보원 파일에는 마리아, 레나, 빌기타 같은 여성 이름들로 꽉 차 있었다.

"이제 비밀 보고서 넘기시지 그래요. 베스트만나가탄 79번가 사건의 전모를 담고 있는 보고서요."

또다시 목소리가 들렸다. 예란손은 단 한 번도 호감을 가져본 적 없는 부하직원을 쳐다보고 있었다.

이 친구, 다 알고 있어.

"그건 자네 권한 밖이야."

"비밀 보고서는 어디에 두셨습니까? 베스트만나가탄 79번가에서 도대체 무슨 일이 있었던 겁니까? 무슨 일이 있었기에 담당 수사관들은 몰라야 하는 겁니까?"

"그건 여기 없어."

"어디 있습니까?"

"딱 하나 밖에 없어."

"젠장, 그러니까 그게 어디 있냐고요!"

이 친구, 다 알고 있었어.

"시경 경찰총감한테 있어. 우리에게는 하늘같은 그 양반이 갖고 있다고."

*

그는 심하게 다리를 절었다. 통증 때문은 아니었다. 자신이 다리를 전다는 사실에 신경 끊고 산 지 이미 오래였다. 단지, 걷는 방식 때문이었다. 왼발로 살짝 바닥을 딛고 오른발로 쿵 하고 바닥을 내리찍는 방식. 하지만 그의 엔진에 분노로 인한 이상과열현상이 발생하면 그는 오른발에 엄청난 힘을 실어 바닥을 내리찍는 식으로 걸었다. 그의 발이 내는 소리는 순식간에 벽을 타고 강력계 복도 전체로 울려 퍼졌다.

그 소리는 경찰총감의 사무실 앞에서 멈췄다.

에베트는 문 앞에 선 채로 귀를 기울였다.

그리고 문손잡이를 내려다보았다.

잠겨 있었다.

에베트는 경찰총감 사무실로 가는 동안 세 군데를 들렀다. 맨 처음, 데이터베이스 관리팀에 들러 빈 콜라 캔을 쌓아두는 젊은 직원에게 단 2분 만에 모든 컴퓨터의 모든 암호를 무력화할 수 있는, 놀랍도록 사용이 간편한 프로그램이 든 시디 한 장을 받았다. 그다음에는 자판기 맞은편에 있는 간이부엌에서 수건 한 장을 들고 왔다. 마지막으로 창고 반대편의 비품실에서 망치와 드라이버를 챙겼다.

그는 망치에 수건을 꽁꽁 두른 뒤 드라이버를 문 상단에 붙어 있는 경첩과 핀 사이의 홈에 끼워넣은 뒤 어둠에 잠긴 주변을 다시 한 번 둘러보고는 망치로 힘껏 내리쳤다. 그러고는 다시 문 하단에 붙어 있는 핀에 똑같은 식으로 망치질을 했다. 경첩과 핀을 헐겁게 만드는 일은 어렵지 않았다. 그는 조심스레 문틈에 드라이버를 끼워 넣고 앞뒤로 흔들어 문을 떼어냈다.

그는 떨어져 나온 문을 들어 한쪽에 세워두었다.

생각보다는 가벼웠다.

간혹 그런 일을 할 때가 있었다. 오지도 않을 열쇠수리공을 기다리느니 심장마비로 쓰러지는 사람들, 안에 갇혀 두려움에 떠는 아이들을 직접 구하기 위해서.

하지만 상관의 사무실을 그런 식으로 따고 들어간 적은 단 한 번도 없었다.

책상 위에는 자신의 것과 똑같은 모델의 노트북이 있었다. 그는 노트북에 시디를 넣고, 시디 프로그램이 암호를 수집해 잠금 상태를 해제할 때까지 기다렸다가 자신에게 필요한 문서를 뒤지기 시작했다.

그는 단 몇 분 만에 목적을 달성했다.

에베트는 서류가방에 노트북을 집어넣었다. 그리고 분리된 경첩과 잠금장치를 원래대로 돌려놓고 문에 흠집이나 쪼개진 부분이 있는지 확인한 다음 유유히 발걸음을 돌렸다.

전화기 뒤에 놓인 알람시계가 울리지 않았다. 시곗바늘은 4시 15분 전을 가리키고 있었다. 에베트는 하얀 시계를 쳐다보면서 그날만 두 번째로 자동시간알림 번호로 전화를 걸었다.

3시 45분 30초. 정확했다. 시계는 제대로 가고 있었다.

그도 모르는 사이에 밤이 물러가고 있었다.

그는 땀에 젖어 있었다. 그는 망치에 둘렀던 수건을 풀러 이마와 목을 닦았다. 시경 건물을 이리저리 돌아다니고 강제로 문을 따고 들어갔던 일은 평소에 비해 엄청난 운동량을 요구했던 것이다.

에베트는 얼마 전까지 다른 사람의 책상 위에 있던 노트북 앞에 앉아 가장 먼저 읽을 문서를 찾기 시작했다.

베스트만나가탄 79번가.

비밀 보고서. 사건의 전모가 담긴 문서.

그는 책상 위에 놓인 얇은 서류철을 끌어당겨 대충 훑어보았다. 똑같은 사건을 다룬 보고서이지만, 진실과는 거리가 멀었다. 그와 스벤, 그리고 마리안나와 오게스탐 검사가 손에 넣은 불충분한 정보. 그래서 미제사건으로 처리될 뻔했던 수사보고서였다.

에베트는 컴퓨터에 들어 있는 문서들을 꼼꼼히 살펴보았다. 정확히 1년 전 날짜로 돌아가보았다. 3백여 개에 달하는 비밀 보고서는 정보원과 관련된 일들이 하나의 사건을 덮어버리고 또 다른 사건으로 연결되는 장면을 여실히 드러내고 있었다. 그중 몇몇은 그도 아는 사건이었다. 어떤 사건은 이미 경찰 내부에서 모든 사실관계를 확보한 상태였지만 미제로 처리되기도 했었다.

에베트는 전날에 이어 오늘도 잠을 잘 수 없었다. 분노가 가라앉을 줄 모르고 계속해서 그를 자극하고 있었다.

정말 병신노릇 제대로 해준 거군.

합법적인 살인을 하는 데 내가 일조를 했던 거야.

평생 죄책감을 떠안고 살아야겠지. 그래, 마땅히 그래야 할 거야. 하지만 어떤 개자식도 나한테 그런 죄책감을 강요할 순 없는 법이라고.

호프만이란 친구? 그게 누군지 난 몰라. 관심도 없고.

하지만 이런 빌어먹을 죄책감, 전혀 원하지도 않고 떠안고 싶은 마음도 없는 그 빌어먹을 죄책감, 그게 뭔지는 잘 알고 있다고.

그는 전화기를 끌어당겨 한밤중에 자주 걸었던 번호를 눌렀다. 상대방의 목소리는 언제나 잠이 덜 깬 듯 기운이 없었다.

"여보세요?"

"아니타?"

"누구……."

"에베트요."

구스타브스베리 근처 테라스 하우스 2층의 어두운 침실에서 짜증 섞인 한숨이 새어나왔다.

"스벤은 집에 없어요. 지금 미국 가는 비행기 안에서 자고 있을 텐데……. 몇 시간 전에 형사님이 그리로 보내신 거 아니에요?"

"나도 알아요."

"그럼 오늘 밤에는 더 이상 전화하지 마세요."

"나도 알아요."

"그럼 끊을게요, 형사님."

"난 언제나 스벤에게 전화를 걸었어요. 그러니 아니타가 대신 좀 받아줘야겠는데……. 지금 몹시 화가 나서 말이오."

그녀의 짜증 섞인 한숨은 그의 귀에도 들렸다.

"형사님?"

"왜요?"

"다른 사람한테 전화를 거세요. 형사님 타령 들어주라고 돈 받는 사람들 말이에요. 전 자야겠거든요."

아니타는 전화를 끊었다. 에베트는 책상 위에 놓인 노트북을 뚫어지게 쳐다보았다. 노트북 역시 그를 응시하고 있었다. 꽁꽁 묶어둔 그의 분노를 들여다보듯.

스벤은 비행기를 타고 대서양 어딘가를 건너고 있을 것이다.

마리안나 헬만손……. 그녀에게는 별로 전화를 걸고 싶지 않았다. 노형사가 젊은 여형사에게 전화를 건다는 것, 그것도 새벽시간에 그런다는 건 별로 적절해 보이지 않았기 때문이다.

에베트는 코팅해놓은 목록 하나를 집어 들고 손가락으로 긴 목록을 쭉 훑어 내려갔다. 그러고는 원하는 걸 찾은 뒤 힘차게 번호를 눌렀다. 무슨 일이 있어도 절대 말을 섞고 싶지 않은 한 사람에게.

여덟 번의 신호음.

그는 수화기를 내려놓고 정확히 1분 동안 기다렸다가 다시 걸었다.

이번엔 즉시 전화를 받았다. 전화거치대 옆에 바짝 붙어 있던 누군가가.

"그렌스 형사님이세요?"

"깨어 있으셨나보군."

"이제 완전히 깼네요. 도대체 뭐 하시자는 겁니까?"

에베트는 그를 끔찍이도 싫어했다. 앞뒤가 꽉꽉 막히고 서열만 따지는 인간. 그가 경멸하는 성격의 소유자. 하지만 지금은 그에게 가장 필요한 인간이었다.

"오게스탐 검사님."

"네."

"도움이 필요합니다."

라슈 오게스탐은 하품을 하고 기지개를 켠 뒤 바닥에 주저앉으며 대답했다.

"그냥 주무세요."

"당신 도움이 필요하다니까. 지금 당장."

"대답은 간단합니다. 매번 이 시간에 전화 거셔서 저와 저희 가족 깨우실 때와 마찬가지예요. 그냥 근무 중인 경관한테 하세요."

오게스탐은 전화를 끊어버렸다. 이번에는 에베트도 곧바로 다시 전화를 걸었다.

"그렌스 형사님! 정말 이런 식으로 나오실……."

"수백 건이란 말이오. 작년 한 해만. 목격자, 증거, 면담조사 자료까지 감쪽같이 사라져버린 사건이 말이오."

오게스탐은 목청을 가다듬고 되물었다.

"무슨 말씀 하시는 겁니까?"

"일단 좀 만납시다."

누군가의 목소리가 들렸다. 오게스탐의 아내 같았다. 에베트는 그녀의 모습을 떠올리려 애썼다. 분명 만난 적이 있었지만 인상이 흐릿했다.

"형사님, 지금 취하셨어요?"

"수백 건이라니까. 당신이 담당했던 사건도 여러 개라고!"

"알았습니다. 만나야지요. 그런데 내일 뵙죠."

"지금 당장 보자고, 이 친구야! 시간이 별로 없다고. 월요일 아침이면…… 그땐 너무 늦어. 이건 당신 신변과도 연관된 중요한 문제라고……. 지금 이런 말 하는 거 얼마나 웃기는 상황인지 알기나 알아? 그것도 검사 양반한테 이런 전화를 한다는 게?"

또다시 뒤에서 여성의 목소리가 들렸다. 이번에는 오게스탐도 속삭이듯 말했다.

"그럼 어디 말씀해보세요."

"전화상으로는 말할 수 없소."

"말해보시라니까요."

"만나야 한다니까. 그럼 당신도 그 이유를 알게 될 거요."

검사는 한숨을 내쉬었다.

"그럼 오세요."

"당신 사무실로?"

"아니, 저희 집으로요."

*

그는 오케스호브 지하철역을 지나 40년대에 지어진 주택단지로 차를 몰았다. 고학력 중산층이 모여 사는 곳이었다. 먼동이 트는 모습으로 보아 제법 화창한 날이 펼쳐질 것 같았다. 그는 잠들어 있는 길가 끄트머리까지 차를 몰고 들어가 큼지막한 사과나무가 세워진 정원 앞에 차를 세웠다. 대략 5년 전에도 한 번 온 적이 있었다. 당시 햇병아리 검사였던 오게스탐은 딸아이 살해범을 죽인 어느 아버지를 기소한 일로 재판과정에서 엄청난 협박에 시달렸다. 그 사건을 담당했던 에베트는 노란 페인트로 칠해진 검사의 집 부엌 창문에서부터 거실 창문까지 시뻘건 래커로 '조만간 뒈질 줄 알아. 더러운 돼지 새끼'라는 협박문구가 도배가 된 뒤에야 사태의 심각성을 깨달았다.

테이블 위에는 큼지막한 잔 두 개가 놓여 있었다.

그리고 그 가운데에는 갓 우려낸 찻주전자가 자리를 잡고 있었다.

"홍차 괜찮으시죠?"

"홍차 좋지."

에베트가 순식간에 잔을 비우자 오게스탐은 다시 채워주었다.

"사무실 복도 자판기 맛하고 비슷비슷하군."

"지금 새벽 4시 15분이거든요. 뭘 더 바라세요?"

서류가방은 이미 테이블 위에 올라와 있었다. 에베트는 가방을 열고 파일 세 개를 꺼냈다.

"이거 알아보시겠소?"

오게스탐은 고개를 끄덕였다.

"물론이죠."

"몇 해 전에 검사 양반이 기소하고 내가 수사했던 세 건의 사건이오."

에베트는 하나씩 손가락으로 가리키며 말했다.

"레예링스가탄 주차장, 마약사범체포, 재판, 무죄방면. 릴리예홀름 교각 아래 통로, 총기사용, 재판, 무죄방면. 망누스 라둘로스가탄, 납치미수, 재판, 무죄방면."

"목소리 좀 낮추실 수 없어요? 집사람하고 애들은 지금 자고 있다고요."

오게스탐은 위층을 가리키며 말했다.

"애도 있었소? 지난번엔 없었는데."

"이젠 있습니다."

에베트는 목소리를 낮췄다.

"이 사건들 기억하시겠소?"

"기억합니다."

"왜 이렇게 된 거요?"

"아시잖아요. 혐의를 입증 못 했으니까요. 증거부족으로."

에베트는 파일을 한쪽으로 밀어놓고 그 자리에 대신 노트북을 올렸다. 몇 시간 전까지 굳게 잠긴 경찰총감 방에 있던 노트북을. 그러고는 몇 시간 전과 마찬가지로 문서찾기를 통해 관련 자료를 찾아낸 뒤 노트북 화면을 검사 쪽으로 돌렸다.

"이거 한번 읽어보시지요."

오게스탐은 찻잔을 들고 입가로 가져가다 그대로 동작을 멈추었다. 손가락이 얼어붙은 듯 더 이상 움직일 수가 없었다.

"이게 뭡니까?"

그는 에베트를 쳐다보았다.

"그렌스 형사님, 이게 뭐냐고요?"

"이게 뭐냐고요? 똑같은 주소지. 똑같은 시간대. 하지만 또 다른 진실입니다."

"무슨 말씀인지 모르겠습니다."

"이거요? 이건 마약사범체포, 주차장, 레예링스가탄. 그런데 실제로 어떤 일이 벌어졌는지를 담고 있습니다. 수사에 참여하지 않았던 경찰이 작성한 비밀 보고서."

에베트는 다시 컴퓨터 화면을 들여다보며 말했다.

"두 개 더 있습니다. 읽어봐요."

검사는 벌써부터 목이 시뻘겋게 달아오르고 있었다. 그는 손을 들어 머리를 쓸어 넘겼다.

"이거는요?"

"이거? 총기사용, 릴리에홀름 교각 아래 통로. 그리고 납치미수, 망누스 라둘로스가탄. 역시 실제로 어떤 일이 벌어졌는지를 담고 있는 자료요. 이것 역시 수사에 참여하지 않았던 경찰이 작성한 비밀 보고서지."

검사는 자리에서 일어났다.

"그렌스 형사님, 전……."

"이건 작년에 있었던 302건의 보고서 가운데 단 세 개에 지나지 않소. 여기 다 있소. 아무도 말해주지 않았던 진실이. 다른 사건을 해결하기 위해 카펫 아래에 깔아버리고 숨겨버린 범죄사건들. 이건 당신하고 내가 벌였던 공식 수사 보고서이고, 이건 극소수의 경찰 관계자들만 알고 있는 비밀 보고서란 말이오."

에베트는 잠옷 차림으로 서 있는 남자를 바라보며 말했다.

"이봐요, 라슈. 당신과 관련된 사건도 스물세 건이나 된단 말입니다. 기소했지만 패소한 사건. 당신은 그 사건들을 그렇게 끝낼 수밖에 없었소. 왜냐고? 실제 보고서에 포함되어 있는 정보를 알아낼 수 없었기 때문이지. 비밀 보고서, 사실대로 하면 경찰 끄나풀을 구속해야 하는 그런 보고서 말이오."

오게스탐은 갑자기 온몸이 굳어버리는 것 같았다.

그가 처음으로 이름을 부른 것이다.

그 기분이…… 묘하면서도 그다지 반갑지는 않았다. 에베트 그렌스의 입에서 자신의 이름이 튀어나오자 왠지 모르게 거북했다.

다시는 그 입에서 자신의 이름을 듣고 싶지 않았다.

"끄나풀이요?"

"끄나풀. 다른 말로 정보원. 위장잠입을 위한 인간도구. 범죄자인데 경찰을 돕고 있어서 경찰에서 죄를 눈감아주거나 뒤를 봐주는 그런 인간들입니다."

오게스탐은 입가로 가져가던 컵을 그대로 들고 있다 그제야 내려놓았다.

"이거 누구 노트북입니까?"

"알고 싶지 않으실 거요."

"누구 겁니까?"

"경찰총감."

오게스탐은 허둥지둥 부엌을 나가 위층으로 올라갔다.

하나 더 있지.

베스트만나가탄 79번가 사건.

당신도 전모를 알게 될 거야. 우리가 이번 일을 마치고 나면 24시간 내에.

계단 아래로 황급히 내려오는 발소리가 났다. 검사는 프린터 한 대를 손에 들고 와 노트북에 연결했다. 두 사람은 그렇게 마주앉아 302건의 비밀 보고서가 차곡차곡 인쇄되어 쌓이는 소리를 들었다.

"다시 갖다놓으실 거죠?"

"그렇소."

"도움이 필요하세요?"

"필요 없소."

"정말요?"

"문은 열려 있으니까."

부엌까지 밀고 들어온 햇살은 전등 빛을 무색하게 만들었다.

에베트는 오게스탐이 전등을 끈 사실도 모르고 있었다.

새벽 5시 반. 날이 훤히 밝은 뒤였다.

"라슈."

하얀 잠옷과 흰 슬리퍼 차림에 헝클어진 머리를 한 초췌해 보이는 젊은 여성이 남편을 불렀다.

"미안해, 우리 때문에 깬 거야?"

"잠 안 자고 뭐 하는 거야?"

"여긴 에베트 그렌스 형사님이신데……."

"누구신지는 나도 알아."

"이따가 올라갈게. 아직 할 일이 남아 있거든."

검사의 아내는 한숨을 내쉬었다. 체중은 별로 나가지 않아 보였지만, 계단을 올라 침실로 돌아가는 그녀의 발걸음은 에베트의 걸음걸이보다 훨씬 무거워 보였다.

"미안합니다, 검사 양반."

"금방 다시 잠들 겁니다."

"여전히 내가 반갑진 않으신 모양이군."

"집사람은 형사님 판단이 잘못됐다고 생각하고 있어요. 저도 그렇고요."

"거 참 미안하게 됐소. 근데 벌써 5년 전 일 아니오!"

"형사님?"

"왜요?"

"또 언성을 높이고 계시네요. 애들은 정말 깨우기 싫습니다."

라슈 오게스탐은 빈 잔들을 싱크대에 내려놓았다. 시큼하고 끈적끈적한 찌꺼기가 컵 바닥에 눌러 붙어 있었다.

"차는 그만 마셔야겠습니다."

그는 갓 인쇄되어 나온 302건의 비밀 보고서를 집어 들며 말했다.

"지금 시간 따위가 뭐가 중요합니까. 이건 뭐 피곤하다는 생각도 싹 사라져버리네요, 형사님. 정말이지…… 화가 나서 진정을 좀 할 필요가 있겠어요."

그는 찬장을 열어보았다. 맨 위 선반에 시그램 위스키 한 병과 잔들이 진열되어 있었다.

"한 잔 어떠세요, 형사님?"

오게스탐은 잔 두 개에 위스키를 반 정도 따랐다.

"지금 새벽 5시 반이오."

"가끔은 이럴 때도 있는 법이죠."

영 다른 사람 같았다.

에베트는 위스키 반 잔을 한 번에 비우는 오게스탐을 보며 살짝 미소를 지었다.

라슈 오게스탐 검사를 술 한 잔 제대로 못 마시는 사람으로 여겨왔기 때문이다.

에베트도 따라서 한 모금을 마셨다. 생각했던 것보다는 맛이 연했다. 부엌에서 잠옷 차림으로 마시기 딱 좋은 술 같았다.

"이건 아무도 말해주지 않았던 진실이오, 오게스탐."

그는 한 손을 서류더미 위에 올리며 말했다.

"내가 여기 앉아 있는 이유는 검사 양반 일가족 깨우는 게 신나서도 아니고, 차나 위스키가 맛있어서도 아니요. 난 단지 우리가 이 사건들을 함께 해결할 수 있다고 확신하기 때문이오."

오게스탐은 방금 전까지 존재 자체도 몰랐던 비밀 보고서 뭉치를 손으로 훑어보았다.

목은 여전히 벌겠다.

그는 반복해서 손으로 머리를 쓸어내렸다 올렸다.

"302건이란 말이지요."

그는 때때로 동작을 멈추고 무언가를 읽다가 다시 휘리릭 넘겨본 뒤 되는대로 문서를 집어 들고 다시 읽어보았다.

"각기 다른 보고서란 말이지요? 하나는 공식적인 사건보고서. 다른 하나는 극소수의 경찰 관계자만 읽어보는 비밀 보고서."

그는 자신의 앞에 쌓인 서류더미를 향해 손짓을 하면서 위스키 한 잔을 더 따랐다.

"상상이 되세요, 그렌스 형사님? 이 사건, 전부 기소가 가능하다는 거요. 이 사건들과 조금이라도 연관 있는 경찰들 하나하나 전부 기소가 가능하단 말입니다. 공문서 위조, 신분증 위조, 범죄 유발, 이런 걸로 다 고소해버리면 아스프소스에 경찰들만 따로 집어넣을 감호구역을 만들고도 남는다고요."

그는 잔을 비우며 웃었다.

"이런 재판이 도대체 무슨 소용이었겠습니까? 안 그래요,

그렌스 형사님? 고위경찰 관계자들은 다 아는 사실이 쏙 빠진 고소장이니, 면담조사니, 판결이니 이런 건 왜 필요했던 겁니까?"

그러고는 서류더미를 확 밀쳐 종이가 테이블 아래로 떨어지자 종이 몇 장을 발로 밟아버렸다.

"당신 때문에 방금 애들까지 깼어."

두 사람은 오게스탐 검사의 아내가 오는 소리를 듣지 못했다. 그녀는 슬리퍼도 없이 잠옷 차림으로 부엌 문 앞에 서 있었다.

"라슈, 제발 진정 좀 해."

"못 해."

"애들이 무서워하잖아."

오게스탐은 아내의 양 볼에 입을 맞추고는 아이들 방으로 걸음을 옮겼다.

"그렌스 형사님."

그는 계단 첫 칸에 발을 올리고 뒤를 돌아보았다.

"오늘 하루 종일 이거 붙들고 있을 겁니다."

"월요일 아침. 그렇지 않으면 감시카메라 녹화기록 테이프 두 개가 사라지고 없을 거요."

"늦어도 오늘 저녁까지 갖다드리겠습니다."

"월요일 아침. 그러면 그 인간들도 내가 얼마나 바짝 쫓아왔는지 알아내게 될 거요."

"오늘 밤, 그게 제가 할 수 있는 최선입니다. 그럼 되겠습니까?"

"그거면 됐소."

검사는 잠시 가만히 있다가 다시 웃으며 말했다.

"상상해보세요, 그렌스 형사님! 경찰 전용 감호구역이라니……. 그것도 아스프소스 교도소에 말입니다!"

커피 맛이 다르게 느껴졌다.

그는 첫 번째 커피를 몇 모금 마시다 그냥 버려버렸다. 복도로 나가 자판기에서 뽑아온 두 번째 커피 역시 똑같은 맛이었다. 그리고 세 번째 커피를 손에 쥐고 한 모금 마신 뒤에야 그 이유를 깨달았다.

입천장에 얇은 막 같은 게 생겼기 때문이다.

그는 오게스탐 검사 집 부엌에서 마신 위스키 두 잔으로 하루를 시작했다. 평소라면 있을 수 없는 일이었다. 위스키 같은 건 마시지도 않을뿐더러 벌써 몇 년 전에 술을 끊은 터였다.

책상 앞에 앉은 에베트는 이상하리만치 허탈감에 빠져들었다.

일찍 출근하는 직원들이 열어놓은 문 앞을 오가고 있었지만 그를 성가시게 하는 사람도, 잠시 문 앞에 멈춰 서서 아침인사를 건네는 사람도 없었다.

그는 분노를 점점 누그러뜨리고 있었다.

오게스탐의 집에서 돌아오면서 만난 사람들이라고는 신문 돌리는 청년과 새벽부터 자전거를 타러 나온 몇 명이 전부였다. 도심이 가장 깊은 잠에 빠져 있는 시각이었다.

죄책감이 차지한 자리는 생각 외로 컸다. 다른 이들이 그에게 뒤집어씌우려 했던 그 죄책감. 그는 자신의 죄책감에 분노했고 그 기분을 잠재우려 애썼다. 하지만 그럴 때마다 옆자리에 달라붙었고, 애써 뒷자리로 밀어내야 했다. 그런 식으로 끈질기게 따라다니던 죄책감을 조금이라도 덜고자 그는 미친 듯이 속력을 냈다. 그는 예란손 총경을 찾아가 그 죄책감을 되돌려주리라 다짐했다. 그러고 나면 어떻게든 진정이 되리라 생각했다. 어쨌든, 그에게 죄책감을 뒤집어씌운 장본인들을 조만간 만나게 되리라. 하지만 아직은 아니다. 에베트는 경시청 출구로 이어지는 베리스가탄 대로에 차를 세운 뒤 곧장 사무실로 가지 않고 엘리베이터를 타고 크로노베리 구치소 옥상으로 올라갔다. 그곳에는 좁고 긴 철창 울타리가 여러 개 있었다. 구치소 수감자들이 하루에 한 시간, 신선한 공기를 쐬며 20여 미터의 거리를 오가는 일종의 휴게실이었다. 각각의 울타리 안에서 수감자들이 죄수복 차림으로 도시를 내려다보며 자유를 그리워하고 있었다. 그는 근무 중이던 교도관에게 수감자들을 돌려보내고 아래로 내려가 모닝커피나 마시라고 명령했다. 그러고는 옥상에 혼자 남았다는 사실을 확인한 뒤 작은 울타리 안으로 들어갔다. 그는 철창을 통해 하늘을 올려다본 뒤 스톡홀름의 여명 속에 잠들어 있는 건물들을 향해 포효했다. 전혀 다른 현실을 담고 있는 훔친 노트북을 손에 들고 그렇게 15분간 미친 듯이 소리를 질렀다. 그러면서 꽁꽁 봉인해두었던 분노를 터뜨리고 풀어냈다. 그러자 그 더러운 기분이 고층빌딩을 타고 올라가 바사스탄 일대의 하늘 어딘가로 사라지는 것 같았다. 대신, 심하게 목이 쉬고 온몸이 녹초가 되어버렸지만.

커피 맛은 여전히 이상했다. 그는 커피를 옆으로 밀고 소파에 앉았다가 잠시 뒤 드러눕고는 교도작업장 창문으로 본 얼굴을 떠올리려고 눈을 감았다.

이해할 수가 없어.

매일 매일이 사형선고와 다름없는 삶을 선택한 사람.

긴장감을 맛보려고? 얼토당토않은 로맨틱 스파이물에 재미 들려서? 아니면 개인적인 이유로? 세금기록을 피하고 신분 보장을 위해 한 달에 한 번 받는 터무니없는 보상금, 1만 크로나 때문에?

그럴 리가.

에베트는 소파 팔걸이를 쿡쿡 눌렀다. 베고 눕기엔 좀 높았기 때문이다. 게다가 목이 쓸려 아프기도 해서 편히 쉴 수 없었다.

도대체 이해가 안 간다고.

당신은 온갖 범죄를 다 저지른 인간이야. 엄격한 법적 처벌을 받은 적도 없고. 하지만 그건 당신이 쓸모 있는 동안만이야. 다른 끄나풀로 대체 가능하다는 판단이 서기 전까지만.

그래도 당신은 법의 보호를 받지 못하는 사람이었어.

당신도 그 사실을 잘 알고 있었지. 그 판이 어떻게 돌아가는지도 잘 알고.

게다가 당신은 나도 갖지 못한 걸 가지고 있는 사람이야. 아내도 있지, 아이들도 있지, 집도 있지. 그래서 당신은 잃을 게 너무 많은 사람이라고.

그런 상황에서도 그런 삶을 선택했어.

그게 말이나 되는 거야?

*

그는 잠이 들었다.

교도작업장 창문 앞에 서 있던 남자 얼굴에는 졸음이 쓸고 내려갔다. 분노의 폭풍이 휩쓸고 간 뒤 찾아오는 노곤함은 그를 내리 7시간 동안 잠재워버렸다. 중간에 한 번 정도 깬 것 같기는 했지만 확실치는 않았다. 전화가 울려서 받았는데 스벤이 뉴욕 외곽의 공항에서 잭슨빌로 가는 비행기를 갈아타기 위해 기다리는 중이라고, 음성파일을 들어보니 꽤나 흥미롭다고, 그리고 빌손을 만나 무슨 이야기를 할지 비행기 안에서 준비할 거라고 했던 것 같기도 했다.

그렇게 잠다운 잠을 자본 게 도대체 얼마 만인지 기억도 나지 않았다. 사무실 안으로 밝은 햇살이 치고 들어오고 무지막지한 소음이 난무하는 상황에서도 말이다.

에베트는 기지개를 켰다. 목이 뻣뻣했다. 살짝 높은 소파 팔걸이 때문이었다. 비좁은 소파에서 자고 나면 언제나 그렇듯 허리가 쑤시고, 저는 다리를 땅에 디디면 통증도 느껴졌다. 그의 몸은 그런 식으로 서서히 망가지고 있었다. 운동량은 거의 없고 과식이 일상인 59세의 성인남성 대부분이 그러하듯.

거의 사용하는 일 없는 탈의실에서 찬물로 샤워를 한 그는 자판기에서 시나몬 번 두 개와 바나나 맛 요구르트 하나를 샀다.

"그렌스 선배님?"

"왜?"

"혹시 그거 점심이세요?"

마리안나 헬만손이 복도 아래쪽 사무실에서 나오며 물었다. 그녀는 에베트의 절뚝거리는 발소리를 들었다. 그런 소리를 내는 사람은 에베트 그렌스밖에 없기 때문이다.

"아침인가, 점심인가, 모르겠네. 뭐 먹고 싶은 거라도 있나?"

마리안나는 고개를 가로저었다. 두 사람은 나란히 복도를 따라 걸었다.

"오늘 이른 아침에요⋯⋯ 그거, 선배님 목소리였죠?"

"자네 쿵스홀멘 근처에 사나?"

"네."

"아주 가까이?"

"딱히 멀리 다닐 곳도 없어서요."

에베트는 고개를 끄덕였다.

"그랬다면 자네가 들은 게 내 목소리였겠지."

"어디서 그러신 거예요?"

"구치소 옥상 철창 안에서. 거기 경치도 괜찮아."

"저도 들었고, 스톡홀름 시민들 대다수가 들었을 거예요."

에베트는 마리안나를 쳐다보며 웃었다. 전혀 그답지 않은 반응이었다.

"그렇게 소리를 지르거나 벽장에 총질을 하거나, 둘 중 선택을 해야 했거든. 후자를 선호하는 사람들도 있더라고."

두 사람은 복도를 걸어 에베트의 사무실 앞까지 왔다. 그는 걸음을 멈췄다. 마리안나도 안으로 따라 들어갈 분위기였다.

"헬만손 경위. 뭐 필요한 거라도 있나?"

"소피아 호프만이요."

"그 여자가 뭐?"

"도대체 찾을 수가 없어요. 감쪽같이 사라져버렸어요."

바나나 맛 요구르트도 감쪽같이 사라져버렸다. 하나 더 샀어야 했다는 생각이 들었다.

"직장에 가서 다시 확인해봤는데, 인질극 이후 연락했다는 사람이 아무도 없었습니다. 아이들이 다니는 어린이집도 마찬가지였고요."

마리안나는 상사의 사무실을 엿보려했지만, 에베트는 안이 들여다보이지 않게 문을 닫아버렸다. 왜 그런 행동을 했는지는 알 수 없었다. 형사로 발탁한 지난 3년간 하루에도 수차례 그 사무실을 마음대로 들락거리던 여자 형사였다. 하지만 에베트는 방금 내리 일곱 시간을 그 사무실 소파에서 자고나온 터였다. 그 사실을 마리안나에게는 보이고 싶지 않았다.

"가장 가까운 친지들을 수소문해서 찾아가기도 했습니다. 그리 많지 않았거든요. 친정 부모님, 고모, 삼촌 둘. 모두 스톡홀름에 거주 중인데 찾아온 적도 없다고 합니다. 애들을 맡기지도 않았고."

마리안나는 에베트를 쳐다보았다.

"탐문수사에서 그녀와 가장 친한 이웃이라고 자청한 주부 세 명하고도 이야기를 해봤고, 다른 이웃을 비롯해 하루 몇 시간씩 호프만 일가의 정원을 손질했다는 정원사, 소피아 호프만이 일주일에 한두 차례 합창연습을 했다는 교회 성가대원 몇 명, 큰아들 축구 코치, 작은아들 체육 선생까지 다 만나봤습니다."

마리안나는 어깨를 으쓱해 보였다.

"하지만 그녀와 두 아들을 봤다는 사람은 한 사람도 없었습니다."

마리안나는 대답을 기다렸다. 하지만 아무런 말도 듣지 못했다.

"병원, 호텔, 모텔 다 뒤져보았지만 거기도 없었습니다. 지금으로선 소피아와 두 아이들 행방이 전혀 파악되지 않는 상황입니다."

에베트는 고개를 끄덕였다.

"기다려봐. 보여줄 게 있으니까."

그는 사무실 문을 열고 들어가자마자 마리안나가 들여다보거나 따라오지 못하도록 잽싸게 닫아버렸다.

당신은 보이테크 조직의 스웨덴 연락책으로, 아스프소스 교도소에 제 발로 걸어 들어갔어.

조직의 마약사업을 위해 다른 경쟁자들을 따돌리고 보이테크의 영향력 확장에 일조했단 말이지.

그런데 일순간에 당신 신변에 이상이 생겨버린 거야.

전달자 역할을 했던 변호사가 다녀간 뒤, 조직은 당신의 정체를 알아차린 거라고.

그래서 아내에게 전화를 건 거야. 그리고 위험을 알렸던 거라고.

에베트는 자신의 책상 위에 올려둔 두툼한 봉투를 집어 들었다. 안에 있던 여권 세 개와 수신기, 음성파일이 녹음된 시디는 이미 다른 곳에 보관해둔 터였다. 그는 봉투를 겨드랑이에 차고 다시 복도로 나왔다.

"그 여자가 호프만한테 전화를 받은 건 확실해. 둘이 무슨 얘기를 했는지 확인할 수도 없고, 그 여자가 어떤 식으로든 이번 일에 개입되어 있다는 단서는 발견하지 못했어. 그러니까 뭐가 되었든 그 여자를 의심할 만한 근거는 전혀 없다는 소리야."

에베트는 마리안나가 볼 수 있도록 봉투를 들어 올렸다.

"그래서 국외에서도 효력이 발생하는 체포영장을 발부할 수가 없는 거야. 그 여자가 여기 가 있다는 걸 알아도 말이야."

그는 봉투에 찍힌 소인을 가리키며 말했다.

"난 이걸 보낸 게 소피아 호프만이라고 확신해. 프랑크푸르트 국제공항. 거긴 말이지, 265개 도시로 향하는 비행기가 1천4백 대나 오가는 데다 이용승객이 15만 명이나 되는 공항이라고. 그것도 단 하루만에."

그는 다시 자판기를 향해 걸어갔다. 요구르트와 시나몬번이 더 필요했기 때문이다.

"그 여잔 이미 숨어버렸어, 헬만손. 본인도 알고 있을 거야. 우리가 자신을 사건에 끌어들일 혐의가 없다는 거, 자신을 쫓을 수도 없다는 걸 다 알고 있을 거라고."

해는 중천에 떠 있었다.

이른 아침부터 무더위가 기승을 부리는 날이었다. 시트는 축축했고, 베개는 땀으로 이미 흥건하게 젖은 상태였다. 게다가 기온은 점심시간 직전까지 시간당 몇 도씩 상승하고 있었다.

에리크 빌손은 거대한 정문 앞에 멈춰 서서 강렬한 열기와 뙤약볕으로 인한 신기루 현상이 사라질 때까지 렌터카 운전석에 앉아 조용히 기다렸다.

이곳 생활도 벌써 닷새째였다.

조지아 주 글린코의 FLETC라 불리는 군 기지. 그는 베스트만나가탄 아파트 건으로 파울라의 전화를 받고 중단했던 훈련에 다시 참여하고 있었다.

그는 차를 몰고 천천히 출입문을 지나 경례를 올리는 경비병 앞을 지나갔다. 과정은 3주나 더 남아 있었다. 스웨덴과 유럽경찰, 그리고 미국경찰과의 공조는 전통과 노하우를 교류하며 향후 비밀 정보원 관리 업무의 발전에 대단히 결정적인 역할을 할 것이다.

게다가 파울라가 아스프소스 교도소에서 맡은 임무를 수행하느라 연락이 불가능했던 상황은, 위장과 잠입에 관한 고도의 기술과 훈련과정을 끝내는 데 더 없이 좋은 기회였다.

열기는 믿을 수 없을 만큼 끔찍했다. 좀처럼 적응할 수 없는 기온이었다. 예전엔 이 정도로 적응하기 힘들지 않았던 것 같다. 기후변화도 아마 일조했을 것이다. 아니면 자신이 나이를 먹었거나.

그는 거대한 땅덩어리를 가진 미국이란 나라의 넓고 쭉 뻗은 도로를 달리는 걸 좋아했다. 미국의 도로는 자동차를 위해 설계된 것만 같았다. 그는 I-95도로에 이르자 가속페달을 더 힘차게 밟았다. 주 경계선 반대편인 잭슨빌까지 60킬로미터의 거리도 30분이면 충분히 도착할 수 있을 만큼 도로사정이 한가한 날이었다.

그는 오늘 새벽, 전화벨 소리에 잠에서 깼다.

강렬한 햇살이 비추고, 새들은 이미 창문 밖에서 합창을 하고 있었다.

스벤 순드크비스트는 뉴어크 국제공항의 바에 앉아 아침식사를 하고 있었다. 그는 긴급수사공조차원에서 남부로 가는 중이라고 설명했다. 그리고 앞으로 몇 시간 더 비행기를 타고 날아가야 한다고 했다.

빌손은 무슨 수사인지를 물었다. 쿵스홀멘 시경 건물 복도에서 종종 마주치면서도 거의 말 한 마디 제대로 주고받지 않던 사이인데, 무슨 이유로 그곳에서 7천 킬로미터나 떨어진 남의 나라에서 긴급히 만나야 한다는 건지 이해할 수가 없었다.

스벤은 즉답을 피하는 대신 언제 어디서 만날 수 있는지만 반복해서 물었고, 결국 빌손은 그가 아는 유일한 식당에서 점심이나 같이 하자고 말했다.

남들의 눈과 귀를 피할 수 있는 그런 장소에서.

*

모퉁이에 자리 잡은 식당은 빈 테이블 하나 없이 만석이었는데도 조용했고, 강렬한 햇살이 천장과 벽, 창문을 때리고 있는데도 어두웠다. 스벤은 식당 분위기를 살펴보았다. 정장에 넥타이 차림의 남성들이 흰색 테이블보 위에 휴대전화를 올려놓고, 생선구이 요리와 유럽산 와인을 앞에 놓은 채 열띤 토론을 벌이고 있었다. 웨이터들은 테이블에 빈 접시가 생기거나 냅킨이 바닥에 떨어지기가 무섭게 어딘가에서 나타나 시중을 들었다.

스벤은 무려 17시간에 달하는 여행의 목적지에 도달한 터였다. 에베트가 스벤의 집으로 전화를 건 시각, 스벤의 아내 아니타는 불을 끄고 침대에 누워 있던 남편의 등을 꼭 끌어안고 부드러운 어깨와 가슴을 밀착하던 순간이었다. 그의 목에 닿았던 깊은 숨결은 점점 사라지기 시작하면서 아무리 붙잡으려 애써도 붙잡을 수가 없었다. 아니타는 남편이 짐을 꾸리는 동안 입도 뻥긋하지 않았고, 눈을 맞추려 해도 애써 시선을 외면했다. 그 심정은 충분히 이해하고도 남았다. 에베트는 이미 오래전부터 마음 내킬 때마다 그들의 침실을 들락거리는 불청객과도 같았다. 그는 고무줄처럼 늘었다 줄었다 하는 자신만의 절대적인 시간대를 살아가면서, 정작 다른 사람들에게도 각자의 시간대가 있다는 사실을 깨닫지 못하는 그런 사람이었다. 스벤은 그런 사실을 상관에게 일깨워주고 선을 그을 엄두를 내지 못했다. 아니타가 그러고 싶어하는 건 충분히 이해할 수 있었다. 가끔은 맞서야 할 때도 있다는 걸 모르는 건 아니었지만…….

플로리다 해변 근처의 공항에서 잡아탄 택시는 에어컨이 작동하지 않았다. 전혀 예상치 못했던 무더위는 말 그대로 위력적이었다. 스웨덴 날씨만 생각하고 입고 온 옷이 문제였다. 그는 식당 입구로 걸어가면서 화학첨가물 맛이 나는 생수를 마셨다. 빌손과는 지난 1년 동안 같은 부서에서 일해 온 사이였고, 여러 차례 같은 사건에 투입되기도 했다.

하지만 예나 지금이나 그는 빌손의 속을 알 수 없었다. 에리크 빌손이라는 사람은 한가할 때 같이 맥주라도 한잔하고 싶은 부류가 절대 아니었다. 어쩌면 그에게 스벤 자신이 그런 부류의 사람이 아닌 것 같기도 했다. 두 사람은 너무나 달랐다. 스벤 순드크비스트는 가족과 테라스 하우스에 사는 게 너무나 만족스러웠던 반면, 에리크 빌손은 그런 생활을 너무나 하찮게 생각했다. 그런 두 사람이 한쪽에서는 필요한 정보를 요구하고, 다른 한쪽에서는 어떻게든 그 정보를 주지 않으려고 애쓰면서 마지못해 얼굴을 맞댈 참이었다.

*

그는 스벤보다 월등히 컸다. 스벤이 앉은 자리를 찾기 위해 발끝으로 서자 비교도 안될 만큼 커 보였다. 그는 만족스런 표정으로 고급 식당 끝 쪽에 있는 테이블로 다가와 앉았다.

"조금 늦었습니다."

"나와 주셨으니 다행입니다."

어디선가 웨이터가 나타나 레몬 두 조각을 띄운 물컵을 내려놓았다.

딱 1분이야.

내가 왜 여기까지 찾아왔는지 저 인간이 깨닫는 순간부터 이 자리를 박차고 나가지 못하게 붙잡아두기까지 1분을 넘겨선 안 돼.

스벤은 하얀 양초가 꽂힌 은색 촛대를 옆으로 밀고 그 자리에 노트북을 올려놓았다. 그러고는 화면을 열고 음성파일을 재생했다. 몇 마디 문장이 흘러나오는 데 걸린 시간은 정확히 7초였다.

―지금보다 훨씬 위험한 인물로 만들어야 합니다……. 중범죄에 해당하는 전과기록을 만들어 넣어야 합니다. 그래야 중형을 선고받게 될 테니까요.

에리크 빌손의 표정.

거기에는 아무런 감정도 느껴지지 않았다.

스벤은 그의 눈빛에서 변화를 포착하려 애썼다. 자신의 목소리를 듣고 놀라거나 불편한 기색을 보이는지 살폈지만 미동도 하지 않았다.

또 다른 파일을 재생했다. 5초짜리였다.

—죄수들 사이에서도 입소문이 날 정도로 입지가 보장되어야 자유롭게 임무를 수행할 수 있습니다.

"더 들어보겠습니까? 아시겠지만…… 좀 길긴 해도 흥미로운 회의였더군요. 그리고 모든 게…… 다 들어 있습니다."

자리에서 일어나며 던진 빌손의 목소리는 여전히 절제가 느껴졌고, 눈빛에서도 그 어떤 감정의 변화를 읽어낼 수 없었다.

"만나서 반가웠습니다."

지금이야.

1분이 필요한 시간.

빌손은 이미 밖으로 나갈 준비를 하고 있었다.

스벤은 세 번째 파일을 재생했다.

—떠나기 전에 저에게 정확히 어떤 부분을 보장해주실 건지 요약해주시면 좋겠습니다.

"아마 당신이 듣고 있는 이 내용, 이미 다 아는 거라고 생각할지도 모르겠습니다."

빌손은 이미 걸어 나가고 있었다. 그가 출구 중간까지 갔을 때 스벤은 외치듯 말했다.

"하지만 내 생각은 다릅니다. 이건 이미 죽은 사람이 남긴 목소리니까."

식당 안의 손님들은 스벤의 말을 알아듣지 못했다. 하지만 일제히 대화를 멈추고 손에 들고 있던 식기를 내려놓은 채 자신들의 은밀한 시간을 방해한 장본인에게 시선을 고정했다.

"이 목소리의 주인공은 이틀 전, 어느 교도관의 머리에 총을 들이댄 채 교도작업장 창문 앞에 서 있었습니다."

빌손은 출입문 오른쪽에 있던 바 앞에서 걸음을 멈췄다.

"하지만 이 목소리의 주인공은 에베트 그렌스 수사관의 명령에 따라 사살되었습니다."

그는 뒤로 돌았다.

"그게 무슨 말도 안 되는 소리입니까?"

"지금 파울라 얘기를 하는 겁니다."

그는 스벤을 쳐다보고 있었다. 흔들리는 눈빛으로.

"당신이 그렇게 부르지 않았던가요?"

그는 스벤 쪽으로 한 걸음 내딛었다.

"순드크비스트 경위, 당신 도대체……."

스벤은 목소리를 낮췄다. 그는 이곳을 뜰 분위기가 아니었다.

"그 친구, 사살되었단 말입니다. 당신하고 그렌스 형사, 두 사람 모두 관련돼 있습니다. 그러니까 당신은 살인을 합법화한 사후공범이란 소리지."

*

에베트는 자리에서 일어나 빈 플라스틱 컵을 쓰레기통에

버리고, 반쯤 먹다 책장에 올려놓았던 시나몬 번을 두 입 베어 물었다. 그는 가만히 있지 못하고 초조한 걸음으로 소파와 크로노베리 앞마당이 내려다보이는 창문 사이를 서성거렸다.

스벤이 빌손을 만나 이야기를 하고 있을 시간이었다. 빌손에게 대답을 얻어내야 하는 시간.

한숨이 절로 나왔다.

에리크 빌손은 핵심인물이었다.

비밀회담에 참석한 인물 중 한 사람은 이미 사망한 상태였다. 에베트는 세 사람의 답을 기다리고 있었다. 그들도 질문을 듣게 될 것이다. 에베트가 원하는 순간에.

빌손은 비밀회담의 다섯 번째 주인공이었다.

그리고 그 비밀회담이 실제로 있었다는 것과 녹음 내용이 사실이라는 것을 입증해줄 유일한 인물이었다.

"잠시 시간 좀 있으세요?"

한쪽으로 쏠린 금발, 동그란 안경을 쓴 누군가가 문가에 기대 서 있었다.

잠옷과 가운에서 회색 정장과 회색 넥타이로 갈아입고 나타난 라슈 오게스탐 검사였다.

"있으신 거죠?"

에베트는 고개를 끄덕였다. 오게스탐은 절뚝거리며 너무 닳아 반들거리는 소파로 옮겨 앉는 거구의 형사를 따라 자리에 앉았다. 기나긴 밤이었다. 지난밤은 검사 집 부엌에서 위스키를 마시며 경찰총감 노트북을 앞에 두고 서로에 대한 반감을 뒤로 한 채 처음으로 대화다운 대화를 나눈 시간이었다. 거기다가 에베트 그렌스가 오게스탐의 이름을 처음으로 부른 날이기도 했다. 라슈. 그는 분명 라슈라고 불렀다. 그 순간만큼은 두 사람 모두 친밀감을 느꼈다.

오게스탐은 소파 뒤로 편히 기대앉았다.

이 방에만 들어왔다 하면, 모욕과 위협으로 맹공격을 퍼붓는 상대에게 오히려 앙심만 품게 됐다. 하지만 그 끔찍한 음악도 사라지고, 간밤의 분위기가 아직 가시지 않은 터라 오게스탐은 갑자기 낄낄거리고 웃었다. 에베트 그렌스의 사무실을 찾은 게 반갑기까지 했다.

그는 에베트와 마주 앉은 테이블 위에 파일 두 더미를 올리고, 한쪽 더미의 맨 위에 놓인 파일을 열었다.

"이건 비밀 보고서입니다. 총 302건의 보고서. 어젯밤에 인쇄한 것들이오."

그러고는 옆에 있던 두 번째 더미를 들어올렸다.

"이건 동일사건을 다룬 공식 수사보고서고요. 이미 잘 알고 계시고, 직접 수사도 하신 사건들입니다. 그중에서 1백건을 조사해봤습니다. 종결된 사건이거나, 기소는 했지만 유죄판결을 얻어내지 못했던 사건들을요. 어제 저희 집에서 형사님을 만난 뒤로 단 1분도 안 쉬고 비교분석했습니다. 그러니까, 몇몇 형사님들이 비밀 보고서에만 꼭꼭 숨겨놓은 내용과 말입니다."

오게스탐은 경찰총감의 방에서 몰래 가져온 노트북 속의 문서에 대해 말하고 있었다. 순간 에베트는 경찰총감의 사무실 문이 정상적으로 열리고 닫히기만을 바랐다.

"1백 건 중에서 25건은 기소중지판결이 났습니다. 검사가 유죄를 입증할 만한 증거가 부족하다고 판단하고 소를 취하했던 겁니다. 그리고 35건이 무죄방면이었습니다. 법원에서 검찰의 수사권을 박탈해버린 거죠."

오게스탐은 흥분할 때면 언제나 그렇듯 목이 벌게졌다. 다만 이번만큼은 그 분노의 대상이 에베트가 아니었다. 그는 완전히 들뜬 모습이었다. 오게스탐과 에베트의 유일한 의사소통방식은 서로를 경멸하는 것이었다. 그래야 서로의 마음이 편했다. 그런데 거추장스런 위장막 뒤로 숨을 필요가 없다는 사실 자체가 오게스탐으로서는 놀랍기만 했다.

"만약에 검사 쪽에서도 그 사실정보를 확보할 수 있었다면 말입니다, 이 빌어먹을 비밀 보고서가 경찰총감 컴퓨터 속에 숨어 있지만 않았어도 이 사건들, 모조리 유죄판결을 받아낼 수 있었습니다."

*

스벤 순드크비스트는 레몬 띄운 생수를 몇 차례 부탁했다. 더위 때문은 아니었다. 고급 식당에는 시원한 에어컨 바람이 돌고 있어 숨쉬기도 한결 편했다. 다만, 긴장이 가시지 않았기 때문이었다.

그에게 주어진 시간은 단 1분이었다.

그리고 드디어 빌손을 제대로 된 협상 테이블에 끌어들이는 데 성공했다.

스벤은 상대를 쳐다보았다. 그의 얼굴은 여전히 무표정했다. 하지만 눈빛만큼은 달라져 있었다. 희미하게 불편한 기색이 비치고 있었다. 그래도 전혀 흔들림 없었다. 빌손은 심리전에 탁월한 전문가였다.

"이 음성파일은 에베트 그렌스 경정님 우편함으로 배달된 봉투에 들어 있던 겁니다."

스벤은 턱짓으로 모니터 상의 음성파일 아이콘을 가리키며 말했다.

"발신자 이름도 없이 말입니다. 호프만이 사살된 바로 다음날, 당신 사무실에서 가까운 에베트 그렌스 경정 사무실 우편함으로. 어떻게 생각합니까?"

빌손은 한숨을 내쉬지도 않았고 고개를 가로젓지도 않았으며, 어금니를 꽉 깨물지도 않았다. 하지만 그 눈빛, 또다시 그 눈빛 속에서 불편한 기색이 엿보였다.

"그 봉투에는 음성파일이 복사된 시디 한 장과, 각기 다른 이름으로 발부됐지만 모두 호프만의 사진이 붙어 있는 여권이 세 장 들어 있었습니다. 그리고 맨 아래에는 이어폰 형태의 은색 수신기도 나왔습니다. 우린 그게 아스프소스 교회의 종탑 발코니에서 발견된 송신기와 맞물려 있었다는 사실도 밝혀냈고요. 그렌스 경정님의 사격명령에 따라 호프만을 사살한 저격수가 엎드려 있던 저격지점에서 말입니다."

빌손은 식탁보를 잡아끌어 식탁 위에 있던 것들을 바닥으로 날려버린 뒤 상대에게 욕설을 내뱉고, 고함을 지르고 싶었다.

하지만 그는 그러지 않았다. 그는 최대한 침착하게 앉아서 아무런 감정을 드러내지 않으려 애쓰고 있었다.

순드크비스트 경위는 그들을 살인공범이라고 했다.

그리고 파울라가 사살됐다고 했다.

만약 다른 사람이었다면 빌손은 그대로 걸어 나갔을 것이다. 만약 다른 이가 똑같은 음성파일을 제시하고 똑같은 내용을 주장했다면 어처구니없는 헛소리로 여겼을 것이다. 하지만 스벤 순드크비스트는 절대로 실없는 소리를 할 인간이 아니었다.

—떠나기 전에 저에게 정확히 어떤 부분을 보장해주실 건지 요약해주시면 좋겠습니다.

파울라 외에는 이걸 녹음할 사람도, 그럴 동기가 있는 사람도 없었다. 그렌스와 순드크비스트를 그 일에 끌어들인 건 파울라의 선택이었다. 그럴 만한 이유가 있었기 때문이다.

그들이 자네의 존재를 덮어버린 거야.

"사진도 몇 장 보여드렸으면 합니다."

스벤은 노트북 화면을 빌손에게 돌린 뒤 새 파일을 열었다.

아스프소스 교도소에 설치된 수많은 감시카메라 중 한 대에 잡힌 장면이었다. 화면은 쇠창살처럼 자글자글한 줄무늬로 가득했다.

"아스프소스 교도소 교도작업장. B감호구역. 당신이 보고 있는 이 사진은 이 남자가 사살되기 8분 30초 전 모습입니다."

빌손은 모니터를 끌어당겨 화면을 다양한 각도에서 들여다보았다. 창문 앞에 서서 옆모습을 드러내놓은 이 남자의 얼굴을 자세히 확인해보고 싶었다.

그가 호프만을 만난 건 10년 전이었다. 만약 지금 다시 누군가를 정보원으로 삼아야 한다면 호프만을 선택했을까? 마찬가지로 호프만도 선뜻 그러겠다고 나섰을까? 호프만은 외스테로켈 교도소에 수감된 죄수였다. 스톡홀름 북부의 교도소로, 주로 형량이 낮은 온갖 잡범들을 수용하는 곳이었다. 그들은 출소하게 되면 잠시 배회하다 또다시 범죄를 저지르고 감방에 들어오길 반복했다. 호프만도 그들 중 하나였다. 하지만 그의 이력은 남달랐다. 폴란드어를 모국어로 하는 점과 강한 성격은 통계상의 재범비율을 높이는 것 이상으로 쓸모가 있어 보였다.

"이것도 있습니다. 사살되기 5분 전 사진."

스벤은 다른 사진을 띄웠다. 또 다른 감시카메라 정지영상. 이번엔 훨씬 가까웠고 줄무늬 없이 보이는 얼굴이 선명했다.

그들은 이미 판결이 난 사건의 압류품에 피스톨 몇 점을 추가했다. 아마 AK소총류의 화기들이었을 것이다. 언제나 그랬다. 그래야 나중에 위험인물로 분류하는 작업이 수월하고, 그만큼 강력한 제제조치를 발동하기 쉬워지니까. 바깥세상으로 이어지는 출구도, 외부와 연락할 방법까지도 차단할 정도의 강한 조치. 호프만은 절망 속에 빠져 있었다. 몇 달이 넘도록 타인과 신체접촉이나 대화조차 없이 지냈기 때문에 끄나풀이 됐든 뭐가 됐든 받아들인 것이었다.

"3분 전 사진입니다. 보다시피 고함을 치고 있습니다. 교도작업장 내 카메라를 향해서요."

화면을 가득 채운 얼굴.

호프만이었다.

"'이 사람, 죽은 목숨이야.' 우리가 분석한 바에 따르면 그렇게 외치고 있었습니다."

빌손은 이해할 수 없는 사진을 쳐다보고 있었다. 일그러진 얼굴. 절망 속에서 절규하는 그 입.

파울라의 모든 걸 치밀하게 설계한 건 그 자신이었다.

단순한 좀도둑이 서류 하나가 늘어날 때마다 스웨덴 최고의 강력사범 중 하나로 진화하고 있었다. 범죄자로서는 거의 전설에 가까운 수식어가 따라붙었고, 그런 사실을 전혀 모르는 경관들은 그에 걸맞은 대우를 했다. 보이테크의 중추신경 속으로 뛰어들어야 하는 작전의 마지막 단계에서는 한층 신빙성 높은 자료가 필요했다. 그리고 빌손 자신이 직접 그 자료를 추가했다. 그는 정신질환 진단 및 통계 편람을 복사해, 사이코패스 검사 결과에 호프만의 이름을 집어넣었다.

그리고 그 자료는 교도행정국에 제출되었다.

피에트 호프만은 순식간에 양심이란 걸 모르고 극도로 공격적이며 다른 사람의 안전에는 일말의 관심조차 없는 위험인물이 되어버렸다.

"이게 마지막 사진입니다."

검고 탁한 연기. 건물 맨 마지막 층에서 치솟는 연기는 하늘을 시커멓게 뒤덮고 있었다.

"오후 2시 26분. 사살된 직후의 사진입니다."

순드크비스트 경위가 옆에서 뭐라고 떠들고 있었지만, 빌손은 그저 네모난 화면 안의 시커먼 연기 속에서 무언가를 찾고 있었다. 방금 전까지 그 자리에 서 있었던 사람의 모습을.

"그 비밀회담에는 다섯 명이 있었어요, 에리크. 난 그렌스 경정님이 받은 그 봉투의 내용물이 사실과 일치하는지 알고 싶습니다. 지금 당신이 들은 이 녹음 내용이 실제로 다섯 사람 간에 오간 대화 내용이었는지, 방아쇠를 직접 당기지 않은 나머지 셋을 살인에 대한 사후공범으로 봐도 되는지를 알고 싶단 말입니다."

*

그의 목은 이제 완전히 진분홍빛을 띠고, 늘어져 있던 앞머리는 사방으로 뻗쳐 있었다. 그는 못마땅하다는 듯 에베트의 책상 앞에서 이리저리 서성거렸다.

오게스탐은 씩씩거렸다.

"범죄자가 경찰수사를 돕는다니, 이런 빌어먹을 시스템이 또 어디 있습니까, 형사님. 정작 그 인간들이 벌인 범죄는 위장되고 묻혀버린다는 게 말이 되냐고요. 또 다른 범죄수사를 위해 경찰이 거짓말을 하고, 정작 수사를 담당하는 경찰에게는 진실을 숨기고 있다니, 이런 젠장, 이게 민주사회에서 가당키나 한 일입니까, 형사님?"

그는 간밤에 302개의 사건 중 25건의 사건이 기소중지, 35건이 무죄방면으로 판결된 사실을 밝혀냈다.

"제대로 재판을 받은 게 40건인데, 그마저도 꼭꼭 숨어버린 증거 때문에 엉뚱한 판결이 내려졌더라고요. 당사자가 판결을 받긴 받았는데 아무런 관련 없는 혐의에 대해서만 판결이 내려졌다는 겁니다. 형사님, 제 말 듣고 계세요? 40건이 죄다 그렇다고요!"

에베트는 정장 차림에 한 손에는 파일을, 다른 한 손에는 안경을 쥔 검사를 쳐다보고 있었다.

구역질 나리만큼 썩어문드러진 시스템.

거기에 하나가 더 있다오, 오게스탐.

아직 당신이 보지 못한 그 비밀 보고서. 아직 마무리도 안 된 따끈한 내용이라 따로 보관해둔 상태지.

베스트만나가탄 79번가 살인사건.

같은 부서의 경찰이 결정적인 정보를 확보해두고도 모른 척해서 결국 손을 놔야 했던 사건. 그래서 한 사람은 존재 자체가 사라져버렸고, 다른 한 사람은 병신같이 놀아나다 책임만 뒤집어쓰게 된 바로 그 사건.

"고맙소이다. 대단한 일을 하셨소, 검사 양반."

그는 검사에게 한 손을 내밀었다. 무슨 일이 있어도 좋아할 수 없는 사람에게.

오게스탐은 그 손을 잡았다. 그렇게 한참을 흔든 것 같다. 하지만 기분은 좋았다. 친밀감이 솟고, 처음으로 같은 편이라는 생각까지 들 정도였다.

그는 미소를 지었다.

이번만큼은 적개심이나 욕설 따위에 상처 입을 필요가 없었다.

그는 에베트를 뒤로하고 알 수 없는 기쁨에 취해 사무실 문으로 향하다 갑자기 뒤를 돌아보았다.

"형사님?"

"왜 그러시오?"

"지난번에 제가 왔을 때 보여주셨던 그 지도 말입니다."

"그게 뭐?"

"북부에 있는 하가공원묘지에 대해 물으셨잖아요, 거기

괜찮은 곳이냐고요."

그 지도는 여전히 그의 책상 한구석에 놓여 있었다.

에베트는 그곳을 조만간 찾아갈 생각이었다.

"그때 가보신 건가요?"

에베트는 거친 숨소리를 몰아쉬며 거대한 몸을 들썩였다.

"가보셨어요?"

에베트는 불편한 심기를 노골적으로 드러내며 뒤를 돌아보았다. 그러고는 아무런 대꾸도 하지 않고 그저 거친 숨소리만 내며 책상에 놓인 서류더미만 쳐다보았다.

"이봐요, 오게스탐 검사."

"네?"

그는 자신의 사무실을 나서려던 방문객에게 눈길도 주지 않고 말을 내뱉었다. 목소리가 좀 전과 달리 한층 높아졌다. 젊은 검사는 이미 오래전에 그 목소리가 뜻하는 의미를 깨우친 터였다.

"뭔가 오해를 하신 것 같군그래."

"제가요?"

"당신도 알다시피, 이건 업무란 말이야, 업무. 난 빌어먹을 당신 친구가 아니라고."

*

그들 앞에는 웨이터 추천 요리가 놓여 있었다. 두 사람은 눈을 내리깐 채 묵묵히 음식만 먹고 있었다. 그들이 들은 이 녹음 내용이 실제로 다섯 사람 간에 오간 대화 내용이었는지, 질문은 그 답을 기다리고 있었다.

"순드크비스트 경위."

빌손은 빈 접시에 식기를 내려놓고 세 번째로 주문한 생수를 마신 뒤 무릎에 올려놓았던 냅킨을 집어 들었다.

"말씀하시지요."

"먼 걸음 하셨는데 얻어 가실 건 아무것도 없을 것 같군요."

그는 결심을 굳혔다.

"당신은 베스트만나가탄 사건 다음날, 그렌스 수사관을 찾아갔습니다. 당신은 다 알고 있었어요, 에리크. 하지만 아무런 말도 하지 않았습니다."

"이건 사업과도 같단 말입니다. 범죄자들이 범죄수사를 하고 정보원들이 양쪽 세계를 오가는 그런 사업 말입니다."

그는 사실을 밝힐 마음이 없었다.

"그리고 이건 경찰의 미래가 달린 일이란 말입니다. 더 많은 정보원, 더 많은 위장잠입요원 말입니다. 그래서 내가 여기 미국에 와 있는 겁니다."

"에리크. 당시 우리 쪽에 말만 해줬어도 지금 이 시간, 이 자리에서 우리가 얼굴을 마주보고 있을 일도 없었을 겁니다. 사살된 사람을 두고 양편으로 갈라서서 말입니다."

"똑같은 이유로 유럽 쪽 형사들도 여기 와 있는 거고. 우린 배우러 왔습니다. 계속해서 그쪽으로 수사영역이 확대되는 추세라고요."

두 사람은 한 부서에서 지겹도록 오랜 시간 일해 온 사이였다.

빌손은 그가 이성을 잃은 모습은 처음 보았다.

"젠장, 내 말 똑똑히 들어둬요, 에리크!"

스벤은 노트북을 확 잡아챘다. 접시 하나가 하얀 대리석 바닥으로 떨어지고, 컵에 들었던 물이 하얀 테이블보를 적셨다.

"당신이 원한다면 얼마든 반복해서 보여줄 수 있다고. 이거 보입니까? 이건 탄환이 강화유리를 꿰뚫는 바로 그 순간에 찍힌 사진이란 말입니다."

모니터를 향해 고함을 지르는 입.

"여기도 보입니까? 교도작업장이 폭발하는 순간입니다."

창문가에 측면으로 선 남자의 얼굴.

"그리고 여기. 아직 이건 안 보여드렸군. 벽에 붙은 저 깃발들, 저게 폭발 이후 현장에 남은 인간잔해란 말입니다."

숨이 멎은 한 남자.

"당신은 지금 당신 원칙에 따라 대응하고 있고, 또 언제나 그래왔습니다. 정보원을 보호했어야 하니까. 그런데 지금 상황을 보라고요, 젠장. 그 정보원은 사살됐단 말입니다, 에리크! 더 이상 보호해줄 사람도 없어요! 왜냐하면 당신과 당신 패거리들이 그를 잘라내 버렸으니까. 그래서 저 친구가 창문 앞에 서 있는 거고, 그래서 저 친구가…… 저기서 사살된 거란 말입니다."

에리크은 자신을 향한 노트북을 잡아당겨 화면을 덮고 코드를 뽑아버렸다.

"당신이 들어왔을 때부터 난 정보원들 뒤를 봐주고 있었습니다. 경찰 생활 내내 난 정보원들 행동에 책임을 지고 있었지만, 난 단 한 번도 그 일에 실패한 적 없단 말입니다."

스벤은 노트북 화면을 다시 열고 그를 향해 돌려놓았다.

"코드가 필요한 거면 당신이 가져가도 상관없어요. 배터리는 충분하니까."

그러고는 화면을 가리키며 말을 이었다.

"난 이해가 안 갑니다, 에리크. 당신 말대로 당신은 이 친구와 10년 가까이 일을 해왔습니다. 그런데 내가 이 사진, 이 친구가 죽은 지점을 보여줬을 때 당신은 아무런 반응도 보이지 않았어요."

빌손은 코웃음을 쳤다.

"그는 나를 친구로 여기지 않았습니다."

자넨 날 믿었지.

"하지만 난 그를 친구로 대했습니다."

난 자넬 믿었어.

"원래 그런 식입니다, 순드크비스트 경위. 정보원의 뒤를 봐주는 경찰은 마치 단짝친구라도 된 것처럼 행동합니다. 간이라도 빼줄 것처럼 살갑게 대해줘야 매일같이 자신의 목숨을 내걸고 경찰을 위해 필요한 정보를 캐낼 마음이 생기기 때문입니다."

자네가 보고 싶군.

"화면 속에 보이는 이 친구 예를 들어볼까요? 당신 말이 맞소. 난 아무 반응도 보일 게 없으니까."

빌손은 냅킨을 테이블 위에 내려놓았다.

"계산은 당신이 해주겠습니까?"

그는 자리에서 일어났다. 그리고 고급 식당을 휙 둘러보았다. 왼쪽 테이블에는 한 여성이 적포도주가 담긴 잔을 앞에 두고 홀로 앉아 있었고, 오른쪽 테이블에는 디저트 접시 옆에 서류를 잔뜩 쌓아놓은 남자 둘이 있었다.

"베스트만나가탄 79번가."

스벤은 그의 옆으로 따라가며 한 마디를 던졌다.

"당신은 사건의 전모를 알고 있어요, 에리크. 하지만 침묵했습니다. 그리고 살인사건과 관련된 한 사람의 죽음에도 일조했고요. 당신은 경찰기록을 비롯해 법원행정처 데이터베이스까지 조작했습니다. 당신이……."

"지금 협박하는 겁니까?"

빌손은 걸음을 멈췄다. 안색이 붉게 변하며 어깨에 힘이 들어갔다.

그의 반응은 시치미 떼는 것 이상으로 많은 걸 보여주고 있었다.

"그런 겁니까, 순드크비스트 경위? 날 협박하는 거냐고요?"

"어떻게 생각합니까?"

"어떻게 생각하냐고? 당신은 지금 증거를 들이대고 날 설득하고 싶겠지. 죽은 사람 사진을 보여주면서 내 심경에 변화가 있기를 바라면서 말이야. 그리고 수사 같은 걸 핑계로 날 협박하려는 거고. 순드크비스트 경위, 당신은 지금 면담조사 교본대로 나한테 질문을 던지고 있습니다. 어떻게 생각하냐고 물었습니까? 당신은 지금 날 모욕하고 있는 겁니다."

그는 그대로 작은 계단을 내려가 노신사 넷이 둘러앉아 안경을 쓰고 메뉴판을 뒤적이는 테이블을 지나친 뒤, 빈 트레이와 하얀 벽을 기어오르고 있는 덩굴식물을 뒤로 하고 나갔다.

그러다가 걸음을 멈추고 마지막으로 뒤를 돌아보았다.

"하지만……. 솔직히 말하자면, 내가 뒤를 봐주었던 최고의 정보원을 내가 자리를 비운 사이에 그런 식으로 덮어버린 인간들은 마음에 들지 않군요."

그는 스벤을 쳐다보았다.

"당신이 말했던 그 비밀회담이란 거, 실제로 있었습니다. 당신이 들은 내용은 한 마디 한 마디가 전부 사실입니다."

에베트는 자신이 웃은 것 같다는 느낌이 들었다. 아니, 비록 가끔이긴 하지만 남에게 들리지 않게 속으로 쾌재를 부른 것도 같았다.

녹음된 내용은 사실이었다.

비밀회담이 열렸던 것도 사실이고.

스벤은 빌손이 모든 게 사실임을 밝히고 조지아 남부로 돌아간 후, 식당에서 전화를 걸어왔다.

에베트는 웃지 않았다. 그는 이른 아침, 구치소 옥상에 올라가 속에 있던 울분을 다 비워버렸다. 솟구치던 분노가 모조리 빠져나갈 때까지 고함을 지르고는 소파에 누워 편히 잠까지 잤다. 그래서 어느 정도 빈자리가 남아 있었다. 무언가를 담아둘 수 있는 마음의 빈자리가.

하지만 분노는 이제 사절이다. 더는 필요 없을 만큼 충분히 담아뒀었다.

만족감도 아니다. 비록 그의 기분은 만족감에 가까운 느낌이었지만.

그건 바로 증오였다.

호프만은 지워진 존재가 되어버렸다. 하지만 그는 살아남았다. 그리고 끝까지 살아남기 위해 인질극을 벌였다.

난 합법적인 살인을 저질렀고.

에베트는 자신이 싫어하는 사람에게 어젯밤에 이어 두 번째로 전화를 걸었다.

"한 번 더 도움 좀 받읍시다."

"말씀하세요."

"오늘 밤, 우리 집으로 올 수 있겠소?"

"형사님 댁으로요?"

“우덴가탄 대로와 스베아베겐 가 모퉁이에 있는 집이오.”
“왜요?”
“말했잖소. 도움 좀 받자고.”
오게스탐은 조롱하듯 대꾸했다.
“절 만나시고 싶다고요? 퇴근 후에 말이에요? 제가 왜 형사님을 만나야 하는 겁니까? 저는…… 그게 뭐였더라? 형사님…… 친구도 아닌데요.”
아주 최근의 것이라 다른 문서파일에 들어 있던 비밀 보고서.
지난밤에 당신한테는 보여주지 않은 보고서가 하나 있지.
그 하나를 보여주겠다는 거야. 왜냐고? 난 다른 놈들이 지고가야 할 죄책감을 대신 떠안을 생각은 죽어도 없으니까.
“사교의 장을 마련하자는 건 아니오. 업무의 연장이란 말이오, 업무. 베스트만나가탄 79번가 살인사건, 초동수사 관련 보고서를 보고 검사 양반이 미제로 덮어버리자고 한 사건과 관련된 일입니다.”
“그거라면 내일 오전 근무시간에 검찰청으로 오시면 환영해드리겠습니다.”
“수사 다시 재계할 수 있소. 실제로 어떤 일이 있었는지 이제 아니까. 하지만 다시 한 번 당신 도움이 필요하오, 검사양반. 내일이면 너무 늦소. 그때쯤이면 아마 정부청사 보안과 수장이 감시카메라 기록 두 개가 없어졌다는 걸 알게 될거고, 순식간에 관련자들에게 알릴 거란 말이오. 그 정도 시간이면 그 잘난 인간들이 서로 입을 맞추고 증거를 조작해서 또다시 사실을 뒤집어엎어버리기에 충분한 시간이라고."

에베트는 송화구에 입을 가까이 대고 심하게 기침을 했다. 그다음에는 어떤 말을 이어야 할지 몰랐기 때문이다.

"그리고 그건 미안하오. 그거 말입니다. 내가 좀……. 거 왜, 잘 알지 않소."

"몰라요, 무슨 말씀이세요?"

"거 정말, 이봐요 검사 양반!"

"왜요?"

"내가 좀…… 내가 좀 지나치게…… 까칠하게 굴었던 거 말이오."

*

오게스탐은 쿵스브룬에 있는 사무실의 계단을 밟고 내려갔다. 기분 좋은 밤이었다. 여덟 달 내내 칼바람과 예측불가능한 눈 때문에 하루 빨리 날이 풀리기만을 바라고 있었는데, 때마침 훈훈한 날씨가 찾아온 터였다. 그는 주변을 살펴보다가 불 꺼진 검찰청 창문을 올려다보았다. 전화 두 통이 예상 밖으로 길어졌다. 집으로 전화를 걸어 늦게까지 야근을 해야 한다고 설명을 한 뒤, 잠자리에 들기 전에 여전히 술 냄새가 나는 전날의 설거지를 꼭 마무리하겠다고 여러 차례 약속을 해야 했다. 그리고 스벤 순드크비스트 경위와 통화를 했다. 그는 공항에 있는 듯한 순드크비스트 경위를 한동안 붙잡아두고 폴란드로 날아가 공장을 급습하고 건진 거 하나 없었던 사건과 관련된 내용을 꼬치꼬치 캐물었다.

"그 양반 댁으로 가신다고요?"

"네."

"검사님이, 에베트 그렌스 경정님 댁에 가신다고요?"

스벤은 별 달리 할 말은 없지만 통화를 끊지 못하는 눈치였다. 반면 초조해진 오게스탐은 당장에라도 전화를 끊고 나가고 싶었다.

"네. 지금 가는 길입니다."

"검사님. 정말 이해가 안 가서 그러는데요, 그렌스 선배는 제가 아주 잘 압니다. 14년간 가장 가까이 일 해왔으니까요. 그런데 지금까지 정말, 단 한 번도, 진짜, 단 한 번도 집으로 절 초대한 적이 없는 양반이거든요. 뭐랄까…… 너무나 사적인…… 일종의 자기보호장치라고 해야 하나? 아무튼, 5년 전쯤인가 딱 한 번 그 집에 간 적은 있어요. 쇠데르 병원 영안실에서 벌어졌던 인질사태 다음날, 극구 싫다는데도 반강제로 쳐들어갔거든요. 그랬던 양반이 검사님에게 집으로 오시라는 말을 했다고요? 그거 정말입니까?"

오게스탐은 도심의 밤거리를 서서히 걸어가면서 일요일 밤 9시가 넘은 시간인데도 거리에 사람들이 많은 걸 의아하게 생각했다. 따스한 봄 날씨에 목말라 했던 사람들이 집으로 돌아가야 할 시간이 지난 뒤에도 아쉬움을 버리지 못했기 때문이리라.

그는 에베트 그렌스 형사의 집으로 '초대' 받은 일이 단순한 수사 혹은 야근 이상의 것이 되리란 사실을 모르고 있었다. 간밤에 위스키에 302건의 비밀 보고서를 앞에 둔 그 자리에는 일종의 친밀한 기류가 형성돼 있었다. 하지만 에베트 그렌스는 그 기류가 제대로 자리 잡기도 전에 처참히 짓밟아 버렸다. 상처주기 좋아하는 그만의 독보적인 방식으로 말이다. 그랬기 때문에 순드크비스트 형사의 말대로 그가 누군가를 집으로 불러들이는 일이 이례적인 경우라면 분명 무슨 변화가 있었기 때문이라는 생각이 들었다.

오게스탐은 다시 한 번 주변을 둘러보았다. 사람들은 코트 차림으로 노천카페에 모여 앉아 맥주를 마시며 웃고 수다를 떨고 있었다.

한숨이 절로 나왔다. 달라진 건 없었다. 우리 관계에 변화란 게 있기나 할까.

에베트 그렌스에게는 뭔가 다른 이유가 있었을 것이다. 확실했다. 눈엣가시처럼 여기는 젊은 검사와 무언가를 공유할 위인은 아니었으니까.

"그렌스요."

스베아베겐에는 여전히 차들이 많은 관계로 그는 인터폰을 누르고 상대의 말소리에 귀를 기울였다.

"오게스탐입니다. 문 좀……."

"문 열어놨소. 5층으로 올라오시게."

현관 바닥에는 두툼한 붉은색 카펫이 깔려 있고 대리석처럼 보이는 벽에 조명은 적당히 밝았다. 만약 자신도 시내의 아파트에 살았다면 그런 식으로 꾸며진 건물에서 살고 싶다는 생각이 들 정도였다.

오게스탐은 엘리베이터를 피해 계단으로 올라갔다. 짙은색 문에 달린 우편함에는 'E&A 그렌스'라는 이름이 붙어 있었다.

"들어오시게."

듬성듬성한 머리에 거구의 강력계 경정이 문을 열고 나왔다. 전날과 똑같은 회색 재킷에 더 짙은 회색 바지 차림이었다.

오게스탐은 호기심에 가득 찬 눈빛으로 주변을 살펴보았다. 현관 복도가 끝도 없이 이어지는 것 같았다.

"정말 큰 집이네요."

"지난 몇 년간 이곳에서 보낸 시간이 거의 없었지. 하지만 여기도 사람이 사는 곳이오."

에베트는 미소를 지어 보였다. 그런데 너무나 부자연스러웠다. 단 한 번도 지어보지 못한 표정이었다. 언제나 잔뜩 굳어 있는 험상궂은 인상은 주위를 불편하게 만들 뿐이었다. 그런데 미소라니. 오게스탐은 괜히 불안해졌다.

기나긴 현관 복도를 따라 붙어 있는 방의 개수가 족히 여섯은 넘어 보였다. 손도 대지 않은 듯한 텅 빈방들은 마치 잠이라도 든 듯했다. 순드크비스트 경위가 설명했던 그대로였다.

부엌은 널찍했지만 여전히 손길이 닿은 흔적은 보이지 않았다.

그는 에베트를 따라 부엌에서 이어지는 작은 식당으로 들어갔다. 그곳에는 의자 여섯 개와 접이식 탁자 하나가 있었다.

"여기 혼자 사세요?"

"앉으시게나."

파란 서류 더미와 큼지막한 수첩이 탁자 위에 놓여 있고, 방금 전에 닦은 듯 물기가 남아 있는 잔 두 개와 시그램 위스키 한 병이 그것들 사이에 있었다.

그는 준비를 해놓고 기다리고 있었던 것이다.

"한잔하시겠소? 아니면 차를 가져오셨나?"

에베트는 노력 중이었다. 심지어 위스키도 똑같은 위스키였다.

"이 동네에 차를요? 거기다 형사님이 돌아다니는 구역에요? 설마 그럴 리가요. 또다시 주차위반딱지를 글러브 박스에 수북이 쌓아놓고 다닐 일 있습니까?"

에베트도 기억이 났다. 1년 반 정도 지난 일이다. 어느 추운 겨울밤, 당시 그는 손과 발을 땅에 짚고 안 그래도 꼬깃꼬깃한 바지가 갓 내린 눈에 푹 젖어들 때까지 자동차가 서 있던 지점과 바사가탄 대로까지의 거리를 밀리미터 단위까지 잰 적이 있었다.

오게스탐의 승용차.

그는 다시 웃었다. 이제는 거의 불안하게 느껴질 정도의 웃음.

"내 기억으로는 당시 그 주차위반에 관한 벌금은 검사가 직접 무효처리 했다고 하던데."

에베트는 당시 오게스탐 검사의 차가 정식 주차구역에서 정확히 8센티미터 벗어나 불법주차를 한 상태라며 주차경고 스티커를 미친 듯이 발부했다. 그의 입장에서는 애송이 검사가 16세 소녀 실종사건 수사를 더 어렵게 만들어 스톡홀름 시내의 지하 터널을 샅샅이 훑어야 했던 일 때문에 도저히 곱게 볼 수가 없었다.

"반 정도만 주세요."

두 사람은 위스키를 한 잔씩 걸쳤고, 에베트는 서류 더미에서 파일 하나를 꺼내 검사 앞에 내려놓았다.

"검사 양반이 가지고 있는 비밀 보고서는 302건이오. 실제로 벌어진 사건을 담은, 우리는 전혀 알 수도 없었고 그 덕에 공식 수사는 무용지물이었던 그 보고서."

오게스탐은 고개를 끄덕였다.

"아스프소스에 감호구역 하나 신설이 가능하다니까요. 수감자 전원이 경찰로 구성된 구역이오."

"이것들은 작년에 벌어진 일들이지. 그런데 이건 말이야, 아직 뜨끈뜨끈한 사건이란 말이오."

M이 어깨에 차고 있던 권총지갑에서

권총을 빼듦.

(폴란드 라돔 9밀리미터)
M이 안전장치를 풀고 구매자로 온 남자의 머리에
총구를 들이댐.

"다른 것들과 마찬가지로 경찰총감에게 보고된 그 비밀 보고서."

P는 M에게 침착하라고 명령함.
M은 안전장치를 반잠금 상태로 놓고
총구를 내리고 뒤로 물러섬.

오게스탐이 뭐라고 대꾸하려 하자 에베트가 말을 가로막고 자신의 이야기를 이어나갔다.

"나는 말이지…… 베스트만나가탄 사건 신고가 접수된 이후로 내 업무시간의 거의 절반을 이 사건에 쏟아 부었소. 스벤이나 헬만손 형사도 마찬가지고. 닐스 크란츠 박사는 다른 과학수사대 동료들과 함께 확대경과 지문날인 테이프를 가지고 일주일 내내 고생해서 범죄현장을 훑어냈고, 엘포슈 박사도 피해자 시신 부검에다 신원 파악하는 데에만 많은 시간이 걸렸다고 했소. 간신히 인근 쓰레기통에서 혈흔이 묻은 셔츠 한 장을 찾아내는 데 족히 20일은 넘게 잡아먹었단 말입니다."

그는 검사를 똑바로 바라보았다.

"검사 양반은 이 사건에 얼마의 시간을 쏟아 부었소?"

오게스탐은 어깨를 으쓱 했다.

"글쎄요……. 잘은 몰라도 대략 일주일 정도 될 것 같은데요."

구매자가 갑자기 소리 지름.

"난 경찰이야!"

M이 다시 구매자의 머리에

총구를 들이댐.

에베트는 오게스탐의 손에 들린 비밀 보고서를 잡아채 그의 앞에 흔들어 보이며 말했다.

"근무시간 13주 반을 잡아먹었단 말이오. 일한 시간으로 따지면 540시간. 같은 부서 동료 하나와 상관들은 이미 답을 알고 있는 사건에 쏟아 부은 시간이 말이오. 이 호프만이라는 친구, 보고서에 따르면 전화까지 했단 말이오, 검사 양반. 지가 직접 신고전화까지 했다고!"

오게스탐은 손을 내밀며 물었다.

"다시 주시겠습니까?"

에베트는 자리에서 일어나 부엌 반대편으로 가더니 붙박이 찬장을 열고 무언가를 찾다가 보이지 않자 다시 옆 찬장을 열었다.

"이 사건에 집착하시는 이유가 뭡니까?"

"살인사건을 해결하고 싶은 거지."

"그런 걸 묻는 게 아니라는 거 아시지 않습니까, 그렌스 형사님? 일을 이렇게까지 크게 벌이신 목적이 뭐냐고요?"

그는 자신이 찾던 걸 발견했다. 그는 컵을 꺼내 물을 따랐다.

"난 죄책감 같은 걸 떠안고 살 생각은 없으니까."

"죄책감이라니요?"

"검사 양반은 이 일과 아무 상관없겠지만, 난 더 이상 죄책감을 떠안고 싶지 않다고. 그러니까 그 인간들에게 기필코 이 더러운 기분을 되돌려줄 거요."

검사는 다시 보고서를 쳐다보았다.

"그 일에 이 보고서를 사용하시겠다는 겁니까?"

"물론이지. 이번 사건을 종결지을 수 있다면. 내일 아침이 밝기 전까지."

오게스탐은 널찍한 부엌 한가운데 서 있었다. 열린 창문으로 차들이 지나다니는 소리가 들렸다. 아까보다 교통량이 줄어든 대신 차들은 질주하듯 빠르게 달리고 있었다. 밤이 깊어가고 있었다.

"집 좀 둘러봐도 될까요?"

"편하실 대로."

현관 복도는 먼저 들어올 때보다 훨씬 길어 보였다. 마룻바닥을 덮고 있는 두툼한 카펫은 짙은 색이었지만 그리 많이 닳은 것 같지는 않았다. 갈색 벽지는 왠지 70년대 분위기가 느껴졌다. 그는 가장 가까운 방을 열었다. 제법 고급스러운 문이 도서관을 떠올리게 했다. 안으로 들어간 오게스탐은 가죽 팔걸이의자에 앉아보았다. 파인 것처럼 움푹 들어간 좌석은 마치 주인만 기다리는 듯 그를 거부하는 느낌이었다. 이 넓은 아파트에서 유일하게 고독에 울부짖지 않는 그런 방이었다. 오게스탐은 책장에 늘어선 똑같은 크기의 책들을 눈으로 쫓다가 우아한 각을 지닌 스탠드를 발견하고 불을 켜보았다. 스탠드는 마치 노란색으로 인쇄된 종이 같은 불빛을 만들어냈다. 그는 상상 속으로 그려본 의자 주인, 그렌스 경정이 앉는 방식대로 뒤로 기댄 뒤 다시 한 번 베스트만나가탄 79번가에서 살인사건이 발생한 바로 다음날 관련 경찰이 작성한 비밀 보고서를 읽어보았다. 미제로 종결지을 뻔했던 그 사건을.

M은 총구를
구매자의 머리에 밀착한 뒤
방아쇠를 당김.
구매자가 의자 오른쪽에 부딪히며
바닥에 쓰러짐.

오게스탐은 전등갓 쪽으로 손을 뻗어 가까이 잡아당겼다. 보고서 내용을 확실히 읽어보고 이미 내린 마음의 결정을 굳히고 싶었기 때문이다.

그는 오늘 밤, 집으로 돌아가지 않을 생각이었다. 그렌스 형사의 집에서 시간을 보내다가 검찰청으로 돌아가 재수사 준비를 하려 마음먹었다.

그는 의자에서 일어나 방을 나서려다가 두 개의 책장 사이에서 흑백사진 두 장을 발견했다. 각각 젊은 남성과 여성이 경찰제복을 입고 있는 사진이었다. 기대에 부푼 표정에 반짝반짝 빛나는 눈빛.

안 그래도 에베트 그렌스의 소싯적 모습은 어땠을까 늘 궁금해온 터였다.

"결정은 내리셨소?"

에베트는 오게스탐이 자리를 비울 때와 마찬가지로 서류 더미와 빈 잔을 앞에 두고 앉아 있었다.

"네."

"만약 검사 양반이 기소하기로 결심한다면, 우리가 상대할 경찰들은 일반 경찰들이 아니란 건 명심해두시오. 난 당신한테 경찰 지휘권을 가진 내 상관과 그 위의 상관을 데려갈 겁니다. 그리고 법무장관까지."

오게스탐은 자신의 손에 들린 A4 용지 세 장을 쳐다보았다.

"그런데 이것만으로도 충분하다고 생각하시는 겁니까? 제 생각엔 뭔가 더 있을 것 같은데요?"

루센바드의 어느 사무실로 들어가는 다섯 명의 모습을 담은 감시카메라 영상.

그들의 목소리를 담고 있는 비밀회담 녹음 내용.

모든 걸 다 갖춘 건 아니지.

"그거면 충분하오."

에베트는 오늘 세 번째로 그를 바라보며 미소를 지었다.

이번엔 자연스러웠다.

오게스탐도 미소로 답했다.

"전원 소환하시죠. 사흘 안에 체포영장 발부받겠습니다."

그는 고요한 건물의 계단을 내려가고 있었다.

돌계단을 밟을 때마다 불편한 다리가 쑤시고 저리기 시작한 건 어제오늘 일이 아니었지만 오늘 밤, 그는 엘리베이터를 타지 않았다. 두 집에서 황급히 현관으로 달려 나오는 소리가 들렸다. 평소에 전혀 계단을 쓰지 않던 5층 남자가 무슨 바람이 나서 계단을 이용하는지 궁금해진 이웃이 문구멍으로 밖을 내다보고 있었다. 아래층까지 내려온 그는 현관 출입구에서 가장 가까운 문 뒤에서 들리는 괘종시계 소리를 세어보았다. 열두 번.

스베아베겐 도로는 텅 비어 있었다. 날은 여전히 따뜻했다. 아무래도 이번 여름은 꽤나 찔 것 같았다. 그는 숨을 들이켰다. 아주 깊게 들이 마신 뒤 천천히 뱉어냈다.

천하의 에베트 그렌스가 누군가를 자신의 집으로 불러들였다.

하지만 에베트 그렌스는 갑자기 찾아온 가슴 통증 때문에 상대에게 그만 돌아가달라고 말했다.

단 한 번도 누군가를 자신의 집으로 초대한 적 없는 그였다. 그 사고 이후에는 더더욱 그랬다. 그녀와 그, 두 사람의 집이었기 때문이다. 에베트는 산들바람에 어깨를 한 번 들썩인 뒤 우덴가탄 대로를 따라 서쪽으로 걸어갔다. 그 길 역시 한산하고 훈훈했다. 그는 재킷을 벗어들고 셔츠의 맨 첫 단추를 끌렀다.

하고많은 사람들 중에서 그가 고른 인물은, 몇 년 간 눈엣가시처럼 여겨온, 심지어 혐오하기까지 한 말쑥한 정장 차림의 젊은 검사였다.

에베트는 지금의 상황을 거의 즐기고 있었다.

그는 우덴플란 근처의 간이 판매대로 느릿느릿 발걸음을 옮겨, 문자 보내는 일에 여념이 없는 10대들과 어울려 줄을 서서 핫도그 하나와 무탄산 오렌지 주스를 샀다. 그는 변호사들의 소굴인 프레사티에 가서 맥주나 한잔하면서 그날 일을 끝내자는 검사의 제안을 거절했다. 그러고는 그게 못내 아쉬웠는지 이 방 저 방 돌아다니다가 결국 집밖으로 뛰쳐나와 쏘다니고 있었던 것이다.

발치에 쥐 두 마리가 보였다. 가판대 아래 구멍에서 튀어나온 쥐들은 공원 쪽으로 달려갔다. 공원 벤치에는 사람들이 널브러져 자고 있었다. 앞쪽으로는 미니스커트에 하이힐 차림의 젊은 여성들이 보였다. 그 무리는 막 문을 닫고 떠나려는 버스를 향해 달려가고 있었다.

그는 구스타브 바사 교회 밖에 앉아 핫도그를 다 먹고 난 뒤, 몇 주간 수차례 들락거렸던 길로 걸음을 옮겼다. 저마다 잠자리에 든 아파트들이 늘어선 거리. 에베트는 어느 건물의 커다란 현관문 유리에 비친 자신의 모습을 들여다보고는 이제는 외워버린 비밀번호를 누르고 안으로 들어가 삐걱거리는 엘리베이터를 타고 5층으로 올라갔다.

현관문 우편함은 이미 다른 이름이 차지하고 있었다. 갈색 나무문은 자신의 집 현관문보다 훨씬 낡아 보였다. 그는 그 문을 바라보았다. 그리고 시체가 되어버린 한 남자의 머리에 고여 있던 피 웅덩이, 벽에 달려 있던 작은 깃발, 크란츠 박사가 마약의 존재를 밝혀냈던 부엌 바닥을 하나씩 떠올려보았다.

모든 것이 시작된 지점이었다.

그로 하여금 억지로 또 다른 죽음을 불러들이게 했던 죽음이 시작된 지점.

에베트는 계속해서 정처 없이 한밤의 거리를 돌아다녔다. 마치 주변의 일행을 따라가는 듯한 걸음걸이로 아무런 생각 없이 걷다가 북부공원묘지로 들어가는 10개의 출입구 중 한 곳에 멈춰 섰다.

재킷 안주머니에 손을 넣자 기대했던 모서리 부분이 느껴졌다.

책상 위에 손만 뻗으면 닿을 만한 거리에 올려두고 지낸 지 벌써 몇 달이다. 그러다가 어제, 이유는 알 수 없지만 집으로 가져가고 싶었다. 그렇게 에베트는 북부공원묘지에 와 있었다. 한 손에 공원묘지 지도를 들고.

춥지는 않았다.

묘지는 언제나 썰렁하다는 사실을 잘 알고 있었지만 전혀 그렇지 않았다.

에베트는 아스팔트 도로를 따라 걸었다. 도로는 자작나무나 침엽수, 그리고 이름을 알 수 없는 나무로 둘러싸인 거대한 녹지대를 가로지르고 있었다. 60헥타르에 달하는 대지에 세워진 묘비의 수가 3만 기. 에베트는 일부러 묘비 쪽을 외면하고 늘어진 나뭇가지 등을 쳐다보며 걸었다. 그러다가 조금씩 낡은 비석들 쪽으로 눈을 돌렸다. 전직 수사관, 전직 철도청 공무원, 미망인. 그는 계속해서 걸어 나갔다. 애도의 글귀와 일가족의 이름이 새겨진 큼지막한 묘비 하나를 지나쳐갔고, 근엄한 자태를 뽐내는 묘비 앞을 지나가기도 했다.

29년.

그는 경찰 인생 최악의 순간을 하루에도 수차례 떠올리곤 했다. 그녀가 경찰 승합차에서 떨어졌지만, 그가 제때 차를 세우지 못해 뒷바퀴가 그녀의 머리를 그대로 뭉개고 지나갔던 그 순간의 기억. 그리고 가끔은 억지로 그 순간을 떠올렸다. 좀 더 오래, 좀 더 많이. 하지만 그의 기억 대부분을 차지하는 것은 무릎에 얹은 그녀의 머리에서 흘러나왔던 엄청난 양의 붉은 피였다.

더 이상 견딜 수가 없었다.

그는 나무와 묘비를 쳐다보았다. 심지어 멀리 보이는 기념 정원 쪽으로 시선을 돌려보았지만 별 도움이 되지 않았다. 수도 없이 자신을 자책했지만, 깜빡이기만 하던 그녀의 두 눈과, 경련이 일어난 그녀의 두 다리를 도저히 다시 마주 대할 자신이 없었다.

'그토록 두려워하셨던 일은 이미 과거가 되어버렸다구요.'

그는 주변을 둘러보다가 갑자기 발걸음을 재촉했다.

그는 15B구역의 묘비들을 가로질러갔다. 아름답고 절제된 멋을 지닌 묘석들. 그곳은 자신의 죽음에 호들갑을 떨지 않고 명예롭게 묻힌 사람들이 있는 곳이었다.

16A구역. 그는 점차 보폭을 크게 벌려나갔다. 19E구역. 숨이 차고 땀이 흘렀다.

그는 주변에 있던 수돗가를 찾아가 초록색 물뿌리개에 물을 가득 채우고 발걸음을 재촉했다. 아스팔트 도로는 어느새 자갈길로 변해 있었다.

19B구역.

그는 다시 걸음을 멈추고 싶었다.

한 번도 가본 적 없는 곳이었다. 시도는 해보았지만, 끝내 발걸음을 옮길 수 없었던 목적지.

겨우 몇 킬로미터의 산책길을 '완주'하는 데 걸린 시간은 무려 1년하고도 6개월이었다.

희미해지는 달빛 때문에 바로 앞에 있는 묘비 이상은 잘 보이지 않았다. 그는 허리를 숙여 가까이 다가가 각각의 묘비 번호를 확인했다.

601번 묘.

602번 묘.

몸이 떨리고 숨 쉬는 것조차 힘들어졌다. 순간, 도망가고 싶은 마음이 일었다.

603번 묘.

화단의 흙이 살짝 파헤쳐져 있고, 작고 하얀 나무 십자가 외에는 아무것도 없는 묘.

그는 물뿌리개를 들고 꽃 하나 없는 잡목에 물을 주었다.

그녀가 이곳에 잠들어 있었다.

스톡홀름의 여명을 맞으며 거리를 걸을 때 그의 손을 꼭 쥐고 자신의 곁으로 끌어당기던 한 소녀. 바사파르켄 스키장의 밤나무 사이에서 왁스칠 상태가 엉망인 스키를 타고 그의 옆에서 쩔쩔매던 한 소녀. 그와 함께 스베아베겐의 아파트로 걸어 들어가던 한 소녀가.

그 소녀가 바로 이 무덤에 잠들어 있었다.

이 무덤의 주인은 끝내 그를 알아보지 못하고 휠체어에 앉은 모습으로 요양원에서 생을 마감한 나이 든 여인이 아니었다.

그는 울지 않았다. 이미 울 만큼 울었기 때문이다. 그는 미소를 지었다.

난 그 친구를 죽이지 않았어.

난 당신을 죽이지 않았어.

내가 그토록 두려워했던 일은 이미 과거에 불과해.

제5장

하루 뒤

그는 호밀 빵을 좋아했다. 밀알이 박힌 두툼한 덩어리는 포만감을 주었고, 바삭거리는 표면은 씹는 맛이 일품이었기 때문이다. 블랙커피 한 잔과 그가 보는 앞에서 직접 간 오렌지 주스까지. 집에서 몇 분 거리에 있는 모퉁이 카페에서 그는 일주일에 몇 번 아침식사를 하곤 했다.

그는 널찍한 침대 위에서 거의 네 시간 가까이 자고 일어났다. 더욱이 누군가를 쫓거나 쫓기는 꿈도 꾸지 않았다. 집으로 돌아와 넓은 부엌에 앉아서 창문 밖을 바라보다가 테이블 위에 그대로 놓여 있던 서류와 파일들을 정리하고 콧노래를 부르며 느긋하게 뜨거운 물로 샤워까지 한 후 한밤의 라디오 소리에 귀를 기울이던 순간, 그는 그날 밤만큼은 아주 편안한 밤이 될 거란 사실을 잘 알고 있었다.

에베트는 계산을 하고 가게를 나와 시나몬 번 네 개가 든 봉투를 들고 도로정체에 꼼짝 없이 발이 묶인 차들 옆을 유유히 걸어 정부청사에 도착했다.

신참으로 보이는 젊은 경비원이 그의 신분증을 확인한 뒤 연거푸 방문 예정자 명단과 비교하며 그의 이름을 찾고 있었다.

"법무부 장관을 만나러 오셨다고요?"

"그렇다니까."

"사무실 위치는 알고 계십니까?"

"며칠 전 밤에 찾아오긴 했는데 만나지는 못했지."

복도 중앙의 감시카메라가 정면으로 보였다. 에베트는 몇 주 전, 그 자리를 지나던 경찰 정보원이 그랬던 것처럼 카메라를 뚫어지게 응시한 뒤 쓰윽 미소를 지어 보였다. 그리고 비슷한 시각, 상황통제실을 찾은 보안경비 책임자는 철제 선반에서 번호가 달린 감시카메라 녹화 테이프 두 개가 사라진 사실을 발견했다.

이른 시간이었지만 그들은 미리 나와 사무실 끝에 놓인 커다란 테이블에 앉아 그를 기다리고 있었다.

그들 앞에는 반 정도 마신 커피 잔이 놓여 있었다.

에베트는 굳게 입을 다문 채 그들을 바라보기만 했다.

"면담 요청을 하셨다고요? 자, 그래서 이렇게 자리가 마련되었습니다. 오래 걸리진 않을 거라 생각합니다. 여기 계신 분들은 다들 참석하셔야 할 사전 미팅이 많은 분들이라서 말입니다."

에베트는 세 사람의 얼굴을 들여다보았다. 한 번에 한 사람씩 뚫어지게. 앞의 두 사람은 침착한 건지, 그런 척을 하고 있는 건지 '정밀감식'이 필요했다. 반면, 예란숀은 달랐다. 이마가 번들거리고 쉴 새 없이 눈을 깜빡였으며, 너무 꽉 깨물었는지 입술이 주름져 있었다.

"시나몬 번을 좀 사왔습니다."

그는 하얀 종이봉투를 테이블 위에 올려놓았다.

"지금 뭐 하자는 거야, 그렌스!"

호프만에게는 가족이 있었다.

두 아이는 아버지 없이 자라게 될 터였다.

"드실 분 없습니까? 1인당 하나씩 사왔는데 말입니다."

아이들이 자라면서 아빠를 찾는다면? 아이들이 하나, 둘 질문을 던지기 시작한다면? 과연 그는 뭐라고 답을 해야 할까?

그게 내 일이었다고?

빌어먹을 직무수행 중이었다고?

너희 아버지의 목숨은 나와 이 사회에게는 위협을 당하고 있던 교도관 목숨보다 소중하지 않았다고?

"아무도 안 드실 겁니까? 그렇다면 전 하나 먹겠습니다. 예란숀 총경님, 거기 컵 하나만 주시겠습니까?"

그는 커피를 마신 뒤 시나몬 번을 먹고 하나를 더 집어먹었다.

"두 개가 남았습니다. 생각 있으신 분은 얼른 드시기 바랍니다."

그는 다시 한 번 반대편에 있는 사람들을 쳐다보았다. 마찬가지로 한 번에 한 사람씩. 법무장관은 가식적인 미소를 지으며 침착하게 앉아 있었다. 경찰총감은 창문 쪽으로 시선을 돌리고 있었다. 창문 너머로 스톡홀름 왕궁 지붕과 스톡홀름 대성당이 내다보였다. 예란숀 총경은 멍하니 테이블만 내려다보고 있었다.

에베트는 서류가방을 열고 노트북 하나를 꺼냈다.

"제법 괜찮은 녀석이지요. 스벤이라는 제 부하직원도 비슷하게 생긴 걸 가지고 미국으로 갔는데 어제 도착했더군요."

그가 서툰 동작으로 손가락을 움직여 시디 한 장을 삽입한 뒤 파일을 열자 화면이 검게 변했다.

"누를 게 참 많지요? 하지만 저도 이제 제법 다룰 줄 압니다. 아, 그건 그렇고, 스벤이란 친구가 만나러 간 건 에리크 빌손입니다. 똑같은 파일이 담긴 노트북을 들고 말입니다."

감시카메라가 설치된 위치는 두 곳이었다. 하나는 유리부스 1미터 위쪽, 다른 하나는 3층 복도였다. 며칠 전 밤에 압수해 간 영상기록은 화면도 흔들리고 흐릿했지만, 어떤 장면이 진행되고 있는지 만큼은 모두가 똑똑히 볼 수 있었다.

다섯 사람이 촘촘한 시간 간격으로 정부청사의 어느 사무실로 하나씩 들어가는 장면이었다.

"이 사람들이 누군지 알아보시겠습니까?"

에베트는 화면을 가리키며 물었다.

"이 사람들이 어느 사무실로 들어가는 건지도 알아보시겠군요?"

그가 재생을 멈추자 화면에 정지영상 하나가 잡혔다. 누군가 카메라를 등지고 선 자세로 양팔을 벌리고 있고, 한 남자가 그의 뒤에서 몸수색을 하듯 등을 만지고 있었다.

"여기까지가 촬영된 화면의 전부입니다. 여기 보이는 이 남자, 팔을 벌린 자세로 서 있는 이 남자는 화려한 전과기록을 가진 범죄자인데, 이 화면에 잡혔을 당시에 시경의 비밀정보원으로 활동하고 있었습니다. 그리고 이 정보원 뒤에서서 손으로 몸을 훑고 있는 이 사람은 총경님이시군요."

에베트는 쿵 쓰러지듯 뒤로 기대는 예란숀에게 시선을 돌렸다.

그는 시선을 피하며 아무런 대꾸도 하지 않았다.

"이 노트북은 경찰 자산입니다. 그런데 이건 제 물건입니다."

그는 서류가방에 달린 주머니에 손을 넣더니 시디플레이어 하나를 꺼냈다.

"한 5년 쯤 전인가, 오게스탐 검사하고 대수롭지 않은 일로 실랑이를 벌이고 난 다음 그 친구한테 선물로 받은 겁니다. 젊은 친구들이 쓰는 최신형이었던 것 같은데, 사실 저한테는 무용지물이었죠. 아, 그 친구한테는 비밀로 해주시면 좋겠군요. 아무튼 몇 주 전까지는 쓸 일이 전혀 없었습니다. 아주 재미난 녹음 내용을 접하기 전까지는 말입니다."

에베트는 시나몬 번 봉투를 옆으로 살짝 밀었다.

"그리고 이 스피커는 압류품 보관창고에서 잠시 빌려온 겁니다. 스투라 뉘가탄의 어느 아파트에서 발생한 주거침입사건의 증거물인데, 수사는 이미 종결됐지만 찾으러 오는 사람이 없더군요."

그는 소형 스피커 두 대를 테이블 위에 올려놓고 선을 연결하느라 시간을 들였다.

"상태가 좋으면…… 제가 가져가 쓴다 해도 누가 알겠습니까."

에베트는 버튼 하나를 눌렀다.

의자 끄는 소리, 사람들 움직이는 소리.

"회의가 벌어질 모양이군요."

그는 주변을 한 번 둘러보았다.

"이 방에서. 그리고 이 테이블에서 말입니다. 5월 10일, 15시 49분경의 일입니다. 살짝 앞으로 돌려볼까요. 28분 24초로 말입니다."

그러고는 자신의 직속상관에게 시선을 고정했다.

예란숀은 재킷을 아예 벗어버렸다. 옅은 파랑색 셔츠의 겨드랑이 부위가 짙게 물들어 있었다.

"지금 이 목소리. 누군지 잘 아실 거라 생각합니다."

—전에도 비슷한 결정을 하셨다는 거, 알고 있습니다.

"여러분은 저와 스벤, 헬만손, 그리고 크란츠 박사와 엘포슈 박사를……."

"에베트……."

"비롯해 적지 않은 수의 경찰병력을 몇 주에 걸쳐 이 사건에 매달리게 하셨습니다. 여러분은 전모를 다 알고 있는 상황에서 말이지요."

예란숀은 처음으로 에베트와 눈을 맞췄다. 무언가 말을 하려고 했지만 에베트가 고개를 가로저으며 막았다.

"제 이야기, 금방 끝납니다."

그는 정확히 버튼 하나를 눌렀다 뗐다.

"조금 더 앞으로 돌려보겠습니다. 22분 17초 정도 지났고, 이번엔 다른 사람의 목소리입니다."

—그런 일이 일어나는 건 원치 않습니다. 장관님 역시 같은 생각이실 겁니다. 파울라에겐 베스트만나가탄 살인사건 때문에 한가하게 조사받고 있을 시간이 없습니다.

에베트는 경찰총감을 쳐다보았다.

정성스레 광을 낸 벽이 우지끈 갈라지기 시작하는 느낌이랄까. 그는 눈 주변이 부들부들 떨리고 양 손바닥을 비비기 시작했다.

"동료경찰들에게 거짓말을 하고, 정보원의 존재를 묻어버리고, 조사가 더 이상 진행될 수 없도록 일부 범죄에 면책권을 부여하고……. 이런 게 다가올 미래에 경찰들이 해야 할 일이라면…… 솔직히 은퇴가 6년 남았다는 사실이 진심으로 반갑게 느껴지더군요."

그는 굳이 대답을 기다리지 않았다. 그러고는 스피커가

법무장관을 마주보게 배치했다.

"그 친구는 바로 장관님 맞은편에 앉아 있었습니다. 기분이 이상하지 않습니까?"

—베스트만나가탄 79번가 살인사건에 관해서 그 어떤 법적 책임도 묻지 않을 것을 약속합니다. 당신이 교도소 내에서 임무를 완수할 수 있도록 최선을 다해 도울 것을 약속합니다.

"마이크는 아마 지금 제가 앉은 이 자리에 먼저 앉아 있던 친구의 무릎 정도에 있지 않았나 싶습니다."

—그리고…… 임무 완수 후 당신의 신변 보호를 약속합니다. 살해 위협을 당하거나 죽음의 낙인이 찍힌 채 살아야 한다는 건 나도 잘 아니까요. 새로운 인생, 새로운 신분 그리고 외국에 나가 정착할 수 있도록 금전적 지원을 약속합니다.

에베트는 스피커를 들어 올려 법무장관과 가까운 쪽으로 자리를 옮겼다.

"그다음 문장에 귀 기울여주시면 좋겠습니다."

에베트가 스피커를 내려놓자마자 그녀의 목소리가 이어졌다.

—이 모든 내용은 법무장관의 직권으로 보장해드릴 것을 약속합니다.

그는 하얀 종이봉투로 손을 뻗어 시나몬 번 하나를 더 집어먹으며 남아 있던 커피를 홀짝 다 마셔버렸다.

"범죄사실보고 불이행, 위법행위. 범죄인 은닉, 위법행위. 범죄공모, 위법행위."

에베트는 상대들이 당장 사무실에서 나가라고, 안 그러면 경비를 부르겠다고 위협하고, 대체 무슨 생각으로 이런 짓을 벌이느냐고 따져 물을 거라 예상했다.

"위증, 위법행위. 공권력 남용, 위법행위. 공문서 위조, 위법행위."

그들은 가만히 앉아 있었다. 아무런 말도 없이.

"추가 위법행위, 뭐 더 아시는 거 있습니까?"

면담이 시작될 때부터 창밖을 맴돌던 갈매기의 날카로운 울음소리만 고요한 방 안에 울려 퍼졌다.

그리고 테이블에 둘러앉은 네 사람의 규칙적인 숨소리.

에베트는 서서히 사무실을 가로질러 창가로 다가가 새들을 한 번 쳐다보고는, 더 이상 황급히 다음 약속장소로 떠날 생각이 없는 사람들에게 돌아왔다.

"난 죄책감을 떠안고 살기 싫습니다. 다시는."

사흘 전, 그는 형사 생활 내내 두려워했던 임무를 맡아 과감한 결단을 내려야 했다. 인간표적에 대한 사살명령.

"난 그 친구 죽음에 아무런 책임도 없습니다."

전날 밤, 그는 몇 시간이 넘도록 공원묘지에 머물러 있었다. 그가 기억하는 한, 세상 그 어느 것보다 마주보기 무섭고 두려웠던 소박한 무덤 앞에 앉아서.

"난 그 친구 죽음에 아무런 책임도 없단 말입니다."

그의 목소리는 놀라울 정도로 침착했다.

"살인을 저지른 건 내가 아닙니다."

그는 앞에 있는 세 사람을 일일이 손가락으로 지목하며 말을 이었다.

"그건 당신, 그리고 당신, 그리고 당신들이었어."

그다음 날

꼬리뼈 위로 몇 센티미터 부근 척추에서 엄청난 통증이 느껴졌다. 그는 조심스레 양 발을 번갈아 쭉 뻗었다. 극심한 통증이 잠시나마 무뎌지는 느낌이 들었다.

아무것도 들리지 않았다.

냄새조차 느껴지지 않았다. 똥오줌이 풍기는 악취도 아무 의미 없었다. 처음 몇 시간은 고역이었다. 하지만 그것도 한참 전 일이다. 지금은 더 이상 아무런 감각이 없었다.

첫날부터 다음 날 아침까지는 눈을 부릅뜨고 보이지 않는 것에 온 신경을 곤두세웠다. 여기저기서 들려오는 고함소리, 사방에서 울리는 발소리. 하지만 이제는 아예 눈을 감은 채로 시간을 보내고 있었다. 칠흑 같은 어둠 속에서는 뭐가 나타나더라도 아무것도 볼 수 없었기 때문이다.

그는 기다란 사각형 알루미늄 파이프 속에 누워 있었다. 직경은 대략 양쪽 어깨가 겨우 들어갈 정도였는데, 두 팔을 위로 뻗으면 손바닥으로 파이프 끝을 밀 수 있을 것 같았다.

아랫배를 누르는 압박감은 여전했다. 그는 그 자세로 오줌을 누었다. 넓적다리를 타고 오줌이 흘러내렸다. 그러자 한결 나아졌다. 인질극을 벌이기 전부터 물 한 모금 마시지 못한 상태였다. 그랬기에 흐르는 오줌을 받아 입으로 가져가 마시는 것만으로 1백여 시간 이상을 버틸 수밖에 없었다.

그는 인간이 물 없이도 일주일은 버틸 수 있다는 사실을 이미 잘 알고 있었다. 하지만 갈증은 사람을 미치게 했다. 입술과 입천장, 그리고 목구멍은 수분 부족으로 쪼글쪼글해졌다. 하지만 그는 끝까지 버텼다. 가만히 누운 채로 허기와 온몸의 관절이 울부짖는 통증을 견뎌냈듯이, 칠흑 같은 어둠 속에서 마음을 달래고 두려움을 떨쳐냈듯이 꿋꿋이 버텼다. 그러나 몇 번이나 결심을 흔들던 건 다름 아닌 열기였다. 불과 연기로 인해 건물 내부의 모든 전기관련 시설이 작동을 멈췄고, 환기장치가 기능을 상실하며 공기를 끌어들이지 못하는 상황이 되자 거의 밀봉상태에 가까운 파이프 속의 온도가 미친 듯이 치솟은 것이다. 마지막 몇 시간 동안, 단지 몇 분이면 끝이라고 생각했다. 하지만 상황은 그렇지 않았다. 더 이상은 버틸 수가 없었다.

파이프에서 탈출했어야 할 시간에서 이미 하루가 지났다.

애초의 계획은 그랬다. 사흘 간 이어지는 비상경계 태세가 잦아들기만을 기다리는 것.

그런데 어제 오후, 누군가 문을 열고 들어와 변전실 주변을 살펴보았던 것이다. 그는 돌이 된 듯 꼼짝도 않고 숨죽인 채, 경비원 혹은 전기기술자나 배관공일지 모를 그 불청객과 겨우 50센티미터도 되지 않는 거리에서 상대의 발소리와 숨소리에 귀를 기울였다. 교도소 내 급수와 전기를 통제하는 관리실은 일주일에 한두 차례 점검이 이루어진다는 걸 그는 익히 알고 있었다. 하지만 절대적으로 안전하다는 확신이 들 때까지 24시간을 더 기다렸다.

그는 왼손을 들어 올려 교도관에게 빼앗은 손목시계를 들여다보았다.

때가 되었다.

그는 바지 주머니에 가위가 들어 있는지 확인해보았다. 교도작업장의 사무실 책상서랍에 미리 넣어두었다가 챙겨온 가위였다. 그는 그 가위로 첫날 자신의 긴 머리를 모두 잘라냈다. 비좁은 파이프 안에서 팔과 손을 놀리는 게 상당히 불편했지만, 어차피 시간은 많았고 그런 식으로 집중하면서 시신의 일부를 찾아 헤매는 사람들이 내는 시끄러운 소리를 잊을 수 있었다. 그는 주머니에서 다시 가위를 꺼내 팔을 뒤로 당겼다가 가위 모서리로 파이프를 있는 힘껏 찍었다. 손가락 두께 정도의 구멍이 생겨 가위 날로 얇은 철판을 뜯어낼 수 있을 때까지 같은 동작을 반복했다. 그는 살짝 잘라낸 날카로운 부위를 손으로 잡고 온몸과 두 다리를 지렛대 삼아 있는 힘껏 구멍을 넓혔다. 결국 알루미늄 파이프가 찢기듯 벌어지며 손에 심한 상처를 입었지만 그 덕에 변전실 돌바닥으로 떨어질 수 있었다.

그는 벽에 붙어 있는 급수 및 전기 제어장치의 빨간색, 노란색, 초록색 점멸등이 모두 57개라는 걸 세어본 뒤 처음부터 다시 한 번 세었다.

발소리도, 목소리도 들리지 않았다.

그는 관리실 바닥에 무언가가 떨어져 부딪히는 소리를 감지한 사람이 아무도 없다는 사실을 확인했다. 그는 두 손으로 세면대를 붙잡고 간신히 몸을 일으켜 세웠다. 머리가 빙빙 돌았지만 잠시 뒤 사방에서 온몸을 조이고 있던 압박감이 서서히 사라졌다. 그는 그 느낌에 다시 한 번 자신의 몸을 맡겼다.

그러고는 재빠르게 어두운 실내를 둘러보았다.

두꺼비집 아래에 손전등이 걸려 있었다. 그는 불을 켜는 대신 손전등을 빼들고 전원을 켰다. 그의 눈도 서서히 빛에 적응하기 시작했다. 어둠의 세상에서 빛의 세상으로 나오자 생각 이상으로 고통스러웠다. 세면대 위에 달린 거울에 반사된 빛이 눈을 찌를 땐 비명을 지를 뻔했다.

그는 눈을 감고 기다렸다.

빛은 더 이상 고통스럽지 않았다.

그는 길이가 제각각인 자신의 머리를 발견했다. 굵직하게 얽힌 머리가 치렁치렁 늘어진 모습이었다. 그는 바닥에서 가위를 주워들고 최대한 짧게 쳐올려 몇 밀리미터만 남겨두고 모두 잘라냈다. 그러고는 가위와 마찬가지로 교도작업장 사무실 책상서랍 속에 숨겨두었다가 자신의 바지에 넣어 온 면도칼을 꺼내들었다. 그는 수도꼭지에 입을 대고 꿀꺽꿀꺽 물을 들이켠 다음, 루센바드 비밀회담을 마치고 경계가 삼엄한 아스프소스 교도소에 잠입해 들어가기로 결정한 후 계속해서 길러왔던 수염을 말끔히 밀어냈다.

그는 다시 거울을 들여다보았다.

나흘 전만해도 긴 금발에 3주 정도 수염을 기른 모습이었다.

하지만 지금 그는 짧은 스포츠형 머리에 깔끔히 면도까지 한 말쑥한 모습이었다.

전혀 다른 사람이 거울 안에 있었다.

그는 물을 틀어둔 상태로 옷을 벗고 세면대에 놓인 더러운 비누로 몸을 닦은 뒤 후덥지근한 방 안에서 물기가 마를 때까지 기다렸다. 그런 다음 자신이 뚫고 나온 파이프로 다시 돌아가 손을 밀어 넣고 더듬거려 옷가지를 꺼냈다. 그 옷은 며칠 전만해도 야콥손이라는 이름의 교감이 입고 있던 교도관 제복이었다. 그는 제복을 베개처럼 활용하면서 목을 보호했고, 땀에 젖거나 더러워지지 않게 보관했다.

그와 교감은 키나 체구가 거의 비슷했다. 그래서 제복 차림이 어색하지 않아 보였다. 바짓단이 짧은 듯도 하고, 신발도 좀 꽉 끼는 것 같았지만 그런 건 중요하지 않았다. 눈에 드러나지 않기 때문이다.

그는 문 앞에 서서 기다렸다.

두려움과 긴장감에 신경이 바짝 곤두섰지만, 위급한 상황에서 억지로 자신의 감정을 누르는 법을 터득한 그였다. 생각이나 희망 따위는 필요 없었다. 소피아, 후구, 라스무스에 대한 생각도 금물이었다. 인간적인 삶을 떠오르게 하는 모든 것들을 차단해야 했다.

그는 교도소 문을 넘어오던 순간부터 그런 감정의 단계에 이미 돌입한 상태였다.

그리고 두 번째로 그런 생각을 꾹 눌러 담았다.

자신을 향해 총알이 날아들던 바로 그 순간에.

작업장 창문에 서 있던 그는 귀에 꽂은 수신기를 조작하며 마지막으로 종탑 쪽을 바라보았다. 그러고는 폭발물을 몸에 달고 있는 인질에게 덮어씌운 깔개와 디젤유가 든 드럼통, 그리고 발밑으로 흐르는 휘발유와 손에 쥔 도화선을 바라보았다. 그는 자신의 위치를 확인했다. 측면으로 서서 저격수가 자신의 머리를 조준하도록 해야 했다. 그래야 검시관들이 두개골의 행방을 찾지 않기 때문이었다.

2초간 지속된 순도 백퍼센트의 공포.

그는 수신기로 발포명령을 내리는 목소리를 들었다. 그래도 그 자리에 서서 기다려야만 했다. 하지만 두 다리가 너무 일찍 반응하는 바람에 의도치 않게 자리를 벗어날 수밖에 없었다.

두 번씩이나 저절로 움직이는 다리를 말릴 수가 없었다.

하지만 세 번째로 창문 앞에 다가 섰을 땐 마음을 다스릴 수 있었다. 모든 생각과 감정, 희망을 차단한 상태로 그는 다시 자신에게 보호막을 씌웠다.

그리고 발사된 총알.

그는 그대로 서 있었다.

그에게 주어진 시간은 정확히 3초.

초당 7미터의 바람이 불고 외부기온이 섭씨 18도인 상황에서 발사된 탄환이 교회 종탑을 떠나 1,503미터를 날아와 교도작업장 유리를 깨고 그의 머리에 명중하기까지 걸리는 시간.

절대로 빨리 움직여선 안 된다. 감적수가 보고 있을 테니까.

숫자를 센다.

1001.

내 손에는 불꽃이 이글거리는 라이터가 들려 있다.

1002.

탄환이 유리창을 때리는 바로 그 순간, 나는 재빨리 앞으로 가 깔개로 덮은 인질에 붙어 있는 도화선에 불을 붙인다.

탄환이 이미 발사된 상황에서 순간적으로 산산조각 날 창문을 통해 표적을 보는 건 더 이상 불가능하다.

그에게 남은 시간은 단 2초.

도화선에 붙은 불길이 기폭장치를 향해 타들어가는 시간. 펜틸을 타고 나이트로글리세린을 향해 뻗어가는 순간.

나는 몇 미터 떨어진 곳에 미리 골라놓은 기둥으로 달려간다. 천장을 떠받친 사각형 콘크리트 덩어리 뒤로.

인질의 몸에 감은 도화선이 몇 센티미터만 남고 다 타들어갈 때까지 기둥 뒤에 숨어 있다.

고막이 터져버린다.

교감이 기대앉은 벽과 사무실로 이어지는 벽이 무너져 내린다.

창문은 산산조각 나면서 교도소 운동장 쪽으로 떨어져 내린다.

충격파가 내가 있는 곳까지 날려버리려 하지만, 콘크리트 기둥에 부딪혀 약해지고 대신 인질 위에 씌워놓은 깔개 쪽으로 향한다.

잠시 의식을 잃지만 단 몇 초뿐이다.

나는 살아 있다.

폭발로 인한 열이 디젤 드럼통을 덮치고 시커먼 연기가 작업장을 집어삼키던 순간, 귀를 찢는 듯 엄청난 굉음의 여파로 그는 바닥에 드러누워 있었다.

그는 잠시 후 불길과 시커먼 연기에 몸을 숨기고 창문이 있던 자리에 생긴 커다란 구멍 밖으로 노교도관의 제복을 던지고 자신도 뛰어내렸다. 불과 몇 미터 아래에 있는 지붕으로.

움직이지 않고 기다린다.

옷가지를 겨드랑이에 끼운다. 검은 연기로 아무것도 보이지 않고, 고막이 나가 들리지도 않지만 소리를 잡아내기 위해 기를 쓴다. 그런데 작업장 지붕에 대기 중이던 기동대의 움직임이 느껴진다. 내 쪽으로 뛰어오는 기동대원과 정면으로 눈이 마주치더라도 난 이대로 가만히 있을 것이다.

나는 숨을 참는다. 창문에서 뛰어내릴 때부터 참았다. 유독가스를 들이마시는 건 곧 죽음이란 걸 알기 때문이다.

그는 기동대원들과 근접한 상태에서 움직였다. 그들이 그의 발소리를 들었더라도 설마 그게 자신들이 죽음을 목격한 인질범이 내는 소리일 거라고는 짐작도 못했을 것이다. 그는 조심스레 지붕으로 옮겨가 굴뚝처럼 생긴 반짝이는 함석판 쪽으로 이동했다. 그러고는 그 구멍 안으로 기어들어가 벽을 따라 좁은 파이프까지 내려간 뒤, 더 이상 짚고 내려갈 공간을 만들 수 없어 환기구 통로에 몸을 맡기고 바닥까지 미끄러져 내려갔다.

난 엎드린 자세로 파이프 속을 기어나간다. 이 파이프는 다시 교도소 건물 안으로 이어지기 때문이다.

손으로 알루미늄 파이프 바닥을 쓸며 조금씩 전진한다. 그렇게 도착한 곳은 변전실이다. 변전실에는 지하 통로로 직접 이어지는 문이 있었다.

나는 제복을 머리에 베고 돌아눕는다. 그렇게 환기구 통로에서 사흘을 기다리게 될 것이다. 이 자리에서 똥오줌을 지릴지언정 절대로 꿈같은 것은 꾸지 않을 것이다. 어떠한 기분도 느끼지 않을 것이다. 어떠한 생각도 하지 않을 것이다. 아직은 그럴 단계가 아니니까.

그는 문 가까이 귀를 가져다댔다.

확실하진 않지만 밖에서 누군가 돌아다니는 것 같은 느낌이 들었다. 그 시간대는 교도관들이 통로로 지나다닐 시간이었다. 입방시간이라 재소자들은 감방에 들어가 있을 터였다.

그는 재빨리 손으로 자신의 얼굴과 머리를 만져보았다. 수염도 긴 머리카락도 없었다. 넓적다리와 종아리를 살펴보았다. 오줌이 흘러내린 흔적은 없었다.

새 옷에서는 다른 사람의 체취가 느껴졌다. 아마 노교도관이 사용했던 탈취제나 면도크림 냄새였을 것이다.

다시 밖에서 움직임이 느껴졌다. 이번에는 여러 사람이 움직이는 것 같았다.

그는 시계를 들여다보았다. 20시 5분 전.

근무를 마치고 집으로 돌아가는 교도관들이었다. 그들은 피해야 했다. 그의 얼굴을 알고 있었기 때문이다. 그는 15분 정도 더 문 앞에서 기다렸다. 어두운 변전실과 57개의 불빛을 둘러보면서.

지금이다.

여러 명의 소리가 들렸다. 분명 야간 근무조의 출근시간이었다.

재소자 입방시간 이후에 출근하는 관계로 그들의 얼굴을 거의 본 적도 없고 어떻게 생겼는지도 모르는 교도관들.

청력이 불규칙적으로 돌아왔다 나갔다를 반복하는 극한 상황이었지만, 교도관 일행이 문 앞을 이미 지나쳤다는 확신이 들었다. 그래서 잠겨 있던 문을 열고 밖으로 나와 다시 문을 닫았다.

교도관 세 명이 20여 미터 앞에서 중앙통제센터로 통하는 G감호구역으로 걸어가고 있었다. 대략 그와 비슷한 또래 하나와 훨씬 어려 보이는 나머지 둘은 사회 초년생으로 보였다. 5월 말이면 아스프소스 교도소는 여름 휴가철을 준비하기 위해 파트타임 일자리에 지원하는 임시직 젊은이들로 넘쳐난다. 그들은 대략 한 시간 정도의 교육과 이틀에 걸친 수습과정을 거친 뒤 제복을 입고 근무를 시작하게 된다.

교도관 일행은 지상으로 연결되는 보안문 앞에 멈춰 섰다. 그는 일행을 따라잡기 위해 걸음을 재촉했다. 그가 일행의 뒤에 따라붙자마자 선임으로 보이는 교도관이 열쇠로 보안문을 열었다.

"나도 같이 나갑시다."

일행은 뒤를 돌아 위아래로 그를 훑어보았다.

"깜빡 하는 사이에 늦어버렸네요."

"퇴근하는 길입니까?"

"그렇습니다."

말을 건 교도관은 별로 의심하지 않는 눈치였다. 오히려 직장동료를 대하는 친근감 있는 어투였다.

"새로 오셨나보군그래."

"완전 신참이라 열쇠를 지급받지 못했습니다."

"아직 이틀도 안 됐구만."

"어제가 첫 출근이었습니다."

"이 친구들하고 똑같네. 내일이면 사흘째가 되니 그때 되면 열쇠를 받게 될 거요."

그는 일행을 뒤따랐다.

이제 그는 교도소 지하 통로를 걸어가는 교도관 일행 중 하나에 지나지 않았다.

일행은 A감호구역과 11시간의 근무가 기다리고 있는 계단 갈림길에서 헤어졌다. 그는 인사말을 건넸고, 나머지 일행은 부러운 시선으로 퇴근하는 동료를 바라보았다.

그는 접견구역 중앙에 멈춰 섰다. 세 개의 문 중에서 하나를 골라야 했다.

대각선 반대편으로 보이는 첫 번째 문. 그곳은 배우자나 친구, 혹은 경찰이나 변호사를 만나는 접견실이었다. 스테판 리가스는 바로 그곳에서 늦은 밤에 찾아온 변호사를 만나 재소자로 들어온 조직원 중에 경찰 끄나풀이 있다는 사실을 전해 들었다.

두 번째 문은 정확하게 그의 뒤편에 있었다. 열려 있는 그 문으로 들어가 복도를 따라가면 G감호구역이 나타나게 된다. 웃음이 터져 나올 뻔했다. 그쪽으로 향하면 자신이 있던 감호구역으로 돌아가는 길이었기 때문이다. 이번에는 교도관 제복 차림으로.

그는 세 번째 문을 바라보았다.

중앙통제센터로 향하는 길이었다. 그곳은 여러 대의

CCTV모니터와 교도소 내에 있는 모든 자동 보안문 개폐장치가 설치된 유리부스 같은 사무실이었다.

통제실 안에는 교도관 두 명이 근무를 서고 있었다. 앞쪽에는 아주 뚱뚱한 체구에 짙은 색의 덥수룩한 수염을 기르고 넥타이를 어깨 뒤로 넘긴 교도관이 서 있었다. 그 뒤로 보이는 훨씬 날씬한 교도관은 유리부스 출입문에 등을 기대 앉아 있었다. 얼굴을 확인할 순 없었지만 대략 50대의 교감급일 것 같다는 생각이 들었다. 그는 숨을 깊게 들이마시고 스트레칭으로 몸을 푼 다음 똑바로 걸어 나가려고 애썼다. 폭발로 귀에 문제가 생겨 평형을 유지하기 어려웠기 때문이다.

"뭐야, 제복 차림으로 집에 가려고? 벌써부터?"

"네?"

둥근 얼굴에 듬성듬성 수염이 난 교도관이 그를 쳐다보며 물었다.

"자네 신참이지, 안 그래?"

"네, 그렇습니다."

"그런데 벌써부터 제복 차림으로 집에 가려고?"

"일하다보니 그렇게 됐습니다."

교도관은 미소를 지어 보였다. 그는 서두르는 기색이 없었다. 그저 빈말 몇 마디 던지다보면 지루한 시간이 빨리 가기라도 하듯 계속해서 말을 붙일 분위기였다.

"바깥이 따뜻해. 날씨 한번 죽인다니까."

"그런 것 같습니다."

"바로 집으로 가는 건가?"

말을 거는 교도관은 한쪽으로 비스듬히 몸을 기울여 책상 위에 놓인 작은 선풍기 가까이 다가갔다. 선풍기는 갑갑한 사무실 안을 그나마 환기해주는 역할을 하는 장치였다. 유리부스에 다가가자 뒤쪽 의자에 앉아 있던 나머지 교도관 얼굴이 확실히 보였다.

그는 그 교도관을 알아보았다.

"네, 그럴 생각입니다."

"왜, 누가 기다려?"

렌나트 오스카숀이었다.

며칠 전, 감금독방에서 얼굴에 정면으로 주먹을 날린 바로 그 교도소장.

"집에서 기다리는 건 아니구요, 만나긴 내일 만날 겁니다. 식구들 본 지 한참 됐거든요."

오스카숀은 읽고 있던 서류를 툭 닫으며 고개를 들어 올렸다.

그는 그렇게 신참 교도관을 쳐다보았다.

하지만 아무런 반응도 보이지 않았다.

"집에서 기다리는 게 아니다? 한때는 내게도 기다려주는 사람들이 있었지, 가족 말이야. 뭐 그런데 잘 모르겠어. 가족이란……."

"죄송합니다만……."

"뭐가?"

"제가 좀 바빠서요."

넥타이를 어깨 뒤로 넘긴 이유가 음식물이 묻어서인지, 아니면 땀에 젖어 말리기 위해서인지는 알 수 없었다.

"바쁘다고? 세상에 안 바쁜 사람이 어디 있어?"

교도관은 턱수염을 살짝 잡아당기며 코를 벌름거렸다. 살짝 삐친 눈빛이었다.

"뭐, 아무튼 말이야. 퇴근이나 하라고. 문 열어줄 테니까."

두 발짝 걸어 나가 금속 탐지기를 통과했다.

그리고 또 두 발짝 걸어 교도소 현관 밖으로 나갔다.

피에트 호프만은 뒤를 돌아 짜증난 듯 손을 휘젓는 교도관을 향해 고갯짓을 했다.

오스카숀 소장은 뚱뚱한 교도관 뒤에 그대로 앉아 있었다.

그들은 다시 한 번 눈이 맞았다.

그는 누군가 고함을 지르며 뒤를 쫓아올 거라고 예상했다.

하지만 아무런 소리도, 아무런 움직임도 없었다.

깔끔히 면도를 하고 짧게 깎아 올린 스포츠형 머리에 교도관 제복을 입은 남자가 교도소 정문을 빠져나가 담벼락 너머로 사라지는 장면은 그곳에 근무하는 사람들에게는 익숙한 장면이었다. 하지만 그 남자에겐 이름이 없었다. 여름철에 몰려드는 임시직들의 운명이라면 운명이었다. 그 남자는 따뜻한 산들바람이 얼굴을 간질이자 미소를 지었다. 왠지 사랑스러운 밤이 될 것 같았기 때문이다.

그리고 그다음 날

에베트 그렌스는 책상 앞에 앉아 있었다. 등 뒤 책장에는 아무리 채우려고 애를 써도 채워지지 않는 구멍과, 매일같이 닦아도 사라지지 않는 네모난 먼지 테두리가 남아 있었다. 그는 그렇게 세 시간 정도를 앉아 있었다.

그날은 상쾌한 아침으로 하루가 시작되었다.

그는 창문을 열어둔 채 갈색 소파에 누워 몇 시간 정도를 자다가 베리스가탄 대로에 등장한 첫 화물차 부대 소리에 깨어났다. 그는 눈을 뜨고 잠시 동안 선선한 바람을 맞으며 파란 하늘을 올려다보다가, 양손에 커피를 들고 몇 층 위에 있는 구치소로 향했다.

도저히 거스를 수 없었다.

날씨만 받쳐준다면 구치소 복도에서 몇 시간 동안 거닐며, 이른 아침의 태양이 그리고 지나가는 동선을 선명히 감상할 수 있기 때문이었다. 그날 아침 에베트는 바닥을 비추는 햇살이 가장 빛나는 지점을 따라 걸으며 일부러 지난 사흘 전부터 구류상태로 수감되어 있는 특정인들의 구치소 감방 앞을 지나갔다. 오게스탐 검사는 관련자 전원에게 법정 구속시간 72시간이 엄수되도록 신중히 조치를 취했고 그날 오후, 에베트는 법정소송을 위한 체포영장이 발부되기를 기다리고 있었다. 그 대상은 총경, 경찰총감, 그리고 법무부 장관이었다.

책장에 뚫린 구멍. 그 구멍이 계속해서 커지는 느낌이 들었다.

마음을 다잡을 때까지는 계속해서 그렇게 커져갈 것이다.

그는 이틀 동안 아스프소스 교도소의 감시카메라를 앞뒤로 돌리면서 프레임 별로 나누어 유심히 살펴보았다. 폭발 전으로 돌아가 보안문을 비롯해 지하 통로, 잿빛 담벼락과 철망 등의 감시카메라 영상을 확인해보았다. 그리고 크란츠 검시관과 엘포슈 부검의가 작성한 보고서를 비롯해 스벤과 마리안나의 면담 자료 등을 하나도 빼놓지 않고 살펴보았다.

그가 특히 주안점을 두고 많은 시간을 들여 살펴본 것은 두 가지였다.

발포명령이 떨어지기 직전, 저격수와 감적수가 나눈 대화 내용에 대한 녹취록.

녹취록에 따르면 두 사람은 호프만이 인질 하나에게 깔개를 씌워놓고 정체불명의 무언가로 묶어놓았다고 이야기하고 있었다. 그 정체불명의 무언가는 나중에 감식작업을 통해 펜틸 도화선으로 밝혀졌다. 깔개는 폭발 압력을 흡수하고 완화해 주변에 있는 사람을 보호하는 기능을 했다.

그리고 야콥손이라는 교감과 나눈 면담조사 자료였다.

야콥손은 호프만이 또 다른 인질의 피부에 액체로 추정되는 물질이 담긴 아주 작은 비닐용기를 여러 개 붙이는 장면을 목격했다고 적었고, 그 액체 역시 감식작업을 통해 나이트로글리세린으로 밝혀졌다. 검출된 상당량의 나이트로글리세린으로 인해 시체는 신원확인이 불가능할 정도로 '파괴'되었다.

에베트는 사무실이 떠나갈 정도로 호탕하게 웃음을 터뜨렸다.

그는 사무실 한가운데 선 채로 비디오와 책상에 놓인 녹취록을 번갈아 쳐다보며 한참을 웃었다. 그리고 그 길로 경시청을 나서 작은 마을을 굽어보고 있는 높은 담장 속 세상, 아스프소스 교도소를 향해 차를 몰았다. 그는 중앙통제센터에서 교도소 내 감시카메라 자료 중 5월 27일 오후 2시 26분 이후의 기록을 전부 요청했다. 그리고 다시 사무실로 돌아와 자판기에서 갓 뽑은 신선한 커피를 들고 책상에 앉아 교회 종탑 위에서 총알이 날아간 순간부터 기록된 모든 자료를 꼼꼼히 확인해보았다.

에베트는 자신이 무얼 찾고 있는지 이미 알고 있었다.

그는 14번 카메라의 자료를 선택했다. 중앙통제센터라 불리는 유리부스 위 1미터 지점에 달린 카메라였다. 그는 테이프를 빠르게 돌리다 교도소 밖으로 나가는 사람이 보일 때마다 멈추고 그들의 얼굴을 유심히 살펴보았다. 교도관, 방문객, 재소자, 각종 비품 납품업자 등 그곳을 지나치는 사람들의 얼굴이 카메라 렌즈 앞을 지나쳤다. 자신의 신분증을 내보이는 사람, 방명록에 서명하는 사람도 있었지만 대부분은 교도관과 안면이 있는 사람들이었다.

그렇게 확인과정을 거쳐 드디어 폭발 나흘째 되는 날의 영상에 도달했다.

에베트는 순간적으로 자신이 찾던 걸 발견했다고 직감했다.

교도관 제복을 입은 짧은 머리의 남자. 그 남자는 오후 8시 6분 유리부스 앞을 지나치면서 감시카메라를 올려다보았다. 다소 길다고 느껴질 정도로 한참동안 카메라를 응시한 뒤 발걸음을 옮겼다.

에베트는 가슴과 배에 무언가 꽉 차오르는 게 느껴졌다. 주로 화가 치솟을 때 받는 느낌이었지만 이번만큼은 달랐다.

그는 테이프를 앞으로 되감은 다음 유리부스 안의 교도관과 잠시 이야기를 나누다가 그 위에 설치된 감시카메라를 응시하는 남자의 모습을 유심히 살펴보았다. 3주 전, 정부청사 경비초소에 달린 카메라를 응시하던 바로 그 모습이었다. 에베트는 교도관 제복을 입은 남자가 금속 탐지기를 지나 교도소 현관을 나선 뒤 담장에 설치된 15번과 16번 카메라 앞을 지나쳐가는 모습을 자세히 살펴보며 그 남자가 평형감각을 상실했다는 사실을 눈치챘다. 엄청난 폭발음 때문이었다. 고막이 나가버릴 정도의 굉음을 겪은 사람에게 나타나는 반응.

당신, 살아 있었군.

그 책장의 구멍이 커져가는 모습을 바라보며 세 시간 동안 책상 앞에 앉아 있던 이유는 바로 그 때문이었다.

난 사살명령을 내린 게 아니었어.

그리고 그 이유 때문에 자신이 방금 본 것들에 대해 자신을 사건 관련자로 생각해야 하는 건지, 아니면 아무도 아는 사람이 없는 한 아무 의미 없는 일로 봐야 할지를 결정해야 했다.

호프만은 살아 있어. 난 그 누구에게도 사살명령을 내렸던 게 아니야.

그는 책상서랍에서 서류를 꺼내 들며 다시 한 번 껄껄 웃었다. 그가 기다리고 있는 체포영장 발부에 필요한 법적소송절차 소환장. 권력남용 혐의로 유죄와 중형선고를 받을 게 확실한 세 명의 고위공직자에 대한 체포영장.

그는 더 큰 소리로 웃다가 사무실 안을 돌며 춤까지 추었다. 그리고 콧노래를 흥얼거리기 시작했다. 그 순간, 그의 사무실 앞을 지나던 사람이 들었다면 아마 그 멜로디가 60년대 히트곡과 매우 유사하다는 사실을 발견했을 것이다. 시브 말름크비스트가 불렀던 〈얇은 조각〉.

그리고 또 다음 날

마치 해가 가까이 다가온 듯한 그런 날이었다.

빌손은 아스팔트 운동장에 서 있었다. 얇은 옷 속 땀방울이 마치 성가신 파리 떼처럼 온몸을 간질이고 있었다. 섭씨 37도. 인간의 체온을 웃도는 기온이었다. 게다가 몇 시간 뒤면 열기는 정점을 찍을 것이다.

그는 이미 흥건하게 젖은 손수건으로 연신 이마를 닦아냈지만 얼굴이 덕을 보는 건지, 손수건이 덕을 보는 건지 알 수 없을 정도로 계속해서 땀이 비 오듯 쏟아졌다. 에어컨이 고장 난 강의실에 앉아 고도의 잠입수사기술 수업을 따라가는 것 자체가 벅찬 일이었다. 강의 내용에 대한 토론마저 시들해진 상황이었다. 자기 목소리를 내기 좋아하는 미 서부 출신 경찰 관료들마저 맥이 풀릴 정도였다.

그는 언제나 그랬듯, 거대한 운동장이 바라다 보이는 울타리와 철조망 쪽으로 시선을 돌렸다. 여섯 명의 검은 정장 사내들이 일곱 번째 검은 정장 사내를 경호하는 장면. 두 곳의 낮은 건물에서 사격이 가해지고 있었고, 두 명의 검은 정장 사내는 경호 대상에게 몸을 던져 차에 태운 뒤 멀리 사라지고 있었다. 웃음이 절로 나왔다. 그는 그 훈련이 어떻게 끝나는지 잘 알고 있었다. 이번에도 대통령을 구하고, 악당들은 암살에 실패하게 된다는 것을. 특별업무국 요원들은 언제나 승리를 거둔다. 3주 전과 똑같은 훈련이었다. 참여하는 인물만 달라질 뿐, 훈련 내용은 언제나 같았다.

빌손은 마치 자학이라도 하듯 구름 한 점 없는 하늘로 시선을 돌렸다. 강렬한 햇살 때문에 정신이 버쩍 들 터였다.

처음에는 살인적인 더위 탓을 했다. 하지만 본질은 그렇지 않았다. 단지 그는 그 자리에 없었던 것이다. 지난 며칠간, 그의 몸은 교육을 듣고 토론과 훈련에 참여했지만, 그의 정신과 에너지는 몸에서 빠져나가 다른 곳에 가 있었다.

70킬로미터를 달려 주 경계선을 넘어 잭슨빌에 있는 어느 식당에서 스벤 순드크비스트를 만나고 온 후 벌써 나흘이 지났다. 하얀 식탁보 위에 놓인 노트북 안에는 감시카메라에 찍힌 장면들이 담겨 있었다. 교도작업장 창문 앞에 비스듬히 서 있던 파울라의 옆모습, 폭발과 시커먼 연기, 마지막으로 산산조각 난 인체의 잔해가 담긴 사진까지 두 눈으로 보았다.

파울라와 함께 일한 지 거의 9년이 넘었다.

그는 이마와 뺨을 벌겋게 달아오르게 만드는 열기를 피해

호텔로 갔다. 에어컨 시스템이 잘 갖춰진 널찍한 호텔 로비는 밖으로 나가고 싶어 하지 않는 사람들로 붐볐다. 그는 곧장 엘리베이터를 타고 12층으로 올라갔다. 먼젓번과 같은 방이었다.

그는 찬물로 샤워를 한 다음 가운을 걸치고 침대에 드러누웠다.

그들이 자네 존재를 덮어버렸어.

비밀을 불어버리고 다른 해법을 찾으려 했던 거야.

그는 다시 침대에서 일어나 그 날짜 〈USA투데이〉와 전날 온 〈뉴욕 타임스〉를 들춰보면서 멍하니 텔레비전에 나오는 세제 광고와 지역 변호사 광고를 보았다. 그 어느 것에도 집중할 수가 없었다. 그의 정신과 마음은 이미 다른 곳으로 가버린 뒤였다. 아무리 애를 써도 되돌릴 수가 없었다. 그는 그 상태로 방 안을 돌아다니다 순간적으로 휴대전화 앞에서 걸음을 멈췄다. 정보원들과 소통하는 유일한 창구. 전날 저녁 도착한 뒤로 책상 위에 차례로 정리해놓은 다섯 대의 휴대전화는 이미 오전 중에 수신 내용을 다 확인한 터였다. 평소 정보원들이 보내오는 내용은 하루에 한 번만 확인하면 그만이었다.

하지만 그는 다시 하나씩 집어 들고 차례로 수신 내역을 조회해보았다.

그리고 다섯 번째 휴대전화를 손에 쥐는 순간, 그는 충격과 함께 침대 모서리에 주저앉았다.

부재중 전화 1통.

자넨 더 이상 이 세상 사람이 아니잖아.

그런데 누군가 자네 전화기를 사용하고 있어.

식은땀이 흘렀다. 더위 때문은 아니었다. 속에서부터 흘러나오는, 타들어가는 것 같고 베인 것 같은 끔찍한 느낌. 단 한 번도 겪어보지 못한 그런 느낌이었다.

누군가 자네 전화기를 쓰고 있어. 누군가 그걸 발견했고 유일하게 저장된 번호로 전화를 걸었어.

누구지?

수사관? 추격자?

방 안이 싸늘해졌다. 한기를 느낀 빌손은 이불 안으로 들어가 몸을 웅크렸다. 방향제 냄새가 나는 두툼한 이불 속에서 그는 다시 땀이 날 때까지 가만히 쪼그리고 있었다.

수신자의 정체를 전혀 모르는 누군가의 소행인 것이다. 그 누군가는 세상 어디에도 저장되어 있지 않은 유일한 번호로 전화를 걸었던 것이다.

또다시 오싹해졌다. 한층 강해진 강도로. 그는 두툼한 이불을 머리까지 뒤집어썼다.

전화를 걸어볼 수도 있었다. 추적이나 신분 노출의 위험 없이 전화를 걸어 상대방의 목소리를 확인할 수도 있었다.

그는 번호를 눌렀다.

마지막 번호를 누르자, 마치 무중력 상태에 빠진 듯 귀가 멍해졌다. 신호음이 가기 전까지 단 1, 2초의 순간이 한 시간,

아니 1년처럼 느껴졌다. 그리고 이어지는 길고 날카로운 신호연결음.

한 번, 두 번, 세 번.

그리고 그가 잘 아는 목소리가 전화를 받았다.

"임무 완수했습니다."

상대는 신중한 목소리로 나직하게 말했다. 적어도 그의 귀에는 그렇게 들렸다. 신호가 약해서였을 수도 있고 전파가 깨끗하지 않았을 수도 있었다.

"아스프소스의 보이테크 조직은 제거되었습니다."

그는 침대에 누운 채로 꼼짝 않고 있었다. 상대가 사라질까 두려웠기 때문이다.

"한 시간 뒤 3번 약속장소에서 뵙겠습니다."

에리크 빌손은 반복되는 안내방송과 뒤섞인 목소리를 떠올리며 미소를 지었다. 공항에 나와 있는 것 같았다.

아마 알고 있었을지도 모른다. 마음속 깊은 곳에서는 적어도 그렇게 바라고 있었을 것이다.

그리고 이제는 확실히 알고 있다.

그는 이렇게 대답했다.

"다른 날, 다른 장소에서 보자고."

작가의 말

《쓰리 세컨즈》는 현대사회의 경찰과 교도소라는 두 권력기구가 한자리에 만나 범죄자들을 책임지는 법에 대한 이야기를 다룬 소설이다. 그리고 소설은 저자에게 창작의 자유를 허가하고 있다.

사실과 허구의 세계.

그 두 세계를 동시에 아우를 수 있는 자유.

*

스웨덴 경찰 시스템

사실: 경찰당국은 여러 해에 걸쳐 범죄자들을 정보원으로 활용해왔다. 물론, 이런 협력관계의 존재 여부는 철저히 부인돼왔고, 심지어 봉인된 상태이다. 더 심각한 범죄수사를

위해 또 다른 범죄에 대한 수사가 무시되고 있으며, 적잖은 수의 초동수사나 재판 결과가 그릇된 정보를 바탕으로 이루어지고 있다.

허구: 에베트 그렌스 같은 형사는 존재하지 않는다.

사실: 오직 범죄자만이 범죄자의 역할을 수행할 수 있다. 필요한 경우 이들은 구치소에 수감된 상태나 혹은 그 이후에 언제든 모집이 가능하다. 경찰의 범죄정보 데이터베이스와 비밀 보고서는 특정 범죄상황에 맞는 특정 범죄인의 이력을 조작하는 도구로 사용되었다. 방대한 분야에 걸쳐 정보를 조작하는 행위는 우리가 살고 있는 법치국가에서 하나의 관습처럼 버젓이 통용되고 있다.

허구: 스벤 순드크비스트 같은 형사는 존재하지 않는다.

사실: 현대사회의 정보원들은 법적으로 보호를 받지 못하고 있다. 정보원 신분이 노출될 경우, 경찰당국은 그들을 수

사에 끌어들인 사실을 부인하고, '피해'를 입은 범죄조직이 문제해결을 위해 '나름의 수단'을 강구하는 동안 먼 산만 바라보며 딴청을 피우고 있다. 경찰당국은 지금의 정보체계로는 날로 지능화하는 범죄조직과 대항하는 것 자체가 불가능하다는 사실을 알고 있으며, 앞으로 계속해서 정보원을 수사에 투입해나갈 것이다.

허구: 마리안나 헬만손 같은 형사는 존재하지 않는다.

스웨덴 교도행정당국

사실: 교도소에 수감된 대다수의 재소자들은 마약 중독자다. 중형을 선고받고 장기 복역 중인 재소자는 교도소 내에서도 마약을 상습적으로 복용할 수 있다. 형기를 마치고 출소한 마약 중독 전과자는 상습적으로 마약을 복용하거나, 수감 중에 마약을 구입하느라 늘어난 빚을 갚기 위해 또다시 범죄세계에 발을 들이게 된다.

허구: 아스프소스 교도소는 존재하지 않는다.

사실: 범죄자와 일을 해본 사람들은 누구나 마약 중독이 재범율 증가에 단단히 한몫하고 있다는 사실을 깨닫고 있다. 그런데도 여전히 경계가 삼엄한 교도소 내부에 마약을 밀반입하는 일이 가능하다. 교도소장에게 꽃다발을 보내거나 도서관에서 빌린 두툼한 책을 활용하거나, 고무줄과 숟가락을 이용해 변기 배수관 깊숙한 곳을 창고로 활용하는 일은 얼마든지 가능하다. 교도행정당국은 마약 밀반입을 차단할 수 있지만, 단지 그런 노력을 기울이지 않을 뿐이다.

허구: 렌나트 오스카숀이란 교도소장은 존재하지 않는다.

사실: 마약은 긴장 완화에 효과가 있고, 마약을 투약한 중독자는 포르노 잡지 등을 빌려 자신의 감방에 숨어 자위행위를 함으로써 욕구를 해소한다. 마약 없는 교도소 시스템은 결국 혼란과 긴장을 가중함으로써 재소자를 관리하는 직원 수를 지속적으로 늘어나게 만들 수도 있다. 만약 재소자

중 마약에 빠지지 않은 이들이 존재한다면, 교도행정당국은 무슨 수를 써서라도 그들을 관리하고 마약의 세계에 빠져들지 못하도록 하는 기술과 능력을 갖춰야 한다. 우리가 살고 있는 이 사회는 그렇지 못했을 경우 발생할 일에 대한 대가를 치르고 싶어 하지 않는다.

허구: 마틴 야콥손 같은 교도관은 존재하지 않는다.

감사의 말

빌뤼, 켄타, C, R 그리고 T. 이들은 유죄를 선고받고 이미 형을 마쳤거나 복역 중이다. 이들은 바깥세상에서 살아온 시간보다 교도소에서 지낸 시간이 더 많다. 하지만 이번 소설을 비롯해 전작에서도 범죄행위를 묘사하는 데 필요한 교도소 일상에 관한 지식과 정보를 제공해주었고, 사실성을 끌어올리는 데 많은 도움을 주었다. 튤립 꽃봉오리 속에 암페타민을 숨길 때 오븐의 온도가 40도가 아니라 50도가 되어야 하는 구체적인 이유, '인간 컨테이너'의 위장을 보호하려면 콘돔 속에 어느 정도 분량의 마약을 채워 넣어야 하는지, 경비등급이 높은 교도소의 작업실 외부 화장실의 구조가 어떠한지에 대한 자세한 설명을 들려주었다.

현명하고 용감한 대다수 경찰관들에게.

이들은 우리에게 경찰과 범죄자의 구분이 모호한 세계를

가감 없이 보여주었다. 이들의 도움이 없었다면, 민주주의 사회에서 마땅히 지켜지고 있을 것이라 생각했던 보호나 지원책이, 실제로 경찰의 비밀 정보원들에게 어떤 식으로 적용되고 있는지 소설 속에 적법하게 담아낼 수 없었을 것이다.

교도소 책임자들에게.

이들은 언제나 우리를 반갑게 맞아주었으며 도움을 마다하지 않았다. 하지만 옳은 일을 하겠다는 신념과 교도관 제복을 가위로 잘라 새차용 걸레로 쓸 마음이 들도록 강요하는 시스템 사이에서 언제나 갈등을 겪고 있다.

폭약에 관한 자문을 맡아준 레이네 아돌프손, 법의학 자문을 맡아준 안네 헤드스트럼, 저격에 관한 자문을 맡아준 헨리크 율스트럼, 의학과 관련된 자문을 맡아준 헨리크 레벤하겐과 라세 라게렌, 그리고 우리 두 사람보다 폴란드어를 잘 구사하는 도로타 지에미안스카에게 깊은 감사를 전하는 바이다.

집필 과정과 편집 과정에서 언제나 우리와 함께 했던 피아 루슬룬드에게도 감사의 말을 전한다.

현명한 의견과 조언을 아끼지 않았던 니클라스 브레이나르, 미카엘 뉘만, 다니엘 마티손, 그리고 에밀 에이만 루슬룬드에게 깊은 감사를 전하는 바이다.

옮긴이의 말

《비스트》 작업 이후 다시 만나게 된 스웨덴 명콤비의 최신작 《쓰리 세컨즈》를 접한 첫 느낌은 우선 숨이 턱 막힐 정도로 두툼한 정장이 발산하는 위압감이었다. 하지만 전혀 걱정스럽지는 않았다. 오히려 반갑고, 기쁘고, 가슴까지 두근거렸다. 왜냐하면 글을 우리말로 옮기는 입장과는 별도로 이미 이들 콤비를 '추종하는' 한 명의 열혈 독자가 되어 있었기 때문이다. 뒤이어 정신없이 책을 펼쳐 소설을 읽어나가는 동안 전개되는 극사실적인 묘사와 중독성 강한 스토리는 역시 기대만큼이나 짜릿했고 오싹한 전율까지 선사해주었다. 그리고 마지막 페이지를 덮던 순간 두 작가가 던지는 질문은 마치 비르투오소의 현란한 연주가 전해주는 충격처럼 필자의 머릿속을 강타했다.

이미 유럽 전역을 점령하고 스릴러 소설의 본고장이라 할 수 있는 영미권까지 장악한 루슬룬드와 헬스트럼 듀오는(이들이 2009년 스웨덴에서 발표한 《쓰리 세컨즈》는 2011년 영국범죄소설작가협회, CWA가 수여하는 인터내셔널 대거 상을 수상했다.) 다섯 권의 '에베트 그렌스 시리즈'를 통해 스웨덴 현지에서 《밀레니엄》 3부작으로 세계적 사랑을 받은 스티그 라르손을 능가하는 최고의 작가로 인정받고 있다. 번역이 가능한 언어 판본의 현지 출간 사정상 부득이하게 1권에서 5권으로 건너뛰게 되었지만, 유럽은 물론 영미권 지역에서 출간과 동시에 할리우드 영화사에 판권이 팔린 만큼 조만간 대형 스크린으로 접할 수 있을 것이다.

이들의 소설이 지닌 최대 강점은 허구의 세계를 소름 끼칠 정도의 극사실적 묘사로 채워 넣는다는 점이다. 이는 물론 두 작가의 고유한 경험에서 비롯된 부분도 있지만, 무엇보다 주제에 대한 철저한 연구로 가능했다고 할 수 있다. 실제로 《쓰리 세컨즈》를 완성하기 위해 두 사람은 몇 달에 걸쳐 관련 전문가와 인터뷰를 실시했고 광범위한 토론과 연구, 자료조사에 임했다고 한다. 또한 교도소 분위기를 보다 사실적으로 전달하기 위해 스웨덴 내 여러 교도소를 찾아다니며 교도관에게서 은밀한 정보를 제공받았고, 마약 밀반입과 밀거래 방식을 자세히 묘사하기 위해 소위 '인간 컨테이너'라고 불리는 마약 운반책과 접촉해 인간이 얼마나 많은 양의 마약을 콘돔에 담아 삼킬 수 있는지를 알아보았다. 뿐만 아니라 그 가능성 여부를 확인하기 위해 그들은 소설 속 내용처럼 실제로 직접 교도소에 마약 밀반입을 시도, 성공하였다고도 한다. 거기다가 저격신에서의 현장감을 고조시키기 위해 여러 달에 걸친 수소문 끝에 군 저격수를 섭외해 '특별강의'까지 받았다. 그리고 무엇보다 결정적인 건 이번 소설은 실제 사건을 바탕으로 재구성되었다는 것이다.

이들은 이렇게 말하고 있다.

"우리가 그린 소설 속 이야기는 절반의 사실과 절반의 허구를 적절히 섞어놓은 것이다. 그렇기 때문에 독자들이 사실과 허구의 경계선을 정확히 짚어내는 건 쉽지 않을 것이다."

두 작가의 소설이 지닌 또 다른 강점은 바로 이 '절반의 사실과 절반의 허구'가 만나는 경계선에서 이들이 던지는 질문이라 할 수 있다. 국내에 출간된 전작 《비스트》에서 이들은 '재범의 가능성이 불 보듯 뻔한 성범죄 살인 전과자를 살해한 피해 아동의 아버지에게 중형을 선고한다는 것이 과연 적절한 결정이었을까.'라는 질문과 함께 찬반양론의 시각에서 불거질 수 있는 폐단까지 정확하게 짚어낸 바 있다.

조만간 국내에 소개될 이들의 세 번째 소설은(현지 출간 순서로는 《쓰리 세컨즈》 이전에 발표한 이들의 세 번째 소설) 사형제도의 정당성과 허점을 예리하게 파헤치고 있다. 최신작이자 다섯 번째 소설인 《쓰리 세컨즈》 역시 끄나풀을 동원한 경찰수사의 정당성, 하나의 사건을 해결하기 위해 소수의 고위 관료들이 공모해 다수의 사건을 조작 및 은폐하는 현실이 과연 옳은 일인지에 대한 질문을 던지고 있다.

중요한 것은 이들 작가가 던지는 질문은 단순한 문제 제기에 그치는 것이 아니라, 그런 문제가 야기할 수 있는 수많은 돌발변수를 비롯해 파생되는 또 다른 사건들까지 치밀하게 계산에 넣었다는 것이다. 제아무리 관련 분야 전문가라 해도 이들이 제시한 문제에 대해 정답은커녕 모범답안을 내놓기도 쉽지 않을 것이다. 그렇기 때문에 이들의 소설은 적

당한 스릴과 서스펜스를 선사한 뒤 순식간에 기억 저편으로 사라져버리는 여타 평범한 스릴러 소설들과 달리 깊은 상흔 같은 커다란 여운을 남긴다.

또한 루슬룬드와 헬스트럼이 다른 작가들과 구별되는 가장 큰 특징은 바로 각각의 '화려한 전력'에서 찾아볼 수 있다. 각종 탐사보도로 사회의 어두운 구석을 두루 살펴본 기자 출신의 안데슈 루슬룬드. 자의식이 제대로 갖춰지기도 전에 몹쓸 어른들에게 여러 차례 성폭행을 당한 뒤 적지 않은 시간 동안 범죄의 세계에 빠져 교도소를 들락거렸던 버리에 헬스트럼. 그렇기 때문에 이 두 사람이 풀어내는 이야기 속에는 감히 그 누구도 흉내 낼 수 없는 날것 그대로의 생생한 묘사와 그 누구도 쉽게 접하지 못할 경험이 황금비율로 녹아 있다.

제이슨 패트릭과 레이 리오타가 열연한 〈나크〉, 혹은 알 파치노와 조니 뎁이 열연한 〈도니 브래스코〉처럼 범죄의 세계에 범죄자로 위장 잠입한 경찰들의 이야기를 다룬 영화나 소설은 적지 않게 접할 수 있었다. 하지만 범죄자의 신분이지만 실질적으로 경찰의 수사를 돕는 속칭 정보원 혹은 끄나풀을 주인공으로 전면에 내세운 작품은 거의 볼 수 없었다. 사실성이 떨어지거나 단순 도식화된 범죄자가 등장하는 소설을 그리 달가워하지 않는 편이라고 밝힌 두 작가는 《쓰리 세컨즈》의 주인공 피에트 호프만을 일종의 반(反)영웅으로 그려내며 다음과 같이 말하고 있다.

"범죄의 세계에서 본 호프만은 밥 먹듯 거짓말을 하며 언제든, 누구든 배신할 수 있는 비열한 범죄자이다. 하지만 경찰수사를 돕는 경찰 정보원이라는 이유로 그가 벌이는 온갖 범죄행위는 눈감아주고, 각종 사건의 진실을 은폐하면서까지 더 큰 사건을 해결한다고 해서 과연 이 사회의 범죄율이 줄어들지는 의문스럽다. 이번 소설의 범죄자는 오히려 이런 분위기를 조장하는 권력기구나 법제도, 그리고 그 안에 머물며 권력을 휘두르는 자들일 것이다."

"장르소설의 독자들은 일반적으로 허구의 세상 속에서 사실적인 것을 추구한다."는 어느 장르소설가의 말처럼 카라바조의 회화만큼이나 극사실적인 묘사를 추구하는 이 스웨덴 콤비작가 '덕분에' 필자 역시 직접 방문하기 어려운 장소나 경험하기 힘든 내용을 옮기는 일이 쉽지는 않았다. 심지어 이런 '미약한' 필자의 경험이 다소 원망스럽기도 했다. 하지만 이들의 소설만큼 그런 힘든 과정을 스릴과 서스펜스, 그리고 짜릿하면서도 감동적인 카타르시스로 보상해준 소설은 지금까지 그리 많이 접할 수 없었다. 어떤 소설로 다시 만나게 될지는 모르지만 이들의 새로운 소설을 현지 출간과 동시에 읽기 위해서라도 그간 해온 스웨덴어 공부에 박차를 가하고 싶을 만큼 기다려지는 작가다.

마지막으로 작업할 때마다 많은 것을 도와주시기에 항상 반가운 담당 편집자와 긴 원고 보시느라 고생 많으셨던 외부 편집자, 그리고 바쁜 와중에도 스웨덴어 고유명사 표기와 스웨덴 언론자료 번역에 도움을 주신 〈하니의 스웨덴어〉 사이트 운영자인 김하니 님께 각별한 감사의 말씀을 전한다.

쓰리 세컨즈 2

2012년 3월 28일 초판 1쇄 발행
2020년 3월 10일 초판 2쇄 발행

지은이 | 안데슈 루슬룬드, 버리에 헬스트럼
옮긴이 | 이승재
발행인 | 윤호권

책임편집 | 박윤희
마케팅 | 조용호 정재영 이재성 임슬기 문무현 서영광 이영섭 박보영

발행처 (주)시공사
출판등록 1989년 5월 10일(제3-248호)

주소 | 서울 서초구 사임당로 82(우편번호 06641)
전화 | 편집(02)2046-2852·마케팅(02)2046-2881
팩스 | 편집·마케팅(02)585-1755
홈페이지 www.sigongsa.com

ISBN 978-89-527-6494-2 04890
ISBN 978-89-527-6277-1 (set)

검은숲은 ㈜시공사의 브랜드입니다.